Des jumeaux pour une pédiatre

*

L'héritage de Camilla

JULIETTE HYLAND

Des jumeaux pour une pédiatre

Traduction française de
ANNE DAUTUN

BLANCHE

HARLEQUIN

Collection : Blanche

Titre original :
THE PAEDIATRICIAN'S TWIN BOMBSHELL

HARPERCOLLINS FRANCE
83-85, boulevard Vincent-Auriol, 75646 PARIS CEDEX 13
Service Lectrices — Tél. : 01 45 82 47 47 - www.harlequin.fr
ISBN 978-2-2804-6156-6 — ISSN 0223-5056

Composé et édité par HarperCollins France.
Imprimé en septembre 2021 par CPI Black Print (Barcelone)
en utilisant 100% d'électricité renouvelable.
Dépôt légal : octobre 2021.

FSC www.fsc.org
MIXTE
Papier issu de sources responsables
FSC® C159065

Pour limiter l'empreinte environnementale de ses livres, HarperCollins France s'engage à n'utiliser que du papier fabriqué à partir de bois provenant de forêts gérées durablement et de manière responsable.

1.

Le Dr Tessa Garcia s'appuya contre le bar et dégagea à demi son pied de la chaussure à très haut talon où il souffrait le martyre. Que diable lui avait-il pris de porter ces escarpins ? Sans doute avait-elle obéi à la même impulsion ridicule que celle qui l'avait poussée à céder aux suppliques de Lily, à savoir venir à la fête de cette dernière.

Tessa avait espéré que cette sortie - ne fût-ce que pour une heure – tempérerait la solitude qui l'accablait le soir quand elle s'écroulait de fatigue dans son lit. Elle aurait dû savoir à quoi s'en tenir ! Mais elle avait eu envie de croire qu'elle avait encore sa place parmi les personnes présentes…

Elle fixa d'un œil noir la pancarte « Martini » pendue au-dessus du comptoir. L'ancien troquet minable avait été relooké, et les publicités aux néons en détresse remplacées par des décorations chics. Mais le bar décati et les murs de brique n'avaient pas changé. Curieux parti pris…

Un gloussement suraigu retentit sur la terrasse du café, et Tessa, horrifiée, sentit qu'elle s'empourprait. Elle n'était plus à sa place ici. Ce lieu avait toujours été celui de Max, son cercle social, son monde où briller. Elle avait été sa petite amie, puis sa femme. Mais son amie, jamais, songea-t-elle, envahie de regrets.

Ils avaient divorcé un an auparavant, après avoir trop longtemps vécu en colocataires mal à l'aise, et non en époux. Tessa n'aurait pas cru que les femmes qu'elle considérait comme des amies feraient partie des dommages collatéraux de leur union ratée. Mais elles étaient toutes mariées avec les ex-copains d'université de Max. Pourquoi n'avait-elle pas été assez futée pour en tirer les conséquences ?

Les gens l'avaient fixée à son entrée, de la pitié dans le regard, tout en s'efforçant d'agir comme si c'était « sympa » qu'elle soit venue. Même Lily n'avait pas pu masquer sa rougeur tandis que son regard allait de l'ancienne à la nouvelle épouse de Max.

Tessa grimaça. Le divorce avait été exemplaire, au dire de son avocat. Elle et Max avaient partagé leurs économies, vendu la maison acquise à deux et dit adieu à leur vie commune. C'était la vie d'après qui l'avait secouée.

Dans ses tentatives pour faire le bonheur de Max, Tessa avait toujours accordé la préséance aux hobbies et aux projets de son mari. Lorsqu'elle avait suggéré une randonnée, une visite au jardin botanique, ou un peu de farniente dans leur arrière-cour où elle avait créé un espace vert, il avait regimbé. Elle aurait dû avoir envie de faire ce dont il avait envie, affirmait-il, puisqu'il se chargeait de tout à la maison pour qu'elle progresse dans sa carrière à l'hôpital.

En fait, il avait accompli à peine plus de la moitié des tâches domestiques, en se plaignant sans cesse, et Tessa ne décolérait pas d'avoir toujours dû renoncer à ce qui l'intéressait, elle.

Son propre père n'avait pas apprécié non plus qu'on lui demande de faire quoi que ce soit pour la famille, se rappela-t-elle. Sa mère lui avait trouvé des excuses, et Tessa avait été le témoin de ses efforts pour sauver son mariage puis le témoin de leur échec aux terribles conséquences.

Pourtant, elle avait à son tour cédé aux désirs d'un homme, renoncé à ses goûts, ses amis, *ses rêves*, dans l'espoir que Max la regarderait de nouveau comme au début de leur relation et qu'elle aurait la famille heureuse dont elle avait la nostalgie.

Fille unique, Tessa avait toujours désiré des frères et sœurs, et un quotidien qui n'oscillerait pas sans cesse entre silence mortel et hurlements de colère. Elle avait voulu croire que sa vie de couple serait différente. Mais la vie n'était pas un conte de fées…

Du moins, Tessa avait une brillante carrière de pédiatre au

Dallas Children's Hospital. Cela, son ex-mari n'avait pas pu le lui enlever. Même s'il l'avait spoliée de la promotion qu'on lui avait offerte à l'hôpital pour enfants de Cincinnati. Mais elle n'avait pas été prête à admettre ce qu'elle savait pourtant au fond d'elle-même : leur mariage était fichu.

Pour Max, elle avait renoncé à une grande part d'elle-même, et qu'y avait-elle gagné ? Personne avec qui prendre un verre. Personne avec qui aller au cinéma ou au jardin botanique. Personne à l'autre bout du fil. *Et pas de promotion* au titre de responsable d'un service.

Bon sang, elle avait même renoncé à son cher jardin parce que Max avait décidé de vendre leur maison. Au lieu de la racheter elle-même, elle y avait consenti.

Le logement en ville qu'elle occupait à présent n'offrait guère de place pour le jardinage. Résolue à trouver un lieu proche de son travail et loin de son ex-mari, elle avait fait un achat précipité, mais, au moins, elle avait son indépendance. Et elle ne permettrait plus jamais à un homme de lui dicter sa vie.

— Je ne pensais pas que Max et Stephanie viendraient, dit Lily, la blonde et pétillante épouse du meilleur ami de Max, en faisant signe au serveur. Franchement, elle a tout juste l'âge d'être admise dans un bar.

— Hum, marmonna Tessa, fixant les glaçons en train de fondre dans son verre d'eau gazeuse presque vide.

— C'est sympa de te voir. Je n'aurais sûrement pas dû t…

Un martini apparut devant elles et Lily s'interrompit, mais Tessa compléta la phrase sans mal. Cette invitation serait la dernière.

Après avoir soupiré, Lily vida à moitié son verre avant de poser une main sur le bras de Tessa.

— Si j'entends encore parler de sports universitaires…

Puis elle ressortit sur la terrasse.

Les sports universitaires ennuyaient Lily et, apparemment, elle regrettait les nombreux mails envoyés pour la supplier de venir. Mais quelle importance ? pensa Tessa. Il était grand temps qu'elle rentre à la maison.

— Ces escarpins vous font souffrir le martyre, on dirait.

Tessa soupira. Flirter dans un bar n'avait jamais été sa tasse de thé, et flirter dans un bar où buvaient son ex et les amis de celui-ci, c'était pousser un peu loin le désespoir.

— J'ai demandé l'addition, et je rentre chez moi pour me débarrasser de ces chaussures de tort…

Elle s'arrêta net en découvrant les yeux ambrés posés sur elle.

Seigneur, ce type était superbe ! Ses cheveux bruns étaient bien coiffés, mais un léger chaume de barbe accentuait la ligne ferme de sa mâchoire. Il était musclé, sans pour autant avoir l'air de passer son temps à soulever des poids.

Elle s'éclaircit la gorge et tenta de refouler son trouble inattendu. Cet homme était exceptionnel !

— Faites-moi le plaisir de me rembarrer, reprit-il avec humour. Comme ça, je pourrai dire à ma sœur que j'ai fait de mon mieux et regagner moi aussi mes pénates. Si vous voulez bien m'expédier ces glaçons en pleine figure, ce sera encore plus convaincant, et elle me laissera tranquille.

Tessa se mit à rire. Elle dut résister à la tentation de se rapprocher du superbe inconnu.

— Je n'ai jamais rien expédié à la figure de quelqu'un. Mais il y a un début à tout, dit-elle.

— Je maintiens ma proposition.

D'irrésistibles fossettes creusèrent les joues du beau spécimen, qui ajouta :

— Mais si vous continuez à rire, ce ne sera pas crédible. Un peu d'eau glacée serait la bienvenue, d'ailleurs. Même avec l'air conditionné, on se croirait au cœur d'un volcan.

— Vous n'êtes pas texan, si je comprends bien ?

Tessa n'avait pas eu l'intention de prolonger cette conversation mais, soudain, elle n'avait plus envie qu'elle se termine. Qu'étaient quelques minutes de plus dans ce trou à rats, si elle les passait avec cet apollon ?

— Si, je suis du Texas. Mais j'ai quitté cet État depuis des années. J'avais oublié que Dallas en juin était une fournaise.

Il regarda par-dessus son épaule puis secoua la tête.

— Ma sœur vient de m'adresser un signe de victoire. Mais bon, dans quelques instants, je pourrai quand même lui dire que vous m'avez envoyé promener. Je m'appelle Gabe.

Une variation subtile de son intonation réveilla la mémoire de Tessa. Elle contempla les traits bien sculptés de son interlocuteur, et son souvenir flou se précisa en un éclair.

— Gabe ? Gabe Davis ? fit-elle.

Elle s'efforça d'associer l'homme athlétique et superbe qui lui faisait face avec l'adolescent qui avait travaillé avec elle pendant un été au Tinseltown de la chaîne Cinemark. Les beaux yeux ambrés et le sourire n'avaient pas changé… Il était déjà mignon, en ce temps-là. Presque toute l'équipe du cinéma était en pâmoison devant lui. Tessa comme les autres. Ils avaient même échangé un baiser, un soir tard.

Puis il avait disparu.

Elle lui adressa un sourire exagéré à dessein.

— Tu avais oublié de dire que tu préférais plus de beurre dans ton pop-corn. Je t'ai apporté un autre cornet, bien sûr.

— Tessa Garcia !

Le rire grave et un peu rauque de Gabe la fit étrangement vibrer.

— On m'avait dit que tu avais quitté le Texas, ajouta-t-elle. Pour une région plus fraîche, j'imagine, puisque tu trouves étouffante cette agréable soirée de juin.

Tessa n'avait pas tenté de retrouver Gabe… Pas vraiment. Il figurait alors dans ses « amis recommandés » sur les réseaux sociaux et, une fois, elle avait consulté son profil. Par nostalgie. Elle avait vu la photo d'un lieu enneigé, et appris qu'il n'en partageait la localisation qu'avec ses amis. Tentée de cliquer sur le bouton bleu, elle avait résisté. Non sans mal.

— J'étais dans le Maine, dit Gabe. Je viens de rentrer.

Une ombre fugitive assombrit son regard alors qu'il faisait signe au barman.

— Puis-je avoir un Coca et… Je te dois bien un verre, Tessa, puisque tu m'épargnes les intrigues matrimoniales de ma sœur. Que prends-tu ?

— Un soda au citron vert.

— On va voir s'il reste des places en terrasse ? reprit Gabe lorsqu'ils furent servis. Tu pourras enlever un moment ces épouvantables escarpins.

— Mon ex-mari s'y trouve avec sa nouvelle épouse, répliqua-t-elle sans réfléchir.

Pour un peu, elle se serait giflée. Son ex était la dernière personne dont elle avait envie de parler. Elle ne voulait pas non plus bavarder en terrasse au milieu de ces gens qu'elle avait crus ses amis, alors qu'ils l'ignoraient ou la scrutaient avec curiosité.

— Je m'apprêtais vraiment à rentrer quand tu m'as abordée, ajouta-t-elle. Je sais, c'est pathétique.

— Pas du tout. Et ça m'évite de faire mine d'apprécier cette chaleur suffocante tandis que nous feignons de rattraper le temps perdu, et que je me demande combien de temps faire durer la comédie avant de m'éclipser.

En voyant son sourire à fossettes, Tessa frissonna. Par quel singulier pouvoir cet homme la faisait-il craquer après quelques minutes de conversation ?

— Et si j'ai envie de rattraper le temps perdu ? répliqua-t-elle, non sans se surprendre elle-même.

Elle avait envie de savoir ce que cet homme magnifique et intelligent - dont la sœur se réjouissait qu'il aborde une femme dans un bar ! - était devenu pendant ces vingt dernières années. Envie de découvrir, peut-être, pourquoi il avait disparu après leur baiser. Non. Ce n'était pas une question à poser.

Ils s'étaient bien amusés en tenant la buvette du cinéma, et ils avaient fait les idiots un peu plus qu'ils ne l'auraient dû, les soirs de semaine où il n'y avait aucune animation au Tinseltown. Mais ils n'allaient pas au même lycée. Leur flirt, qui avait valu à Tessa son premier baiser, avait eu la tonalité de… Eh bien, des premières folles toquades de l'adolescence.

Elle avait été blessée que Gabe ne l'ait pas avertie de sa démission.

— J'aimerais aussi rattraper le temps perdu, dit-il. Tu veux qu'on aille ailleurs ? Dans un endroit où ne sévit pas ton ex ?

Ses pommettes s'étaient empourprées sous leur hâle alors qu'il émettait cette proposition. Avait-il, tout comme elle, perdu la main ? Tessa doutait qu'on puisse être aussi rouillé qu'elle en matière de rencontres romantiques. Elle et Max s'étaient connus dans leur résidence étudiante. Ils s'étaient mariés juste avant qu'elle commence ses études de médecine et que lui se lance dans la finance. Pendant la majeure partie de sa vie d'adulte, elle n'avait pas été libre.

— J'habite au coin de la rue. J'ai du vin, et ma terrasse donne sur l'étang local, dit-elle, une onde de chaleur lui enveloppant le corps alors qu'elle croisait le regard sensuel de Gabe. Je... Ce serait commode pour me débarrasser de mes chaussures. Et tu pourras rejoindre ta sœur après avoir pris un verre.

Décidément, il n'y avait pas plus maladroit qu'elle à ce jeu-là ! Et elle n'essayait même pas de flirter ! Enfin, si, peut-être un peu... Elle retint son souffle tandis qu'il réfléchissait à la proposition. S'il refusait, pas de problème. Ce serait même la réponse appropriée. Mais Tessa n'avait pas envie qu'il dise non !

— Volontiers, répondit enfin Gabe, qui regarda une fois encore par-dessus son épaule et sourit. Mais je te préviens, je jurerai à ma sœur que ça s'est passé au mieux et que ça compte comme un rendez-vous galant. Comme ça, elle me laissera respirer pendant au moins trois jours. Peut-être même une semaine !

Un rire jaillit de nouveau de la gorge de Tessa. Comment avait-il réussi à faire passer ce moment de malaise et à donner l'impression qu'elle lui rendait service ? Et comment se faisait-il que cet homme superbe soit encore célibataire ?

Gabe eut un grand sourire, puis il alla parler à sa sœur.

Une nouvelle salve de rires éclata au fond de la salle, mais leur caractère blessant s'était émoussé aux yeux de Tessa. Elle déposa quelques dollars sur le comptoir, accorda un vague regard au décor, puis se laissa aller à rêver au sourire à fossettes de Gabe. Elle aurait pu se damner pour un tel sourire. *Et plus d'une seule nuit.*

Cette pensée soudaine lui donna des sueurs froides. Cela ne l'intéressait pas de sortir avec quelqu'un - même si elle était plus que lasse d'avoir un oreiller pour seul partenaire.

Mais elle avait appris à ses dépens que les hommes n'appréciaient pas une femme qui réussit. Ils prétendaient l'inverse, bien sûr. Max s'était montré ravi de l'ambition de Tessa. Sa réussite professionnelle, disait-il, faisait d'eux « un couple de pouvoir » - expression qu'elle avait en horreur.

Puis sa carrière dans la finance avait stagné à la suite de piètres décisions et de la récession. Licencié par la suite, il avait été très désorienté de ne plus avoir aucune perspective professionnelle, et lorsqu'il avait obtenu un autre poste, leur relation n'en avait pas moins continué à se précipiter vers sa fin explosive.

Surtout quand elle s'était vu offrir le poste de responsable du service pédiatrique de l'hôpital de Cincinnati. Max avait refusé de déménager, et suggéré que ce job était une trop grande responsabilité si elle tenait à fonder une famille. Elle avait renoncé à sa promotion dans l'espoir que ce sacrifice colmaterait le fossé qui s'était creusé entre eux. En lieu et place, il avait demandé le divorce.

Cela prouvait que, dans une relation, beaucoup d'hommes ne supportaient pas de ne pas être à égalité avec leurs partenaires et se voulaient même supérieurs à elles.

D'un regard discret, Tessa apprécia les fesses superbes de Gabe tandis qu'il parlait à sa sœur. Si elle sentait son cœur s'emballer un peu, ce n'était que le symptôme de sa solitude, et de sa nostalgie pour son béguin d'autrefois, songea-t-elle. Le désir d'une nuit d'évasion. Rien de plus.

— Je n'attendrai pas. Tu n'auras qu'à demander un Uber.

Isla avait un sourire radieux, et Gabe ne voulut pas décevoir sa sœur en lui révélant la vérité. Tessa et lui rattrapaient le temps perdu, c'est tout… Ce qui n'expliquait guère la vague de chaleur qui le parcourait, et son empressement à aller chez elle.

Il l'avait sentie mal à l'aise, au bar, mais elle l'avait convié à prendre un verre. Si une autre personne lui avait lancé cette invitation osée, il aurait refusé avec une formule humoristique pour atténuer la brutalité de ce refus.

Gabe avait abordé Tessa parce qu'il avait supposé que la petite brune retranchée dans son coin l'enverrait sur les roses. Elle avait à peine regardé les trois hommes qui l'avaient abordée avec assurance, les congédiant d'un geste en levant son verre presque vide. La cible parfaite.

Quand il aurait essuyé un refus, avait-il pensé, il pourrait s'esquiver en prétextant qu'il avait perdu la main pour ce genre de jeu. Ce qui aurait été vrai puisqu'il était sur la touche depuis six ans. Si sa vie avait tourné comme prévu, il aurait fêté cette année son cinquième anniversaire de mariage avec Olive, et aurait peut-être même un enfant ou deux.

Mais le scénario n'avait pas été respecté. Il n'aurait pas dû s'en étonner puisqu'il avait appris à l'âge de seize ans que la version cinéma de la famille et de l'amour n'était qu'une illusion qui rendait les enfants vulnérables face aux épreuves que réservait la vie.

Or, au lieu de se faire rembarrer au bar, il était tombé sur Tessa Garcia, la fille capable de dissoudre dans le rire et la bonne humeur une soirée languissante. Tessa avait été son rayon de soleil dans une période sombre.

Il avait demandé un job au cinéma lorsque sa mère avait annoncé qu'elle mettait fin à son essai de vie de famille. Cette dernière avait toujours eu pour son métier et les honneurs qu'il lui valait plus d'amour que pour ses enfants, et beaucoup plus d'amour que pour son mari. Le mot « essai » avait marqué Gabe. Aujourd'hui encore, cela le mettait en rage.

Il avait marché dans l'ombre de sa mère, espérant mériter un peu d'approbation. Ou d'amour. Cherchant à gagner ce que d'autres mères accordaient si spontanément à leurs enfants. Mais cela n'avait servi de rien. Elle avait fait ses bagages.

La direction du cinéma lui avait souvent proposé de rentrer chez lui les soirs où le public faisait défaut, mais Gabe était resté parce qu'il était heureux de travailler avec Tessa. D'oublier auprès d'elle la tourmente de sa vie familiale.

Il se rappelait encore le moment où il avait enfin trouvé le courage de l'embrasser, un soir après la fermeture. Cela avait été le grand moment de sa vie de lycéen.

Puis la clinique vétérinaire lui avait offert le lendemain un poste d'assistant réceptionniste à temps partiel, avec entrée en fonction immédiate, et il n'avait pas pu refuser : il avait besoin d'argent pour aider son père.

Et il n'avait jamais eu l'occasion de revoir Tessa…

Quand elle l'avait reconnu ce soir, cela avait réchauffé son cœur solitaire. La jolie adolescente était devenue une très belle jeune femme. Et Gabe ne demandait pas mieux que de rattraper le temps perdu…

— Amuse-toi bien ! lui lança Isla avec un petit rire, mais Gabe, qui s'éloignait, ne se retourna pas.

Ses retrouvailles avec Tessa lui donnaient le sentiment… En fait, il ne s'expliquait pas les émotions qui le traversaient.

Il y avait longtemps qu'il n'avait pas éprouvé ce sentiment d'attente impatiente. Et il n'avait pas envie qu'il se dissipe - pas encore.

— Prête, Tessa ? demanda-t-il.

— À me débarrasser de ces fichus escarpins ? Et comment !

— Tu vas pouvoir marcher ?

— Il le faudra bien.

Un bref instant, Gabe pensa lui proposer de la porter sur son dos. Ils l'avaient fait plus d'une fois au cinéma, quand il y avait peu d'entrées, cavalant dans les couloirs, s'efforçant de ne pas rire trop fort pour ne pas déranger les rares spectateurs venus un soir de semaine. Il avait savouré chaque instant en la sentant pressée contre lui ; en sentant sa joue contre la sienne tandis qu'ils dépassaient les silhouettes en carton grandeur nature du décor.

Mais, aujourd'hui, ils étaient adultes, pas des ados facétieux pris dans les tourments d'une première amourette. Il ne pouvait pas lui faire une telle proposition, si grande soit son envie d'aider Tessa.

C'était dans son tempérament. Sa famille le taquinait souvent sur le fait qu'il voulait aider la terre entière. Mais il y prenait plaisir. Gabe avait besoin qu'on ait besoin de lui, et il y avait longtemps que quelqu'un ne l'avait pas sollicité.

Bien sûr, c'était sa nature altruiste qui le portait à réconforter une vieille amie. S'il désirait, au fond de son cœur, savoir si le rire de Tessa n'avait pas changé, ou si le contact de sa joue contre la sienne pouvait ramener de la joie dans sa vie, ce n'était qu'un symptôme de sa nostalgie, rien d'autre…

Lui-même ne croyait pas à ce mensonge, mais quelle importance ? Il n'allait pas gâcher la magie de cette nuit.

Il ne leur fallut pas dix minutes pour gagner l'habitation de Tessa. En la voyant s'arrêter devant le Boarwalk Complex, les résidences en terrasse les plus chères de toute la région de Dallas, Gabe fut surpris. *Quel est donc le métier de Tessa pour qu'elle ait les moyens de vivre ici ?* se demanda-t-il, s'attendant à quelque chose de luxueux.

Mais son appartement était relativement dépouillé. Des livres de jardinage s'empilaient près d'un canapé gris, dans le salon, et une couverture jaune vif apportait sa note de couleur vibrante. Une légère senteur florale flottait dans ce lieu où on se sentait chez soi.

Ce qui était absurde. Et perturbant. Depuis quand ne lui était-il pas arrivé de se sentir comme chez lui dans un endroit ? Depuis les mois précédant le décès d'Olive. Leur appartement aurait aisément tenu dans l'immense living de Tessa, mais c'était le lieu du bonheur.

Un nouvel accès de nostalgie l'envahit tandis que Tessa, souriante, l'entraînait dans la cuisine. Une fois de plus, il éprouva un élan de désir. Il était plus esseulé qu'il n'en avait eu conscience !

— J'ai du Coca light, de l'eau et du vin, dit Tessa d'une voix douce.

Jamais Gabe ne s'était rendu dans l'appartement d'une femme juste après l'avoir rencontrée. Mais il connaissait Tessa depuis longtemps. Cependant, son souvenir de la Tessa adolescente était-il sa seule raison d'être là ?

Chassant cette question, il s'éclaircit la gorge, tentant d'ignorer son trouble intérieur.

— Je prendrai volontiers du vin, mais débarrasse-toi de tes chaussures d'abord. Indique-moi où sont les verres et le tire-bouchon. Autant me montrer digne de ton invitation, ajouta-t-il, amusé.

Ses doigts effleurèrent ceux de Tessa à l'instant où elle lui donnait la bouteille mise au frais. La tiédeur de sa peau se communiqua à lui. Le contact fut léger, et trop vite rompu.

Ressaisis-toi, bon sang ! Ce contact innocent et fugitif ne signifiait rien. Ils avaient un rendez-vous amical pour évoquer le bon vieux temps. Subterfuge de deux solitaires pour se sentir moins esseulés pendant une heure ou deux.

— Merci, fit Tessa qui, tout en lui désignant un placard, ôtait ses escarpins. Ces trucs vont aller à la poubelle ! Aucune femme ne devrait avoir à subir une telle torture.

Gabe se mit à rire, tout en prenant deux verres.

— Si ma sœur Isla t'entendait ! Elle travaille dans un grand magasin de luxe comme responsable des achats. De chaussures, entre autres.

— Libre à toi de lui dire que ces trucs sont diaboliques ! répliqua Tessa avec un petit rire.

Son rire était plus grave à présent, mais il gardait cette inflexion particulière qui l'avait ravi autrefois. Et ce qui, en lui, s'était étiolé depuis la disparition d'Olive fleurit de nouveau.

Il tendit un verre de vin à Tessa et leva le sien, en essayant d'ignorer ce dangereux mélange de sentiments anciens et de récents désirs.

— Aux vieux amis et aux chaussures confortables ! dit-il.

Les yeux bruns de Tessa pétillèrent lorsque leurs regards se rencontrèrent.

— La terrasse est par là.

Elle lui prit la main pour l'entraîner, mais la relâcha tout de suite.

Est-ce qu'elle a ressenti elle aussi des picotements dans sa paume ? se demanda-t-il.

— Alors, qu'est-ce qui t'a ramené à Dallas ? Tu étais las de la neige ? demanda Tessa, qui s'assit en croisant les jambes sur la causeuse en rotin de la terrasse.

Gabe s'installa à côté de cette si belle femme avec une conscience aiguë de sa proximité. Il avait chaud et ne pouvait pas prétendre que c'était dû à la chaleur ambiante puisqu'ils étaient à l'ombre du parasol et que le soir tombait. Le parfum suave de Tessa se mêlait à la brise vespérale et semblait attiser ses sens. L'intimité du moment et des lieux était grisante.

Terrifiante aussi.

Le Maine était la terre natale d'Olive. Gabe s'y était installé avec elle après l'obtention de leurs diplômes d'infirmiers. Mais Olive disparue, il ne s'y était plus senti chez lui. Et, au bout de tant d'années écoulées, il s'était enfin décidé à partir. Le désir de rentrer chez lui, d'avoir une nouvelle vie, l'avait propulsé dans la fournaise du Texas.

— La neige, ce n'est pas si épouvantable, déclara-t-il en refoulant la cohorte d'émotions qui le traversaient.

Tessa fit mine de frissonner. Ses lèvres pleines étaient rosies par le vin et, pris du brusque désir d'incliner la tête vers elle, il eut du mal à recouvrer son souffle. Il leva son verre sans la quitter des yeux.

— Pourquoi les Texans détestent-ils la neige ?

— C'est froid, répondit Tessa. On patauge quand ça fond. Ça rend la conduite difficile. C'est froid.

— Tu l'as déjà dit, ça.

— Mais ça mérite d'être redit !

Comme elle abattait la main sur son genou, Gabe serra plus fort son verre pour s'empêcher de la couvrir de la sienne. Il avait envie de faire rire Tessa, de voir apparaître ses fossettes. De l'étreindre.

Une petite voix dans son esprit lui soufflait qu'il était temps de partir, de mettre cette soirée sur le compte de la nostalgie et de passer à autre chose. Mais il était plus que tentant d'ignorer cette voix lorsque Tessa souriait.

Il se pencha un peu plus vers elle.

— Les Texans ne comprennent pas que, par temps de neige, il faut s'enlacer d'encore plus près.

Cette invite lui avait échappé. Il vit dans le regard de Tessa une émotion qui ressemblait à s'y méprendre à du désir.

— Peut-être, dit-elle, sa langue effleurant ses lèvres. Mais la chaleur aussi peut être… sensuelle.

Gabe contempla la femme qui lui faisait face. Discuter des attraits respectifs du Maine enneigé et du Texas torride n'aurait pas dû lui donner envie d'embrasser Tessa, de la prendre par la taille, et de faire tant d'autres choses…

— Tu m'as manqué lorsque tu as quitté le cinéma, l'entendit-il reprendre. Avec toi, c'était mon premier baiser.

Elle s'était empourprée, et elle avait parlé si bas que Gabe se demanda si ces mots n'étaient pas sortis de sa bouche sans qu'elle le veuille.

— Pour moi aussi, souffla-t-il. Je suis même allé au match de foot entre nos lycées, en terminale, dans l'espoir que tu y serais. Je voulais m'excuser d'avoir disparu, t'expliquer que j'avais un job mieux payé, te demander ton numéro de téléphone.

— Si seulement…, murmura Tessa, qui avala une gorgée de vin avant de poser son verre sur la table.

— Si seulement…, répéta Gabe, posant aussi son verre.

Il brûlait de toucher Tessa, et fit un effort pour oublier son désir sans y parvenir.

— Venons-en aux questions primordiales, reprit Tessa avec un sourire. Pourquoi ta sœur te pousse-t-elle à aborder des femmes dans un bar ? Je n'arrive pas à croire que tu sois en mal de conquêtes.

Il n'était pas en mal de conquêtes, ou du moins il ne l'aurait pas été s'il avait eu quelque intérêt pour les sorties amoureuses. Mais au décès d'Olive, son cœur n'avait plus été qu'une coquille vide. Quand il s'était enfin remis à battre, Gabe avait constaté, désemparé, que s'engager avec une autre ne présentait pour lui aucun attrait.

Dans ce cas, que fais-tu ici ?

— J'ai vécu avec quelqu'un pendant longtemps, dit-il, le cœur battant très fort.

La douleur du deuil s'était atténuée. Le chagrin ne disparaissait pas, mais on apprenait à vivre avec. Avec le temps, il était plus facile de convoquer les bons souvenirs, tels le rire clair d'Olive et son bon cœur.

— Elle est morte, ajouta-t-il.

Deux mains chaleureuses trouvèrent les siennes, et il sentit s'ouvrir son cœur. La présence de Tessa éveillait des émotions qu'il n'aurait jamais cru éprouver de nouveau. Il lui effleura le poignet du pouce, savourant cette sensation toute simple.

— Je suis vraiment navrée, Gabe.

— Merci. Cela remonte à six ans, et le chagrin est loin, mais Isla veut me voir heureux. Bien sûr, son idée du bonheur, c'est que je lui donne encore plus de nièces et de neveux à dorloter. À croire que les enfants de Stacy et de Matt ne lui suffisent pas.

— Tu as des neveux !

Tessa lui pressa encore la main. La sensation était réconfortante - une surprise de plus dans cette soirée qui n'en manquait pas.

— Oui. Mon frère a deux petits garçons, et Stacy deux filles pré-ados et une gamine de trois ans qui les rend fous.

— Une grande famille ! C'est merveilleux…, commenta Tessa.

— Ce n'est pas l'impression qu'on a quand on vous asticote pour vous pousser à aborder une inconnue.

Et Isla avait sûrement envoyé des SMS à la smala dès qu'il avait quitté le bar, songea-t-il. Comment réagiraient-ils lorsqu'il leur dirait qu'il avait renoué avec une vieille amie ?

Sauf que… Il lui semblait que c'était plus profond que cela.

Cette idée était dangereuse, et il n'avait pas envie de l'examiner de près. Dès l'instant où il avait abordé Tessa, tout lui avait semblé facile, mais tenter de démêler l'écheveau de ses émotions et sentiments pourrait s'avérer compliqué.

— Je t'envie d'avoir un clan familial, reprit Tessa. Je suis fille unique. Je n'ai pas vu mon père depuis l'âge de sept ans, et ma mère est morte quand j'en avais treize. Ils étaient eux aussi enfants uniques, alors je n'ai pas de proches. Je rêvais d'avoir une grande famille, des sœurs auxquelles j'aurais confié mes secrets, des frères qui m'auraient protégée.

Protégée. Le sourire de Gabe s'effaça un peu. Chacun devrait avoir quelqu'un vers qui se tourner lorsque la vie, soudain, basculait !

— Je suis sûr que le clan Davis t'adopterait.

La proposition resta comme en suspens dans l'air alors que Gabe, une fois encore, effleurait le poignet de Tessa de son pouce. Ce contact l'électrisait, et eût-il voulu le rompre qu'il n'y serait pas parvenu.

Il n'avait pas lancé cette invite au hasard. Il était certain que Stacy et Isla accueilleraient dans leur cercle amical la femme qui lui faisait face. Et si ses sœurs adoptaient Tessa, il aurait l'occasion de la voir souvent. L'idée était si séduisante ! Et ne manquait pas d'éveiller son inquiétude, dans le même temps…

Cette soirée avait tout d'un enchantement. Mais gare aux illusions ! S'il s'éprenait de Tessa et qu'un malheur arrivait… Son cœur se serra. Il n'était pas sûr de survivre à un autre coup dur.

— La chaleur retombe enfin ! dit Tessa.

Elle n'avait pas réagi à sa proposition de l'inclure dans le clan Davis. Ni éloigné sa main, cependant.

— Il est quand même 22 heures ! ajouta-t-elle.

Quand elle reprit sa main, il ouvrit puis referma sa paume, cherchant à chasser une sensation de manque. La soirée touchait à sa fin, mais il aurait désespérément voulu arrêter le temps. Rester près de Tessa, être avec elle, tout simplement.

Comme elle se levait, elle chancela. Gabe, voulant la retenir, la fit tomber sur ses genoux. Elle le dévisagea, l'air interdit.

— Mes pieds étaient tout engourdis ! balbutia-t-elle.

Il lui ramena une boucle de cheveux derrière l'oreille. *Seigneur, comme elle est belle !*

Une fièvre étrangère à la chaude nuit texane les avait saisis.

Lorsque les lèvres de Tessa rencontrèrent les siennes, Gabe sentit son corps se délester d'une tension dont il n'avait pas eu conscience.

Ce n'était pas là l'échange innocent de leur adolescence. C'était plus profond, et le souvenir nostalgique de ce baiser le mena au bord du précipice. Tous ses sens vibraient de désir. Tessa…

Quand elle s'écarta, il se retint pour ne pas l'attirer de nouveau.

— Tu veux rentrer à l'intérieur ?

— Oui.

Il n'y avait pas d'autre endroit où il désirait être, ce soir.

2.

La chaleur de Gabe se communiquait à elle tandis qu'elle le conduisait dans l'escalier. Elle avait envie de Gabe. Elle avait besoin de se sentir désirée, de compter pour quelqu'un. *Ne fût-ce que pour une nuit.*

Les lèvres de Gabe lui effleurèrent la nuque, et le peu de nervosité qu'elle éprouvait encore se dissipa. Se retournant, elle l'embrassa comme il l'étreignait.

Ce n'était pas un baiser pour tâter le terrain, pour séduire, mais un baiser exigeant et avide. Et elle réagit comme cela ne lui était pas arrivé depuis des années - peut-être même jamais. Elle lui caressa le dos, savourant le contact de ce corps viril contre le sien. Tous deux s'épousaient à la perfection.

Si ridicule que fût cette pensée, elle en frémit tandis que les doigts de Gabe la parcouraient, s'enhardissant à chaque caresse, jusqu'à ce que son pouce, enfin, taquine le bout d'un sein. Même à travers le tissu, ce contact lui parut brûlant. Et quand il promena les lèvres dans son cou, elle crut qu'elle allait défaillir.

— Gabe…

— Tessa.

Il posa sur elle son regard ambré.

— Tu veux qu'on arrête ?

La réponse prudente était « oui ». Elle n'avait jamais couché avec un homme dès le premier rendez-vous. Mais dormir seule - une fois de plus - n'avait aucun attrait alors qu'elle était avec cet homme superbe et adorable.

— Non. Et toi ?

Il eut un sourire lumineux.

— Certainement pas.

Elle glissa les mains sous sa chemise pour la soulever. Et eut le souffle coupé en découvrant ses abdominaux sculptés, les poils bruns qui couraient au-dessous de son nombril pour disparaître sous le jean. Il était magnifique !

— Tu es beau.

Gabe prit sa bouche puis lui effleura la joue du bout de l'index. Ce geste plein de douceur la fit fondre.

— Tu es belle aussi. Si ravissante.

Ces mots murmurés l'enflammèrent. Il y avait une éternité qu'on ne lui avait pas dit qu'elle était belle.

— Nous sommes tous les deux un peu nerveux, il me semble, dit Gabe.

— Ça fait longtemps que…

Les mains chaudes de Gabe se faufilèrent sous son chemisier. L'une d'elles effleura le bord du soutien-gorge.

— Eh bien… Si on se concentrait sur ce qui est agréable ? Est-ce que ça, c'est agréable ?

— Oui, murmura-t-elle, oubliant de nouveau ses inquiétudes. Mais ce n'est pas assez.

Elle enleva son chemisier d'un geste vif, savourant le regard admiratif de Gabe.

— Superbe…, dit-il en esquissant un sourire avant d'incliner la tête vers sa poitrine. Tu es parfaite, Tessa.

« Parfaite. » On ne lui avait jamais dit cela. Elle se promit de chérir ce moment toute sa vie.

Son souffle s'accéléra et elle se sentit défaillir alors que Gabe déposait une pluie de baisers juste au-dessus du soutien-gorge. Ramenant les bras en arrière, elle dégrafa le sous-vêtement, se délectant du soupir de Gabe qui, avec douceur, entreprit de sucer chaque bout rosé. L'arrière de ses genoux rencontra le bord du lit, et elle sourit quand il l'allongea, sa bouche cheminant sur son ventre. Il s'interrompit un instant pour la regarder. Elle déboutonna le haut de sa jupe.

Était-il possible d'établir un lien aussi immédiat avec quelqu'un ? D'aspirer aussi ardemment à ses caresses ?

Les lèvres de Gabe dessinèrent un chemin de feu sur la peau fine de ses cuisses. Quand son slip échoua à terre, elle se cramponna aux draps.

— Tessa ?

Elle se redressa pour agripper la ceinture du pantalon de Gabe.

— Je n'ai plus de vêtements et toi si. Ce n'est pas juste.

Quand le jean de Gabe rejoignit ses vêtements sur le sol, Tessa fit courir les mains sur ses fesses rondes et fermes. Il était réellement superbe.

Mais quand elle faufila les doigts sous l'élastique de son boxer, il la retint par le poignet.

— Je te veux, Tessa, terriblement, mais j'ai quand même mon idée.

— Une idée ? répéta-t-elle, le cœur battant follement, le regard rivé au sien.

Il lui effleura la pointe d'un sein, et elle frémit.

— Je veux te voir défaillir de plaisir.

Il fit courir ses doigts vers le haut d'une cuisse, vers l'entrejambe, sans le toucher. Elle en fut enfiévrée, et en même temps frustrée. Il lui lécha le bout des seins avant de reprendre sa route vers le bas de son corps, et elle se cambra alors qu'il approchait de l'endroit où elle le voulait - où elle avait besoin de le sentir.

— Gabe…

Alors, comme elle murmurait son prénom, il enfonça un doigt en elle, profondément, tout en la taquinant de la langue. Oh ! Seigneur ! Elle voulait… plus encore.

— Gabe, s'il te plaît.

Sidérée, elle se laissa submerger par des vagues de sensations, se noya dans les délices qu'il créait de sa main et de sa bouche, la menant au plus près de la jouissance ultime.

— Gabe !

Elle le saisit par les épaules et, l'attirant à elle, s'empara de ses lèvres tout en le dépouillant de son boxer. Avait-elle jamais désiré un homme aussi follement ?

Elle le renversa sur le dos, puis allongea un bras vers la table de nuit où était rangée la boîte de préservatifs achetée quelques années auparavant, et, lorsqu'elle chevaucha enfin Gabe, ses sens prirent le pouvoir.

Il la saisit par la taille, portant ses hanches en avant, puis il glissa un doigt entre eux. Elle hoqueta.

— Tessa…

— Gabe… Oh ! Gabe, murmura-t-elle, grisée d'entendre ainsi son prénom.

Il donna une nouvelle poussée, et elle fut emportée au sommet de la vague, dans l'inconscience du plaisir ultime.

Tessa avait le souffle léger, dans ses bras. Gabe déposa un doux baiser sur son épaule, savourant le plaisir de la sentir contre lui. Il était incapable d'expliquer la rapidité de leur entente intime, et n'était pas certain de vouloir comprendre. Surtout après minuit.

Il promena une main le long de son corps. Le besoin de la toucher, de l'étreindre, s'enracinait en lui. Il aurait peut-être dû lui souhaiter une bonne nuit et s'esquiver - mais il n'en avait pas envie !

Il avait eu quelques rendez-vous après la disparition d'Olive, mais il avait eu le sentiment que sa capacité à se sentir lié à une femme était rompue. Parce qu'il était lui-même brisé.

Une tragédie vous arrachait une part de votre âme, mais il restait tant de raisons d'être heureux. S'il n'était peut-être plus un être complet, le fait d'être « tonton Gabe », un infirmier qualifié, un excellent frère et un bon fils lui suffisait. Lui avait suffi jusque-là.

Mais ce soir, il avait voulu avoir plus. Eu envie de plus. Avec Tessa, il s'était presque senti réparé pour la première fois depuis des lustres. Pendant quelques précieuses heures, le rire lui était venu aisément, et il avait été sincère. Il n'avait pas eu à se forcer à sourire. Il avait savouré chaque instant.

Grâce à cette femme dans ses bras. Qu'est-ce que cela signifiait ? Probablement rien.

Elle laissa échapper un soupir puis son prénom. Son prénom à lui... Il en fut tout remué. Comment un lien aussi ténu pouvait-il l'atteindre jusqu'au tréfonds de lui-même ?

Il promena les lèvres dans son cou. Tessa gémit lorsque sa main courut sur sa hanche et elle roula sur elle-même, son regard brun rencontrant le sien. Dans la pénombre, ses yeux étaient un peu flous, mais on y lisait un désir qui le fit sourire.

— Je ne voulais pas te réveiller.

Il n'en avait pas eu l'intention, mais il ne regretta pas qu'elle le soit lorsqu'elle posa ses lèvres sur les siennes.

— Je ne suis pas sûre de te croire, dit-elle en explorant son torse de ses longs doigts fuselés. Tu voulais quelque chose ?

La question semblait plus profonde qu'il n'y paraissait, et Gabe ne sut pas lui donner une réponse. Comme les lèvres de Tessa descendaient le long de son corps, il laissa la question se perdre dans les délices du plaisir porteur d'oubli.

Son bras est lourd, pensa Tessa en se glissant hors des couvertures. La respiration de Gabe parut marquer un bref temps d'arrêt, et toutes les hésitations, toutes les interrogations refoulées la veille l'assaillirent. Leur alchimie sensuelle était électrisante, mais elle ne connaissait pas Gabe. Pas vraiment.

Ils ne s'étaient même pas posé les questions rituelles d'un premier rendez-vous. Quel est ton métier ? Tes hobbys ? Tes projets d'avenir ? Non, ils avaient flirté en parlant du temps ! Comment une conversation aussi superficielle avait-elle pu les conduire à ce feu d'artifice au lit ?

Il lui fallait un peu de distance. Même si son corps lui criait de réveiller son apollon endormi avec des baisers, et bien plus encore. Enfilant un short et un débardeur, elle se dirigea vers la cuisine. Elle avait besoin d'un café, et d'un peu d'espace. L'expérience était inédite pour elle. Que faisait-on au lendemain d'une aventure d'un soir ?

Et... si elle ne voulait pas s'en tenir à une aventure d'un soir ?

Tessa détestait l'incertitude qui la tenaillait et elle s'immobilisa au bas de l'escalier, guettant le moindre signe que le beau gosse était réveillé. En se remémorant les caresses de la nuit écoulée, elle eut un accès de désir enfiévré. Mais au lieu de remonter vers la chambre, elle gagna la cuisine.

L'amour était une réaction chimique qui se dissipait avec le temps. Cette vision des choses lui faisait horreur, mais son père n'avait-il pas abandonné sa mère lorsque la vie de famille qu'il avait juré vouloir avait cessé de l'exciter ? Et dans son propre couple, l'alchimie ne s'était-elle pas dissipée des années avant que Max demande le divorce ?

Pourtant, malgré le chagrin dont il avait été témoin, son cœur en redemandait. Peut-être était-il masochiste quand il lui soufflait que Gabe pouvait être différent de son père, différent de Max…

Son mobile bourdonna, et elle se rembrunit. Elle n'était pas de garde à l'hôpital, ce week-end.

Cette nuit, le Dr Lin m'a dit qu'il prendrait sa retraite dans trois mois. Son poste de chef de service devrait être ouvert à candidature dans peu de temps. Tu es la favorite pour la succession !

Ce SMS de Debra, l'infirmière en chef, la fit sourire, et elle eut envie de claironner la nouvelle !

Qu'en penserait Gabe ? se demanda-t-elle soudain.

Cette pensée la contraria au plus haut point. Même si elle avait connu Gabe pendant quelques mois quand ils étaient adolescents et qu'elle venait de le retrouver pour une nuit délicieuse, elle n'avait pas à s'inquiéter de sa réaction. Elle ne quêtait pas l'approbation d'un homme, quel qu'il fût, en ce qui concernait sa carrière. C'était terminé, cela !

Tessa relut le message. « Chef de service »… Elle en était tout excitée. Elle voulait cette promotion.

Elle était la mieux placée pour prendre la relève du Dr Lin, mais cela n'était pas toujours décisif. Elle l'avait remplacé l'an passé, lorsqu'il avait souffert d'une lésion de la coiffe des rotateurs. Mais elle était plus jeune que deux autres collègues qui s'intéresseraient sûrement à ce poste. Et elle était une femme.

Son sexe n'aurait pas dû entrer en ligne de compte - mais c'était pourtant le cas. Tout au long de sa carrière, on lui avait posé des questions que ses collègues masculins n'avaient jamais eu à affronter. En particulier sur son intention de fonder une famille.

On supposait toujours que les hommes avaient une compagne, une épouse, ou une ex-épouse, pour veiller sur leurs enfants. Qu'ils n'auraient pas besoin d'un congé familial. Qu'ils pouvaient rester au meilleur de leur forme au bloc opératoire, même s'ils s'occupaient d'une nombreuse progéniture en rentrant chez eux chaque soir.

Une femme, elle, devait prouver qu'avoir une famille ne nuirait en rien à son métier de médecin.

Pendant des années, Tessa avait dit qu'elle ne voulait pas fonder une famille tout de suite, et n'aurait pas besoin d'un congé de maternité, mais cela lui faisait horreur. Cela soulignait à ses yeux que sa maison était vide.

Elle adorait les enfants. Elle n'avait jamais envisagé une autre spécialité que la pédiatrie. Sa mère avait arrêté ses études de médecine lorsqu'elle était tombée enceinte, mais elle avait entretenu la fascination de sa fille pour le corps humain et l'art de la chirurgie. Très tôt, Tessa avait su qu'elle serait pédiatre. Soigner les enfants la rendait heureuse. Mais ce n'était pas la même chose que de retrouver ses propres enfants en rentrant chez soi.

Elle tenta de refouler la tristesse qui pointait toujours en elle lorsqu'elle pensait aux deux pièces inoccupées de son appartement : aucune n'était devenue une nursery ou une salle de jeux. Elle avait toujours rêvé d'avoir des enfants, et elle était sûre de pouvoir être à la fois une excellente mère et un remarquable médecin.

Divorcée, elle n'était pas près de réaliser ce rêve, désormais. Le chagrin l'accabla, et elle tenta de se concentrer sur ce qu'elle avait : son métier, la promotion en vue, son appartement. Sa liberté retrouvée qui lui permettait de se redécouvrir. Beaucoup de gens n'en avaient pas autant ! S'apitoyer sur son sort parce que tous ses désirs n'avaient pas été comblés ne lui procurerait pas une famille comme par magie.

Le souvenir de la nuit écoulée amena un sourire sur ses

lèvres. Gabe… Elle pouvait réellement s'éprendre de lui, et c'était terrifiant. Il serait agréable de laisser éclore le lien aisément établi cette nuit. De se perdre en Gabe, qui avait bon cœur et de si troublantes fossettes.

Mais s'attacher à quelqu'un avait un prix. Sa mère l'avait payé cher, en pure perte. Et Tessa savait que, si elle n'avait pas été aussi désireuse de satisfaire Max, elle serait déjà responsable de service. Non, elle n'était plus disposée à payer le prix fort pour de l'amour et de l'affection. Même si une part de son cœur esseulé y aspirait éperdument.

Le Dr Killon parle déjà de prendre des tours de garde en plus !

Ce nouveau message de Debra l'amena à consulter son planning. Il était courant que les médecins étoffent leurs CV avec des heures de service en plus lorsque des postes convoités se libéraient. Par chance, elle disposait de plages libres. Rien ne l'empêchait de faire toutes les heures supplémentaires qu'elle voulait.

Elle tourna la page pour passer au mois suivant. Jusque-là, elle n'avait jamais travaillé le jour de son anniversaire, pas pour le célébrer, non, mais pour aller se recueillir sur la sépulture de sa mère. Toutefois, si la compétition s'ouvrait pour le poste à pourvoir, sa mère comprendrait qu'elle ne respecte pas cette année ce rituel intime. Après tout, elle n'avait pas pu poursuivre ses rêves, mais Tessa, elle, le pouvait. Pour elles deux.

J'ai hâte de t'appeler patronne !

Ce nouveau message chassa son chagrin. Le mobile serré contre sa poitrine, elle virevolta en pensant : *Oui, je peux y arriver ! Je le peux !*

— Quel grand sourire dès le matin ! entendit-elle soudain Gabe s'exclamer.

Et l'enveloppant de ses bras, il déposa un baiser sur sa joue.

— Un job que je désire depuis toujours s'ouvre enfin à candidature. Une collègue vient de m'en informer.

— Quoi ? C'est une proposition de boulot qui te fait danser dans ta cuisine ? demanda Gabe, relâchant son étreinte.

Tessa tenta d'ignorer une pointe d'inquiétude. *Il est tôt, il n'a pas encore eu son café. Non, il ne s'est pas rembruni.*

— Oui, dit-elle. C'est mon plus grand désir.

Ce n'était pas tout à fait vrai, mais son lien avec Gabe était trop récent pour qu'elle mentionne aussi son désir intime d'une famille. D'enfants qui l'appelleraient « maman ». D'un foyer heureux.

— Un job…, répéta Gabe, qui secoua la tête.

Cette fois, il s'était nettement rembruni.

— La nuit dernière était sympa, souffla-t-elle.

Ce mot lui fit horreur dès qu'elle l'eut prononcé, car « sympa » ne décrivait en rien la nuit passée. Du moins, pas complètement. Cela avait été incroyable, excitant… Un vrai commencement.

Seulement, quelque chose semblait s'être modifié depuis. Gabe regrettait-il d'avoir couché avec elle ? Ou était-ce son excitation à la perspective d'une promotion qui avait tout changé ?

Le mobile de Gabe bourdonna, et il sourit en lisant le message qui lui parvenait.

— Mes sœurs s'impatientent. Nous nous réunissons toujours pour le petit déjeuner, le samedi.

Tessa réprima son envie de lui demander si elle pouvait venir. Ses amitiés ne seraient plus assujetties à celles d'un homme.

— C'était bon de te revoir, dit-elle.

Ces mots ne semblaient pas appropriés, ni très inspirés, mais elle ne savait pas comment se comporter. Elle saisit un bloc-notes sur le plan de travail et griffonna son numéro de téléphone. Gabe sourit avant de prendre le calepin. Lorsqu'il le lui rendit, il avait inscrit son propre numéro. Peut-être qu'il téléphonerait, pensa-t-elle, réconfortée.

— Il vaudrait mieux que je parte, fit-il en considérant son mobile.

Quand il releva les yeux, elle crut un instant qu'il allait l'inviter, mais il déposa sur sa joue un baiser léger. Après une nuit de passion, elle en fut anéantie, mais elle n'en laissa rien paraître.

— C'était bon de te revoir, Gabe. Vraiment…

— C'était bon aussi de te revoir, Tessa, répondit-il.

Et de déposer un autre baiser tout aussi chaste sur sa joue avant de s'en aller.

3.

On n'en avait jamais fini avec la paperasse ! Tessa cocha une case sur sa tablette numérique médicale en essayant de ne pas laisser dériver ses pensées vers Gabe Davis.

Au cours des deux derniers jours, elle s'était tantôt juré de l'appeler, tantôt de jeter son numéro à la poubelle. Ce qui ne l'aurait guère ennuyée puisqu'elle le connaissait par cœur ! Mais chaque fois que ses doigts allaient vers l'icône d'appel, elle avait été arrêtée par la réaction de Gabe lorsqu'elle avait parlé de sa promotion.

Elle connaissait ce regard-là : Max l'avait affiché pendant des années. Même du temps où il faisait semblant de ne pas avoir en horreur la réussite professionnelle de Tessa.

Le visage de Gabe se présenta de nouveau à sa mémoire, et elle regretta pour la énième fois qu'il ne l'ait pas invitée à ce petit déjeuner avec ses sœurs, n'ait pas demandé quand il pourrait la revoir… Elle aurait voulu que leur nuit sans pareille se mue en histoire merveilleuse qu'elle raconterait plus tard à ses petits-enfants. Mais la vie n'était pas un conte de fées !

La mère de Tessa avait épousé son père après un coup de foudre puis elle s'était retrouvée enceinte de Tessa. Son père ayant eu une promotion, ils avaient quitté Houston pour Dallas. Sa mère, qui avait rêvé de devenir une chirurgienne de renom, visait désormais le titre de meilleure épouse et mère. Mais cela n'avait pas été facile pour elle. Tessa la revoyait encore s'exercer à faire des points de suture sur une orange. Juste pour rire.

Ils s'étaient débrouillés de leur mieux, et Tessa n'avait jamais douté de l'amour inconditionnel de sa mère. Puis son père avait plié bagage pour lancer une nouvelle affaire dans laquelle ni sa femme ni sa fille n'avaient leur place. Aux dernières nouvelles, il dirigeait un restaurant de renom dans le nord de l'État de New York avec sa quatrième ou cinquième épouse.

La mère de Tessa avait toujours eu foi en l'amour, même après avoir été abandonnée par son mari. Même après avoir assumé deux jobs pour joindre les deux bouts faute de recevoir la pension alimentaire. Elle avait toujours affirmé que l'amour comptait plus que tout. Arrangeait tout.

Erreur… Tessa avait voulu aborder sa vie de couple avec le même optimisme, espérant avoir droit à un amour durable. En vain.

Gabe n'était ni Max ni son père, elle en était certaine, mais l'ombre d'incertitude qu'elle avait perçue dans son regard l'avait empêchée de lui téléphoner. Et il n'avait pas téléphoné non plus, ce qui était blessant.

— Docteur Garcia, voici notre nouvel infirmier en pédiatrie.

Debra, l'infirmière en chef, faisait faire le tour du service aux personnes récemment engagées pour les présenter à leurs nouveaux collègues. C'était un rite de passage au Dallas Children's Hospital. On ne faisait pas pleinement partie de l'équipe tant que Debra ne vous avait pas fait faire la tournée.

Tessa se retourna en souriant vers le nouveau venu, ravie d'avoir un autre centre d'intérêt que la paperasse ou Gabe Davis, mais elle se figea, interdite. Gabe était là, près de Debra ! Elle vit passer une brève hésitation dans son regard ambré, puis il lui décocha un sourire solaire.

Lui avait-elle manqué autant qu'il lui avait manqué ? Pourquoi n'avait-il pas téléphoné ?

— Voici le Dr Tessa Garcia, reprit Debra, souriante. Tessa, je te présente notre nouvel infirmier, Gabe Davis.

— Nous nous sommes rencontrés dans un bar, répliqua Tessa.

Seigneur ! Il n'y avait pas plus gênant comme entrée en matière !

— Euh… je voulais dire…

— On a travaillé ensemble dans un cinéma quand on était lycéens, la coupa Gabe en décochant un sourire ravageur à Debra.

Debra, épouse comblée et grand-mère, devint toute rose.

— Nous nous sommes revus par hasard, ajouta-t-il, et Tessa a voulu me convaincre que la fournaise de Dallas vaut mieux que la neige du Maine, d'où je viens.

— De la neige ! s'exclama Debra. Quelle horreur !

Tessa était soulagée de ne pas avoir rougi en se remémorant l'issue de cette conversation sur la neige. Le regard de Gabe rencontra le sien, et l'attirance qui l'avait jetée dans ses bras surgit de plus belle.

— Cela fait plaisir de te revoir, Tessa. Je veux dire, docteur Garcia. J'ai toujours su que tu étais destinée à de grandes choses !

La voix de Gabe la troubla, et elle faillit s'approcher de lui, le corps brûlant du souvenir de ses caresses.

— Elle est destinée à de grandes choses, c'est sûr ! lança Debra en entraînant Gabe. Elle dirigera ce service un jour, tu verras !

Par-dessus son épaule, elle décocha un clin d'œil à Tessa.

Tessa regarda Gabe s'éloigner. Comment pourrait-elle travailler avec lui ? *En étant professionnelle !* répliqua sa raison. Mais son cœur était dans l'incertitude.

— S'il vous plaît ! À l'aide !

Le cri avait jailli du box où un adolescent attendait de recevoir des points de suture après un accident de skateboard. Gabe se rua vers le compartiment alors que la maman en sortait, portant une toute petite fille.

— S'il vous plaît ! gémit-elle de nouveau.

Plusieurs infirmières s'empressèrent auprès des patients pour qu'ils ne s'agitent pas - une tâche délicate dans une salle d'urgences en pédiatrie où les petits patients étaient déjà anxieux.

— Confiez-la-moi, s'il vous plaît, dit Gabe à la maman, en prenant la petite. Il y a une chambre libre ?

— La 7 ! cria une infirmière.

Tessa ayant rejoint Gabe, ils se hâtèrent de gagner la chambre disponible pendant qu'une infirmière tentait de calmer la mère et d'obtenir des précisions.

— Qu'en penses-tu, Gabe ? Je t'ai vu changer de mine.

— L'odeur de son haleine est douceâtre. Si elle fait une acidocétose diabétique, alors nous devons…

Gabe s'interrompit en déposant la fillette sur le lit, puis il ajouta :

— Quels sont les ordres, docteur ?

Se penchant sur la petite fille, Tessa perçut aussi son haleine caractéristique. Elle prit dans le tiroir le kit de contrôle de glycémie présent dans chaque chambre.

— Prépare-moi une perfusion intraveineuse, dit-elle. Son taux de glucose dans le sang est bien trop élevé.

En fait, il s'agissait là d'une urgence médicale. S'ils ne parvenaient pas à faire baisser le taux de sucre dans le sang de la fillette, elle risquait une insuffisance rénale ou un coma diabétique.

Gabe hocha la tête et s'activa aussitôt à mettre la fillette sous perfusion en accrochant une poche de soluté à la potence. La petite paraissait si minuscule et si jeune !

— Son rythme cardiaque est stable, dit Tessa.

Elle ajouta à l'intention de Wendy, l'infirmière qui venait de les rejoindre :

— Il faut nous préparer deux unités d'injection d'insuline, et en mettre deux autres en réserve.

Hochant la tête, Wendy s'éclipsa en hâte.

Le cardiofréquencemètre qui enregistrait le rythme cardiaque se mit à biper, et Gabe regarda par-dessus l'épaule de Tessa pour s'assurer que le chariot d'urgence était à sa place. Mais ils n'en auraient pas besoin aujourd'hui. *Oh ! non, pas ça !* pensa-t-elle.

Elle entendit le sanglot étouffé de la mère de la fillette sur le seuil de la pièce.

— Y a-t-il des antécédents de diabète dans votre famille ? lui demanda Tessa d'un ton calme.

La maman écarquilla les yeux et secoua la tête.

— Non, non.

Elle ravala un autre sanglot puis redressa les épaules. Une

attitude dont Tessa avait souvent été témoin. Une fois le premier choc passé, les parents rassemblaient leur courage afin de faire ce qu'il fallait pour leurs enfants… et s'effondraient à la cafétéria lors d'une pause-café quelques heures plus tard.

— D'accord, dit Tessa.

Le diabète de type 1 était en général d'origine génétique, mais il pouvait survenir hors de tout antécédent connu.

— Avait-elle soif, récemment ? Ou s'est-elle plainte de maux de tête ?

Wendy entra et remit à Gabe les doses d'insuline, puis prit sa place de l'autre côté du lit de l'enfant.

— Rebecca a tout le temps soif, répondit la mère, mais avec cette chaleur, j'ai pensé…

— Vous n'avez rien à vous reprocher, intervint Gabe, tout en préparant l'injection prescrite par Tessa.

— C'est juste, commenta Tessa. Quand il n'y a pas d'antécédents familiaux, c'est souvent la perte de conscience de l'enfant qui fait découvrir un diabète. Par chance, vous étiez sur place à cause de votre fils.

La mère vint un peu plus près du lit où reposait sa fille.

— Est-ce qu'elle va aller bien ?

— Nous lui avons administré de l'insuline à action rapide et qui fera effet dans environ trente minutes. Ensuite, nous surveillerons son taux de glycémie et utiliserons de l'insuline lente pour la stabiliser.

Tessa désigna Wendy et continua :

— L'infirmière contrôlera son taux d'insuline toutes les quinze minutes. Nous avons prévu d'autres injections en cas de nécessité. Quand son taux d'insuline aura remonté, votre fille reprendra conscience et sera probablement effrayée.

La mère déglutit avec difficulté.

— Mon fils…

La pauvre femme était mise à rude épreuve, et Tessa savait qu'elle pouvait la soulager un peu.

— Je vais veiller à ce qu'on lui fasse les points de suture et qu'on l'envoie ici ensuite. Il faudra que Rebecca reste en observation cette nuit. Nous prendrons des dispositions pour que vous puissiez consulter dès demain un diabétologue.

— Merci, murmura la femme qui essuya une larme avant de prendre la main de sa petite fille.

Une fois dans le couloir, Tessa se tourna vers Gabe.

— Beau travail… Tu nous as fait gagner un temps précieux.

Le regard de Gabe se dirigea vers la chambre de Rebecca, et Tessa eut envie de lisser les plis d'inquiétude qui lui barraient le front. Elle devait se ressaisir ! Ils étaient sur leur lieu de travail ; elle n'avait pas à se préoccuper de la nervosité qu'il laissait transparaître, mais il y avait en lui quelque chose qui la troublait.

— Ma sœur Isla est diabétique, déclara-t-il. Peu après le départ de ma mère, elle a commencé à se plaindre de maux de tête. Papa était débordé et… Bref, nous avons découvert son problème comme c'est arrivé pour cette petite - à cette différence près que nous avons dû suivre une ambulance et qu'il a fallu plus d'une heure pour établir le diagnostic. Cela lui a valu une insuffisance rénale chronique. Jamais je n'oublierai l'odeur de l'acidocétose diabétique, alors tant mieux si, aujourd'hui, ça a fait gagner du temps.

Tessa hocha la tête, émue. En tant que fille unique, elle ne pouvait pas réellement comprendre le lien que Gabe entretenait avec sa fratrie. Mais avoir peur pour quelqu'un qu'on aime et se sentir impuissant, elle savait ce que c'était. Les malades avec un diabète bien suivi pouvaient mener une existence presque normale, même si Rebecca devrait toujours se surveiller.

— Tu viens m'aider à faire des points de suture à un skateur, Gabe ? dit-elle en lui donnant un petit coup d'épaule.

C'était un lien ténu, mais son corps en frémit.

— Bien sûr, fit Gabe dont les fossettes reparurent.

Une onde de chaleur enveloppa Tessa. N'importe quel autre soignant aurait pu la seconder pour les points de suture, mais elle n'était pas disposée à écourter ce temps passé avec Gabe. Même si c'était dangereux, elle s'en moquait. Elle était heureuse qu'il soit là. Avec elle.

Les idées se bousculaient dans la tête de Gabe. Tessa était là, près de lui ! S'il se concentrait, il lui semblait sentir encore le contact de son épaule contre la sienne.

Il tenta de dompter son cœur emballé. Il avait passé ces deux derniers jours à espérer qu'elle téléphonerait, nerveux à l'idée de l'appeler lui-même.

Quand il était descendu à la cuisine, il l'avait vue effectuer une petite danse. Après leur nuit ensemble, il avait caressé l'idée qu'elle avait savouré leurs échanges autant que lui. Qu'elle désirait le revoir… Et sa bonne humeur semblait vouloir dire que oui !

Mais en fait, son excitation était due à un poste à pourvoir à son travail - sans doute la direction du service des urgences. Il avait déjà entendu de nombreux médecins et infirmières discuter de ce poste bientôt disponible.

Sa mère aussi avait dansé ainsi, une fois, dans la cuisine. La veille du jour où elle avait fait ses bagages. Elle l'avait étreint en disant que de grandes choses allaient se produire. Elle lui avait confié des tâches qu'il avait accomplies dans l'espoir de conquérir une place dans la nouvelle vie de sa mère. En vain. Aujourd'hui encore, il était le seul à répondre à ses rares appels - elle ne se manifestait qu'en cas de besoin. Mais il espérait qu'elle finirait par établir avec lui une relation plus manifeste.

Tessa n'était pas sa mère. Cependant, ce poste était ce qu'elle désirait le plus, et elle ne l'avait pas caché.

Si Gabe avait dû établir la liste de ses propres priorités, l'évolution de sa carrière en aurait fait partie. Mais cela n'aurait pas figuré en tête de liste car rien ne détrônerait jamais sa famille.

Pourtant, il avait eu envie d'aller vers Tessa, lui proposer un dîner au restaurant ou partir en randonnée… Il s'était même demandé quel job elle convoitait. Oui, il désirait la connaître sans trop savoir quoi faire de ce sentiment.

— Prêt ? demanda Tessa, l'arrachant à ses pensées alors qu'elle franchissait le seuil de la chambre où il avait pris la petite Rebecca dans ses bras.

— Est-ce que ma sœur va bien ?

La voix de l'adolescent avait tremblé, mais il regardait Tessa sans ciller alors qu'elle et Gabe entraient. Le garçon avait de multiples écorchures, son bras était dans une attelle. Il avait sans doute mal, mais Gabe voyait qu'il était aussi dévoré d'inquiétude.

Il avait lui-même souvent eu cette expression après le départ de sa mère. Il s'était inquiété au sujet de son père épuisé, de ses frères et sœurs, des changements survenus. Il lui avait fallu des années pour apaiser son anxiété.

Puis Olive avait commencé à se plaindre de migraines. Comme elle accusait le stress dû au futur mariage et au travail, il avait refoulé son angoisse.

Il savait que, même si on avait découvert l'anévrisme avant sa rupture, il y aurait eu très peu de chances qu'Olive survive étant donné l'endroit où il était situé. Mais l'angoisse et le sentiment de culpabilité n'étaient pas aisément balayés par la logique.

Et Gabe détestait en voir la manifestation chez le jeune homme qui était devant lui. Il ne pouvait plus rien pour Olive, mais il pouvait aider l'adolescent assis sur la table d'examen - une fois traitées ses blessures visibles.

— Rebecca se remettra. Mais elle va passer la nuit à l'étage du dessus, avec de très gentilles infirmières.

La réponse de Tessa parut détendre le garçon.

— Pour le moment, c'est de toi que nous devons nous occuper. Comment t'appelles-tu ?

— Sam. Je veux voir ma sœur.

— Pas avant qu'on t'ait recousu, dit Tessa, souriante mais ferme.

Sam avait beau n'être qu'un ado, il la dépassait de près de dix centimètres et pesait au moins vingt kilos de plus. Mais il paraissait si jeune ! Et si fatigué !

Elle examina son bras sans attelle avant de lever les yeux.

— Je sais que tu veux aider ta sœur et ta maman.

Des larmes perlèrent dans les yeux du garçon.

— Elles ont besoin de moi. Papa est parti…

Il avait dit cela à voix basse et sa phrase s'interrompit dans un sanglot étouffé.

— Tu ne peux aider personne si tu ne vas pas bien. À trop presser le citron…, répliqua Tessa en s'asseyant au bord du lit pour examiner la coupure qu'il avait sur la joue. Je crois qu'un pansement papillon suffira pour ceci.

Gabe s'émut en la voyant presser amicalement le genou du garçon. C'était un enfant qui essayait de se comporter en adulte. Même s'ils étaient débordés, Tessa lui consacrait du temps pour lui montrer qu'il comptait aussi.

Dans les services d'urgences, les médecins étaient souvent jugés sur leur capacité à soigner et à libérer rapidement les malades. Dans le dernier hôpital où Gabe avait travaillé, un médecin avait été promu parce que le temps moyen qu'il consacrait à un patient était inférieur à douze minutes. Gabe ne pensait pas qu'une telle attitude devait être récompensée ! Tessa, elle, ne négligeait pas ses patients.

Il avait la gorge nouée alors qu'il sortait le matériel qui permettrait de suturer les blessures de Sam. Ses sœurs lui avaient souvent répété les paroles de Tessa après le décès d'Olive, à l'époque où il voulait tout mener de front alors qu'il était en train de s'effondrer. Il avait été si habitué à aider les autres qu'il n'avait pas su comment appeler au secours et refusé d'admettre à quel point il se sentait perdu.

On ne pouvait pas presser un citron indéfiniment, en effet. Mais certaines personnes avaient du mal à l'admettre. Gabe devinait que Sam, tout comme lui, donnerait la priorité aux autres, négligerait ses besoins et désirs au bénéfice de sa mère et sa sœur.

Il s'accroupit pour regarder l'adolescent dans les yeux.

— Je sais qu'on se sent égoïste quand on pense d'abord à soi. Quand tu fais quelque chose qui te rend heureux, tu considères que c'est du temps que tu ne consacres pas à ta mère et à Rebecca, n'est-ce pas ?

Sam renifla, et leva son bras immobilisé dans une attelle, lui jetant un regard noir.

— Et ça coûte de l'argent à maman.

Gabe en eut le cœur tout retourné. Sam était tombé en skateboard, c'était un accident, pas un crime, mais le garçon s'en voulait pour cela. Un sentiment qui pouvait vous gangrener de l'intérieur et causer tant de dégâts !

— Je suis passé par là, dit-il. J'ai eu un accident de bicyclette, à dix-sept ans, et mon père a dû dépenser mille dollars pour être sûr que je n'avais pas de fracture crânienne. Tu n'es encore qu'un enfant, Sam. Tu n'es pas obligé de tout assumer. Le Dr Garcia a raison, tu ne pourras aider personne si tu es épuisé, crois-moi.

S'écartant, il regarda Tessa qui réalisait les points de suture en parlant d'une voix posée de films de super héros et de skateboard - deux sujets sur lesquels elle paraissait incollable, au grand étonnement de Gabe.

Lorsqu'elle eut pansé la joue de Sam, elle demanda à une infirmière d'emmener le garçon près de sa mère et de sa sœur.

— Gabe ?

Il se tourna vers elle. Il y avait tant de compassion dans le regard brun de Tessa, et *aussi* les émotions qu'il y avait vues l'autre soir. Ce n'était cependant pas le moment de discuter de ce qui s'était produit entre eux. Si elle voulait parler de cela, elle avait son numéro de téléphone.

— Penses-tu qu'un suivi psychologique aiderait Sam ?

« Cela t'aurait-il aidé, toi ? » Telle était l'autre question qu'il voyait danser dans son regard. Elle ne mesurait peut-être pas l'étendue de son lien intime avec la situation de Sam, mais elle l'avait perçu.

— Je crois, dit-il. Mais s'ils manquent d'argent…

Son père aurait volontiers confié ses enfants à un psychologue pour les aider à gérer l'abandon de leur mère s'il en avait eu les moyens.

— … ce sera la première chose qui sautera lorsque les factures arriveront à échéance, ajouta-t-il.

Tessa hocha la tête et parut pensive.

— Je demanderai une faveur au Dr Gendler. Le Dr Lin

partant à la retraite, tout le monde est à l'affût d'un coup de pouce. Il voudra… Bref, Sam a besoin d'un suivi.

La « faveur » aurait donc un coût, pensa Gabe.

— Mais toi aussi, tu veux ce job, dit-il à voix basse.

— Pas au détriment de mes patients, répondit-elle en refermant le dossier médical de Sam sur la tablette numérique. Aucun job ne le justifie.

Ces mots simples lui firent battre le cœur plus vite. Il avait été stupide ! Il aurait dû téléphoner à Tessa. L'inviter. Prendre un risque. Mais il n'était peut-être pas trop tard…

— Nous voici bien loin du cinéma Tinseltown, hein ? reprit-elle. Mais c'est sympa de travailler à nouveau avec toi, Gabe.

— Le sentiment est réciproque, docteur, répliqua-t-il avec un grand sourire. « Docteur Garcia »… ça sonne bien. Ça te va bien.

— Merci, dit-elle avec un petit rire. C'est important pour moi.

Elle se dirigeait vers le poste des infirmières quand elle se détourna à demi.

— C'est vraiment bon de te voir ici, Gabe.

Il y avait eu, dans la façon dont elle avait prononcé son prénom, une douceur qui lui fit chaud au cœur. Ce cœur qui était resté insensible pendant si longtemps. Il la suivit du regard tandis qu'elle s'éloignait. *Dr Tessa Garcia*. Il sourit. Lui aussi était excité à l'idée de retravailler avec elle.

4.

Son plateau à la main, Tessa regarda par-dessus la file. Les crêpes de la cafétéria du Dallas Children's attiraient toujours plus de clients. Mais elle ne cherchait qu'une seule et unique personne, ce matin. *Gabe…*

Lorsqu'elle était avec lui, son corps vibrait d'excitation et de désir. Ils avaient pris l'habitude de bavarder lorsque les choses étaient calmes pendant leur service. Mais cela n'épuisait pas son envie d'être avec lui.

La nuit de passion qu'ils avaient partagée semblait n'avoir été qu'un moment fugitif. Ils n'en parlaient jamais, même si elle semblait planer sur les rares moments de gêne qui perturbaient leurs échanges.

— Tu sembles perdue dans tes pensées.

La voix chaleureuse de Gabe la fit frissonner, et elle sourit. Seigneur ! Elle l'avait vraiment dans la peau.

— Qu'est-ce qui t'occupe à ce point l'esprit, ce matin ?

Toi, pensa-t-elle, posant son plateau en face du sien avant de s'asseoir.

— Je pensais que le Dr Killon essaie déjà de se placer alors que le Dr Lin n'a pas encore pris sa retraite officiellement, dit-elle au lieu de cela. Killon a une très haute opinion de lui, c'est clair.

Tessa observa Gabe, mais il se contenta d'avaler une bouchée de crêpe. Il était apparemment le seul à se moquer de savoir quel médecin était le plus susceptible de succéder au Dr Lin. Même si elle avait fait en sorte d'éviter les bavardages, Tessa avait été happée dans plus d'une discussion au sujet de la compétition à venir. Le refus de Gabe de se prêter à ces supputations était rafraîchissant, mais, parfois, elle désirait réellement savoir ce qu'il pensait. Et s'il la considérait comme un bon choix après avoir travaillé avec elle pendant quelques semaines.

Pour ce qui était du Dr Killon, n'importe qui pouvait se rendre compte qu'il manquait d'expérience et ne se souciait guère de ses patients.

— Alors, Gabe, qu'en penses-tu ? reprit-elle dans l'espoir d'un commentaire sur le poste à pourvoir, désireuse de savoir si c'était à cause de la manière dont elle avait réagi à ce sujet qui l'avait dissuadé de lui téléphoner après la nuit qu'ils avaient passée ensemble.

Le regard ambré de Gabe soutint le sien.

— Tessa…

Au même moment, elle sentit du liquide brûlant se déverser dans son dos, puis des mains la heurter. Un plateau tomba par terre avec fracas.

En se retournant, Tessa découvrit un adolescent pris de convulsions.

Elle réagit vite en s'agenouillant près du jeune homme. Levant les yeux, elle vit que Gabe sautait par-dessus la table pour la rejoindre.

— Il faut le placer sur le côté.

Il l'aida à retourner l'adolescent, puis elle consulta sa montre. Ils devaient connaître avec précision la durée de la crise.

— Écartez-vous ! lança une voix.

Debra et Jackson arrivaient avec le chariot d'urgence. Plus la crise se prolongerait, plus il y aurait de risque de séquelles à long terme.

Heureusement, la crise parut diminuer !

— Une minute et vingt-huit secondes, dit Gabe d'une voix troublée tandis qu'il se levait pour laisser le passage à la civière.

— Pareil, dit Tessa.

Les mains de Gabe tremblaient. Que se passait-il ? Quelque chose, chez ce patient, l'avait secoué. Elle ne pouvait se préoccuper de lui pour l'instant mais, dès qu'elle serait rassurée sur l'état du jeune homme, elle irait voir Gabe. Quel que soit le souvenir que cet incident avait ranimé, il avait besoin de soutien et elle pouvait le lui apporter.

Adossé au mur dans la salle de repos, Gabe frissonnait. Il avait participé aux soins d'une fillette qui avait besoin de points de suture après une chute à bicyclette, préparé le dossier de sortie d'une autre petite patiente, mais son esprit ne cessait de vagabonder vers les portes derrière lesquelles Tessa et d'autres s'occupaient du jeune de la cafétéria.

L'adolescent avait brièvement croisé son regard avant de renverser involontairement du sirop chaud sur Tessa. Gabe avait eu l'impression que le temps s'arrêtait. Il n'avait même pas réussi à lancer l'alarme, sa gorge étant comme paralysée tandis que le passé se rappelait à lui.

Le regard dans le vague. La démarche erratique. La chute. Olive avait eu successivement chacun de ces symptômes le matin où il l'avait perdue. L'anévrisme qui lui avait été fatal avait gonflé, pressant sur un nerf, ce qui avait provoqué une attaque avant que la poche se rompe.

Gabe savait que les probabilités pour qu'un garçon qui n'avait guère plus de dix-sept ans ait une rupture d'anévrisme étaient négligeables. Mais Olive était une jeune femme de vingt-six ans pétillante lorsqu'un tel phénomène s'était produit.

— Gabe.

La voix douce de Tessa le fit tressaillir. Le présent reprit l'ascendant sur le passé alors qu'il s'écartait du mur.

— Il va bien, dit-elle en le rejoignant, l'air inquiet.

— Tu lui as fait passer une IRM ?

Pendant l'heure qui avait suivi son attaque, Olive semblait aller bien. Assis près d'elle aux urgences, il avait essayé de la rassurer. Mais lorsqu'elle avait hurlé sous l'effet de la pression ressentie dans son crâne, il avait tout de suite compris, et il n'avait rien pu faire d'autre que de lui tenir la main alors qu'elle quittait ce monde.

Le regard de Tessa vacilla. Devinait-elle son tourment ?

— Non, je n'ai pas demandé d'IRM, dit-elle avec calme en continuant de l'observer. Tu es pâle. Respire avec moi.

Elle inspira, retint son souffle une seconde, puis souffla, attendant qu'il l'imite. Sa senteur douce l'enveloppa, et la panique reflua. Son cœur s'emballa, mais c'était à cause du toucher léger de Tessa qui avait posé la main sur son torse. Quand elle s'écarta, il détesta qu'ils soient séparés.

— Il est épileptique, reprit-elle. Le nouveau traitement que lui a prescrit son neurologue ne lui réussit pas. On l'avait placé en observation ici parce qu'il le lui a fait arrêter pour reprendre l'ancien. Il est descendu chercher des crêpes sans autorisation. Ah, les ados !

Elle laissa échapper un léger rire, et Gabe ressentit une bouffée de désir. Pour la énième fois, il regretta de ne pas lui avoir téléphoné après leur nuit ensemble. D'avoir cédé à la peur.

— Je suis content qu'il aille bien.

— Ta compagne est morte d'une attaque ?

Tessa le suivit jusqu'à la petite fenêtre, et il fut heureux de sa présence. Il tenta de maîtriser ses émotions tandis que son regard se perdait vers le parking. Olive lui manquerait toujours. Il y avait un vide dans son cœur que rien ne pourrait combler, même si le chagrin subissait une mutation. On lui avait dit qu'il lui serait plus facile d'étreindre quelqu'un d'autre, de penser à s'ouvrir à quelqu'un d'autre.

Il n'avait rien éprouvé de tel… jusqu'à ce qu'il rencontre Tessa. Aujourd'hui, ce n'était pas le chagrin qui avait suscité son inquiétude pour l'adolescent, mais les répercussions qu'il avait redoutées pour sa famille.

En tant qu'infirmier, il avait contribué à stabiliser de nombreux patients victimes d'une attaque. Mais, aujourd'hui, ce qui l'avait perturbé, c'était d'y assister « en direct » dès le début, car les symptômes du jeune homme avaient été identiques à ceux d'Olive.

— Olive était ma fiancée.

Il soupira et serra la main de Tessa. Il lui était reconnaissant d'avoir vu qu'il était très affecté. Et qu'elle soit venue le retrouver.

— Je l'ai perdue à la suite d'une rupture d'anévrisme cérébral. Elle avait eu une attaque juste une heure avant. Les symptômes étaient identiques à ceux du garçon de tout à l'heure… Je suis content de savoir qu'il se remettra.

— Il s'appelle Winston.

— Tu connais son prénom, évidemment.

— Bien sûr. Je viens de sortir de sa chambre, Gabe.

Il sourit.

— C'est juste. Mais tous les médecins ne sont pas aussi attentifs que toi à leurs patients. Si le Dr Killon l'avait traité, il y a gros à parier qu'il serait incapable de me dire son prénom. Il n'aurait pas non plus remarqué la détresse d'une tierce personne.

Gabe connaissait les rumeurs sur la succession du Dr Lin. Celui-ci n'avait pas encore fait sa demande officielle de départ à la retraite, pourtant les gens agissaient comme si son dernier jour avait déjà eu lieu. Gabe s'était refusé à alimenter les commérages, mais il aurait dû répondre lorsque Tessa l'avait questionné sur le Dr Killon. Il aurait dû plaisanter sur le fait qu'il ne voulait surtout pas voir cet homme-là diriger quoi que ce soit où que ce fût. Tessa et lui étaient collègues et amis, maintenant.

Elle esquissa un sourire.

— C'est vrai, mais il aurait établi un bon diagnostic.

— Oui, dit Gabe en contemplant les beaux yeux bruns qui avaient tant d'attrait pour lui. Mais un responsable de service ne doit pas seulement se soucier de la maladie.

Il y eut un éclair de joie fugitive sur le visage de Tessa ! Gabe aurait aimé connaître le moyen de combler le fossé qui s'était creusé entre eux depuis leur nuit d'amour. Il voulait plus que des conversations en passant. Plus que des saluts amicaux et des sourires. Elle s'intéressait à une promotion en vue… Et alors ? Cela ne signifiait pas qu'elle donnerait à ce poste la priorité sur tout le reste. Elle se souciait des patients, de l'équipe.

— Et ton dos ? demanda-t-il.

Ce n'était pas la question qui lui brûlait les lèvres, mais il trouverait un endroit plus approprié pour la poser. Et vite !

— Il est collant, dit Tessa avec un petit rire en se dirigeant vers son vestiaire.

Tessa entra dans l'ascenseur et s'adossa à la paroi. Sa journée n'avait pas été trop dure, mais elle était allée de patient en patient sans pouvoir souffler. Elle avait hâte d'être en tenue décontractée pour une soirée tranquille.

— Retiens l'ascenseur !

Tessa plaça une main devant la cellule magnétique, stoppant la fermeture des portes. Des doigts se posèrent sur les siens, et son corps sut aussitôt à qui il avait affaire. *Gabe*.

— Merci, dit-il, la rejoignant dans la cabine.

Il s'appuya contre la paroi opposée. Tessa brûlait d'envie de franchir la distance qui les séparait. De voir comment il réagirait si elle l'invitait à dîner. Elle apprécierait d'avoir quelqu'un à dîner. D'avoir une maison animée où le bruit ne proviendrait pas seulement de la télévision. De passer du temps avec quelqu'un hors des murs de l'hôpital.

De passer du temps avec Gabe.

Ravalant ses désirs, elle rajusta sa sacoche sur son épaule.

— De rien. Je sais ce que c'est d'avoir hâte de rentrer. De retrouver un peu de paix après le branle-bas permanent qu'il y a ici.

— Ce serait super, mais je dors encore sur le canapé chez ma sœur. Les filles de Stacy ne sont pas du genre paisible.

Elle aurait aimé rentrer à la maison pour y retrouver des bambins bruyants. Être en famille. Tessa refoula aussitôt ces désirs de crainte de se surprendre à les avouer à voix haute.

— Je passe mon temps à esquiver les prises de karaté de Brett, continua Gabe. Elle a soixante centimètres de moins que moi, mais je suis sûr qu'elle pourrait me clouer au sol sans difficulté !

Tessa éclata de rire alors que les portes de l'ascenseur s'ouvraient sur le parking en sous-sol. Elle aurait voulu pouvoir prolonger ce moment avec Gabe car il trouvait toujours le moyen de la faire sourire. De vrais sourires, pas les grimaces factices des dernières années de son mariage.

— J'aimerais te voir la feinter. Je parie que le spectacle en vaut la peine, répliqua-t-elle, retenant à grand-peine l'envie de lui demander si elle pourrait venir les voir, une fois.

Elle sentit son corps s'enfiévrer alors que le regard de Gabe se plantait dans le sien.

— Tu fais quoi ce soir ? dit-il après s'être éclairci la gorge au sortir de l'ascenseur.

Elle ressentit un petit coup au cœur.

— Des lectures sur le jardinage hydroponique.

Je suis libre, quoi.

Les fossettes de Gabe apparurent. Il glissa la main dans la poche avant de son sac à dos et en sortit un trousseau de clés.

— Est-ce que… ça paraît intéressant. J'aimerais en savoir un peu plus là-dessus, un de ces jours.

Il y eut un silence alors que Tessa contemplait les traits si bien sculptés de Gabe. *Pourquoi n'as-tu pas téléphoné ?* Cette question résonna dans son esprit tandis qu'ils restaient ainsi, face à face.

L'ascenseur, derrière eux, émit un bip, et l'ensorcellement qui les tenait prisonniers se rompit.

— Bonne soirée, Tessa et Gabe ! lança Debra en gagnant sa voiture.

— Toi aussi ! lui cria Gabe.

Il ajouta à l'intention de Tessa :

— Profite de ta lecture.

— Surveille tes arrières avec ta nièce.

Le rire de Gabe l'obligea à refouler une vague de désir.

— Comme toujours, dit-il avec un clin d'œil avant de s'éloigner.

« Tu veux qu'on aille dîner ? Voir un film ? » Pourquoi ces mots étaient-ils si difficiles à dire ? S'il répondait « non », au moins, elle serait fixée.

Mais cela signifierait qu'il ne s'intéressait pas à elle - et elle n'était pas prête à sacrifier le mince et lumineux espoir auquel elle se cramponnait.

— Je fais un saut à la cafétéria. Tu prends quelque chose ? demanda Tessa en sortant de la chambre d'un patient.

— Un macchiato au caramel glacé !

Gabe hâta le pas pour être à sa hauteur. Il n'avait toujours pas trouvé le moyen idéal d'inviter Tessa à sortir. Cela aurait dû être simple. « Ça te dit d'aller manger un morceau ? » Mais il voulait que ce soit… *énorme*. Quelque chose qu'elle ne pourrait pas refuser.

Tessa eut un grand sourire, mais elle fit mine de frissonner.

— Je t'ai proposé une boisson. Pas du concentré de sucre.

Gabe adorait les *sweet drinks* riches en sucres, mais c'était la compagnie qu'il voulait avant tout. Il se pencha aussi près d'elle qu'il pouvait l'oser à l'hôpital et murmura :

— Tu pourrais aimer aussi les douceurs, si tu essayais.

En voyant naître un sourire sur les lèvres de Tessa, il se sentit de meilleure humeur encore. Il était heureux lorsqu'il était avec elle.

— Je pense que je m'en tiendrai à mes habitudes.

La façon dont Tessa avalait café noir sur café noir le dépassait. Il appréciait une dose de caféine de temps à autre, et il lui arrivait d'en avoir besoin, mais cela pouvait se faire avec un petit supplément de chocolat ou de caramel !

— Des nouvelles, pour le job ?

Il avait posé la question en tâchant de garder un ton léger. Il ne comprendrait jamais le vent de folie qui soufflait chez les médecins à cause de ce poste. Mais il essayait de soutenir Tessa. C'était important pour elle.

Et elle excellerait en chef des urgences. Cependant, Gabe craignait qu'elle ne se surmène. Au cours des dernières semaines, chaque fois qu'il avait été en service, elle était à l'hôpital. Et elle était là aussi quand il était absent à en croire les autres infirmiers et infirmières.

C'était une chose que d'aimer son travail et de vouloir le

meilleur pour ses patients - Gabe avait aussi cette motivation –, mais vivre sur son lieu de travail, ne respirer que par lui, c'était courir au désastre.

Il ne savait pas comment aborder ce sujet, ni si c'était son rôle. Pourtant, un ami pouvait sûrement faire valoir que le Dallas Children's Hospital n'était pas un être humain susceptible d'aimer ses employés. Lorsque l'un d'entre eux partait, on en engageait un autre. Même le Dr Lin, chef de service depuis quinze ans, serait remplacé.

— Non, pas un mot, répondit Tessa en entrant dans la cafétéria. Je crains qu'ils n'engagent quelqu'un d'extérieur.

Gabe lui donna un petit coup d'épaule. Il détestait la voir si préoccupée. Le Dr Lin n'avait annoncé sa retraite qu'à un très petit nombre de personnes. Rien n'était encore officiel. L'hôpital ne pouvait pas trancher pour le moment.

— Le service des ressources humaines ne me demandera pas mon avis, fit-il, mais je pense qu'il vaudrait mieux engager un de nos médecins.

— Tu serais une bonne source de référence pour eux.

Tessa leva les yeux et l'émotion qui flottait dans son regard le rendit tout chose. Sentait-elle aussi les courants électriques qui circulaient entre eux ? Se réveillait-elle la nuit en pensant à leurs échanges sexuels ?

Elle se pencha vers lui et, en percevant sa senteur, il eut envie de tout autre chose que de caféine.

— Tu es observateur, reprit-elle. Tu as des qualités d'écoute rares, et tu te soucies sincèrement des patients et de l'équipe. En fait, tu te soucies probablement de toutes les personnes que tu rencontres.

— La vie est trop courte pour ne pas donner à chacun le sentiment qu'il est à part.

Il vit passer une expression qu'il ne comprit pas sur le visage de Tessa. Leur tour d'être servis arriva avant qu'il puisse poser une question.

— Bon anniversaire, docteur Garcia ! lança un patient attablé, en agitant la main.

— Merci, répliqua Tessa.

Anniversaire ? Pourquoi n'avait-elle rien dit ? Il aurait pu lui envoyer une carte postale. Ou recourir à ce prétexte pour l'inviter au restaurant. Cela aurait été l'occasion idéale de savoir si elle désirait développer les vibrations, les sentiments qui semblaient exister entre eux.

— Laisse-moi t'offrir le café, alors. Je ne savais pas que c'était jour de fête, déclara-t-il.

Il aurait aimé l'entourer de son bras. Mais cela aurait été aller trop loin. Et ne lui aurait pourtant pas suffi.

— On ne fête rien, riposta Tessa.

Avait-il dit quelque chose de mal ? Elle semblait si tendue ! Gabe avait horreur de la voir ainsi.

— Tessa ?

— Un café noir maison, force moyenne.

Elle passa son badge devant le scanner, puis s'écarta sans le regarder pour qu'il puisse passer sa commande.

— Un double macchiato au caramel.

Gabe passa à son tour son badge devant le scanner, et la rejoignit. Elle avait les lèvres pincées, le regard lointain. Il se demanda ce qui lui échappait.

Un anniversaire aurait dû être un jour de fête. Son père avait toujours fait grand cas des anniversaires. Même lorsqu'ils étaient à court d'argent, un gâteau d'anniversaire décoré figurait sur la table de la cuisine. Des ballons achetés au « Tout à un euro » étaient accrochés au mur, et la famille chantait - ou plutôt hurlait – « Joyeux anniversaire » au héros de la journée. Aujourd'hui encore, la tradition, dans sa fratrie, était d'essayer d'être le premier à téléphoner pour souhaiter l'anniversaire de l'un d'eux.

— Tu n'aimes pas fêter ton anniversaire, c'est ça ? reprit Gabe en avalant une gorgée de macchiato.

— Non.

Tessa porta la tasse à ses lèvres, mais le geste ne masqua pas que ses mains tremblaient un peu.

— Tu veux en parler ?

Gabe connaissait la réponse avant même d'avoir posé la question, mais il ne regrettait pas de l'avoir fait. Il voulait connaître Tessa, et qu'elle le sache.

— Non.

Ses traits se crispèrent et elle passa la main sur son ventre.

— Sérieusement, est-ce que ça va ? demanda-t-il en la voyant frissonner.

Elle avait travaillé plus que de raison, et il savait que l'épuisement pouvait faire affleurer les émotions. Que se passait-il ?

— Je crois que le café ne me réussit pas dans l'après-midi, dit-elle en considérant sa tasse. C'est peut-être que je vieillis.

Elle lui adressa un clin d'œil. Troublé par son regard brun posé sur lui, il décida que, même si ce n'était ni le meilleur endroit ni le meilleur moment, il avait assez attendu.

— Et si on… ? commença-t-il.

— Alerte maximale ! Alerte maximale !

Tessa leva le regard vers le haut-parleur puis s'élança. Gabe jeta sa boisson dans la poubelle la plus proche. Il était mû par une poussée d'adrénaline, mais cela ne chassa pas pour autant l'inquiétude qu'il éprouvait pour la femme qui franchit une seconde avant lui la porte des urgences.

— Carambolage de sept voitures sur la I-635. Il y avait des familles dans quatre véhicules au moins. On nous amène six patients. D'autres suivront peut-être !

L'appel venait du poste des infirmières, et Gabe vit Tessa pâlir, mais redresser les épaules.

Ils avaient eu quelques rudes journées depuis qu'il travaillait au Dallas Children's. C'était toujours dur quand on avait affaire à des problèmes plus graves que des fractures et des plaies à recoudre. Mais l'air angoissé de Tessa alors que l'infirmière précisait que les adultes étaient conduits au Presbyterian Hospital le glaça. Quel horrible coup du sort, pour un jour d'anniversaire !

Quel jour affreux ! Si de bons souvenirs s'y rattachaient, Tessa n'arrivait pas à se les rappeler.

— Où est ma maman ?

Cette voix ténue appartenait à Natalie Dreamer, la dernière de la longue liste des petits patients de Tessa qui s'étaient trouvés sur la fatale Interstate 635. Un chauffeur avait eu un malaise cardiaque, son véhicule avait traversé trois voies de circulation, et le carambolage qui en avait résulté avait impliqué sept voitures.

En se penchant vers la mignonne brunette, Tessa essaya de conserver une voix égale. Elle savait que le père de Natalie était en route pour la voir, et sa mère hospitalisée au Presbyterian.

— Ton papa sera bientôt ici, Natalie, dit-elle.

Elle sourit à la fillette, espérant la réconforter. Elle avait été à la place de cette enfant, autrefois, avait demandé à tout le monde où se trouvait sa mère. Les sourires qu'on lui avait adressés ce jour-là n'avaient guère pesé alors qu'elle patientait dans la salle d'attente avec un éléphant en peluche qu'une infirmière lui avait donné. Elle s'était cramponnée à lui, même si elle avait juré qu'elle ne voulait plus de doudous parce que cela faisait bébé. C'était le dernier cadeau d'anniversaire qu'elle s'était autorisée à recevoir.

La porte de la chambre s'ouvrit et Gabe entra. Il avait les yeux cernés par la fatigue, mais il adressa un grand sourire à Natalie. Puis il sortit de derrière son dos un petit lapin rose, et Tessa ne parvint pas à réprimer un mouvement nerveux.

Le regard de Gabe se porta sur elle avant de revenir vers Natalie. Il avait beaucoup d'intuition, mais Tessa espéra qu'il mettrait cela sur le compte de la lassitude. D'autant qu'elle était bel et bien épuisée. Ces temps-ci, aussi longtemps qu'elle dorme, cela semblait ne jamais lui suffire.

— Lapin ! s'écria Natalie, qui saisit l'animal et le serra fort contre elle avec son bras libre, l'autre ayant une attelle.

— Je me suis dit que ce serait bien si tu avais un doudou pendant que le Dr Garcia te mettra ton plâtre.

Gabe s'était accroupi au niveau de Natalie en lui parlant. C'était un détail, mais les enfants se sentaient souvent plus à l'aise lorsqu'un adulte se plaçait à leur hauteur. Même après avoir prodigué des soins aux quinze patients arrivés après l'accident de la route, Gabe prenait le temps qu'il fallait dans ses échanges avec les petits blessés.

Il ferait un excellent compagnon et père. Cette pensée surgie de nulle part la frappa alors qu'elle rassemblait le matériel pour le plâtre en fibre de verre destiné à Natalie. Elle essaya de ne penser qu'à sa tâche, mais elle aurait pu l'exécuter les yeux fermés !

Gabe était un excellent infirmier, parfaitement à sa place au Dallas Children's. Les petits garçons avaient besoin de voir des hommes donner des soins, de savoir qu'ils pouvaient aussi devenir infirmiers. Que ce n'était pas un métier de fille.

Mais pour Tessa, Gabe n'était pas un simple infirmier. Elle désirait autre chose de plus que des pauses-café et des conversations avec lui dans la salle de repos. À une ou deux occasions, elle avait cru que Gabe l'inviterait à sortir. Par exemple, la veille dans le parking. Mais la conversation dérivait toujours sur autre chose… En général, sur la succession du Dr Lin, pensa-t-elle, vaguement déçue. Elle avait été ravie que Gabe aborde la question du poste à pourvoir, mais, à présent, il en parlait une fois sur deux.

Était-ce parce qu'elle allait se porter candidate qu'il ne l'avait pas invitée à sortir ? Elle refusait de le croire. Mais elle avait aussi refusé de croire que son ex-mari était jaloux d'elle…

Elle aurait pu prendre l'initiative d'inviter Gabe à sortir. On était au XXIe siècle, que diable ! Pourtant, chaque fois qu'elle avait voulu s'y risquer, sa langue s'était comme paralysée. Elle craignait, s'il disait non, de perdre ce qu'ils avaient. Quand Gabe était là, elle se sentait moins à la dérive, une sensation dont elle n'avait pas réalisé l'étrangeté avant que Gabe lui apporte un ancrage.

Gabe, son ancrage ? Cela relevait d'un fantasme romantique. Ils avaient partagé une nuit de rêve, mais cela ne constituait en rien un soutien.

Pourtant, tandis qu'elle levait les yeux vers lui, ses nerfs éprouvés et son cœur souffrant recouvrèrent un peu de calme.

Il était plus facile de traverser le chagrin de cette journée avec lui à son côté.

— Mon plâtre sera vraiment rose ? demanda Natalie d'une voix douce qui l'arracha à sa méditation.

— Très, très rose, répondit-elle en souriant. Avec des paillettes.

Beaucoup d'enfants étaient tout excités d'avoir un plâtre d'une jolie couleur. La plupart des filles voulaient un plâtre avec des paillettes, de nombreux garçons aussi. Les paillettes avaient apparemment le pouvoir de les consoler un peu.

— Des paillettes ? s'écria Gabe. J'aimerais en avoir un pareil.

— Ça fait mal d'en avoir un, fit Natalie, les larmes aux yeux, en se tournant vers lui. Je voudrais que maman soit là.

Tessa sentit sa gorge se serrer. Son regard se porta vers Gabe, dans l'espoir qu'il comprendrait qu'elle était incapable de réagir. Sans doute était-elle plus lasse qu'elle ne le pensait. Les larmes lui montèrent aux yeux alors qu'elle regardait Natalie. Cette dernière avait tant de points communs avec la petite fille qu'elle-même avait été ! Et si Natalie entrait aussi, aujourd'hui, dans le club terrible dont nul enfant ne devrait faire partie ?

Gabe se jucha sur la table d'examen à côté de Natalie et fit bouger les oreilles du lapin pour capter son attention.

— J'ai téléphoné à l'hôpital où se trouve ta maman, car un de mes vieux amis y travaille. Elle y restera pendant quelques jours, mais elle va bien. Elle va bien…

Tessa ignorait quelles ficelles il avait tirées pour avoir l'information, mais elle lui en sut gré en voyant la réaction de Natalie. Il venait de lui faire le plus beau des cadeaux. Avec un lapin rose en prime !

— Bien, nous allons mettre ton plâtre. Comme ça, quand ton papa sera là, il pourra t'emmener voir ta maman, dit-elle.

Elle s'en voulut aussitôt. Gabe n'avait pas précisé si l'état de la mère de Natalie lui permettait d'avoir des visites.

— Il est drôlement beau, dit Gabe, souriant, alors que Natalie examinait le plâtre.

— Ça, c'est bien vrai ! commenta une voix.

Un homme qui avait une ressemblance frappante avec la petite fille venait de franchir le seuil.

— Papa ! s'écria Natalie. Regarde ce que M. Gabe m'a donné ! Ils sont tous les deux roses, ajouta-t-elle en plaçant le lapin près du plâtre.

— Incroyable ! répondit le visiteur, se penchant pour étreindre sa fille.

Tessa vit qu'il tremblait un peu en l'embrassant. En les contemplant, elle ressentit une bouffée de chagrin. Son père était parti depuis des années quand elle avait perdu sa mère. Elle n'avait jamais eu droit aux étreintes et au réconfort que le papa de Natalie pouvait apporter à sa fille.

La grand-mère de Tessa était dévorée de chagrin après avoir perdu sa fille unique, et accablée par sa nouvelle responsabilité, car il lui fallait élever sa petite-fille. Retraitée, elle faisait de son mieux, mais ce n'était pas pareil, pour Tessa. Elle n'était pas sa mère.

Celle-ci était partie depuis vingt-trois ans. Et aujourd'hui, Tessa accédait à un âge que sa mère n'avait jamais eu la chance d'atteindre.

— Et sa maman ? demanda-t-elle malgré elle.

Elle avait besoin d'entendre que la mère de la petite s'en tirerait. Elle quêtait, en quelque sorte, la confirmation qu'elle n'avait jamais eue dans son enfance.

— Elle est où, maman ? gémit Natalie en essayant d'échapper à l'étreinte de son père.

Elle était trop jeune pour comprendre le besoin qu'avait ce dernier de la toucher. De se convaincre que son enfant était saine et sauve…

— Maman a une fracture, comme toi. De la jambe gauche. Elle doit rester quelques jours à l'hôpital, et elle aura un plâtre bien plus grand que le tien, dit-il.

— Il est rose aussi ?

Son père pouffa en secouant la tête.

— Elle n'a pas la même chance. C'est juste un plâtre banal.

Gabe adressa un signe à Tessa, qui acquiesça. Ils devaient

accorder à cette petite famille un peu d'intimité. Juste avant de refermer la porte, elle regarda le père et la fille, et leur étreinte la bouleversa. Elle-même aspirait tant à une étreinte réconfortante ! À la tendre sollicitude de quelqu'un qui aurait remarqué qu'elle n'allait pas bien. Un tout petit souhait pourtant hors d'atteinte.

5.

Gabe arriva devant la maison de Tessa, muni d'une boîte de cupcakes, espérant qu'elle ne lui en voudrait pas de sa visite impromptue. Il n'avait pas réussi à la rejoindre au terme de leurs heures de service car elle s'était éclipsée trop vite. Il avait donc acheté ces gâteaux, s'était dépêché de rentrer se doucher chez Stacy, puis s'était rendu au domicile de Tessa.

Il voulait s'assurer qu'elle allait bien. Quelque chose, dans l'accident sur l'autoroute et sa cohorte de blessés graves, l'avait atteinte profondément, et il devinait que cela allait au-delà du drame lui-même et pouvait jeter une ombre sur son anniversaire.

Au demeurant, personne ne devrait être seul ce jour-là !

Les soignants affrontaient plus de mauvais jours que la plupart des gens. Il leur arrivait d'assister à des miracles, mais ces sommets étaient accompagnés de plongées dévastatrices, aussi étaient-ils contraints de développer des mécanismes de défense.

Pour sa part, il faisait plus d'haltères quand les semaines se déroulaient mal. Les douleurs musculaires dues à l'effort neutralisaient ses pensées.

Il ne connaissait pas la routine protectrice de Tessa, mais elle ne devait pas rester seule. Pas aujourd'hui. Les larmes qui avaient jailli de ses yeux lorsqu'elle regardait Natalie et son père l'avaient bouleversé. Tessa souffrait, elle avait mal, et il aurait tant voulu la réconforter ! Elle avait besoin de quelqu'un. Alors il était là.

Tessa lui avait dit, le premier soir, qu'elle n'avait personne pour la protéger, et cela l'avait perturbé. Si elle le lui permettait, il pouvait lui offrir une épaule pour pleurer. Il voulait être celui avec qui elle dansait dans la cuisine, celui qui la faisait rire.

Mais si elle ne désirait pas la même chose, il se contenterait d'être son ami.

La sonnette retentit à l'intérieur, et Gabe redressa les épaules, aux prises avec la nervosité et l'excitation.

— Gabe ?

La voix de Tessa avait tremblé, et elle avait les joues sillonnées de traces de larmes.

— Qu'est-ce que tu… ? reprit-elle, son regard se portant sur la boîte. Ce sont des cupcakes de chez Maggie's ?

— Oui.

Les larmes l'inquiétèrent. Mais le regard de Tessa s'éclaira alors qu'elle se penchait vers la boîte dont il souleva le couvercle. Ne sachant pas ce qu'elle préférait, il avait pris des gâteaux différents – ils offraient un joli spectacle dans leur écrin rose. Si cela lui permettait de franchir le seuil pour aider Tessa, il fréquenterait plus souvent Maggie's, songea-t-il. Ses neveux et nièces en seraient ravis !

— Tu n'étais pas obligé d'apporter des cupcakes, murmura-t-elle avec un faible sourire en le faisant entrer. Mais je suis heureuse que tu sois venu.

— La journée a été rude, dit Gabe, gagnant la cuisine. Tu es partie avant que j'aie pu savoir comment tu allais. Alors, j'ai pensé que des douceurs atténueraient peut-être les aspérités de la journée.

— Ce n'est pas une fête d'anniversaire, donc ?

— Je jure que ce sont à moitié seulement des gâteaux d'anniversaire.

Elle pouffa en prenant le cupcake au café.

— À moitié seulement ? Et c'est quoi l'autre moitié ?

— La moitié « pour-être-sûr-que-Tessa-va-bien ». Tu semblais bouleversée, tout à l'heure.

Gabe l'examina pendant qu'elle s'asseyait face à lui. Elle avait les yeux rougis et cernés. Elle était fatiguée et triste, et il était prêt à la délivrer de tout fardeau dont elle voudrait bien se délester. Tessa comptait pour lui. Il souhaitait qu'elle le sache. Non, il avait besoin qu'elle le sache.

— Ma mère est morte aujourd'hui.

Tessa ne put retenir un sanglot comme elle ôtait la caissette du cupcake. Ses doigts tremblaient, et elle reposa le gâteau sur son enveloppe de papier comme si elle craignait qu'il ne lui échappe.

Gabe resta sans voix, essayant d'assimiler ce qu'elle venait de dire. Pourquoi avait-elle assuré son service à l'hôpital un jour pareil ?

— Que puis-je faire ? demanda-t-il, lui prenant la main.

Il se calma alors qu'elle refermait autour des siens ses longs doigts fuselés. Il espéra avoir sur elle le même effet apaisant qu'elle avait sur lui.

— Oh ! je voulais dire, c'est l'anniversaire de sa mort ! Cela remonte à vingt-trois ans, mais…

Elle tenta de se ressaisir, comme s'il était honteux de pleurer la mort de quelqu'un tant années après son départ. Gabe, lui, prenait un jour de congé le jour anniversaire de la mort d'Olive.

— Ça va aller, fit-il en lui effleurant la face interne si délicate de son poignet.

Elle essuya ses larmes d'un revers de main.

— Je ne pleure pas comme une Madeleine, d'habitude, je t'assure. Je… j'ai atteint un âge plus avancé que le sien, aujourd'hui. Cela fait un drôle d'effet. Tu dois trouver ça idiot.

— Pas du tout.

Gabe lui lâcha la main, puis il fit le tour de l'îlot de cuisine pour la prendre dans ses bras. Elle laissa échapper un autre sanglot, puis encore un autre tandis qu'il l'étreignait plus fort. Quand elle posa la tête sur son épaule, il sentit qu'elle devenait moins tendue.

Au bout de plusieurs minutes, elle soupira et s'écarta.

— Merci. J'en avais besoin. Mais tu ne t'attendais sûrement pas à ça quand tu es venu.

Elle tenta de sourire en se rasseyant et saisit son cupcake pour mordre dedans.

— Hum, c'est drôlement bon !

Elle soupira encore, mais son regard n'était plus embué. Gabe prit le cupcake aux deux chocolats.

— Je suis content d'avoir pu t'aider. Je suis là pour toi. Chaque fois que tu en auras besoin.

— Merci. Aux vertus du sucre et… aux amis ! acheva-t-elle en rosissant.

Gabe sentit sa gorge se serrer. Ce n'était pas le mot qu'il souhaitait, mais il ne voulait rien forcer, pas ce soir.

— J'adore les pâtisseries de chez Maggie's ! reprit Tessa. C'est mon anniversaire, j'ai droit à un deuxième.

Elle saisit le cupcake au citron et émit un soupir.

— D'habitude, je prends ma journée. Mais avec la succession du Dr Lin, tout est surveillé, discuté, disséqué… Je ne voulais pas prendre un congé sans nécessité.

Sans nécessité ? Recharger ses accus lors d'une journée difficile n'avait rien d'un congé injustifié aux yeux de Gabe. Il savait que Tessa s'intéressait à ce poste bientôt libre mais, si elle n'obtenait pas ce job, il y aurait d'autres opportunités. Pourquoi cette fixation sur celui-ci ?

— C'est toujours une journée difficile. Mais avec ce carambolage…

— Tu as perdu ta mère dans un accident de la route ? demanda Gabe.

Tessa fixait la pâtisserie et les perles comestibles décorant le glaçage jaune clair. Elle semblait à des années-lumière.

— Avec deux boulots à mener de front, elle avait travaillé seize heures par jour les deux semaines précédentes, répondit-elle enfin. Après que mon père nous avait laissées, les factures s'accumulaient et…

Elle s'interrompit et, de nouveau, une larme roula sur sa joue.

— Maman s'est endormie au volant, juste quelques secondes, mais ça a suffi : la voiture s'est déportée sur la gauche. J'ai hurlé. Elle s'est réveillée, mais trop tard pour rectifier la trajectoire. Il y a vingt-trois ans, j'ai attendu au Dallas Children's Hospital, le bras cassé, en serrant contre moi un éléphant en peluche que m'avait donné une infirmière. Mais quand grand-mère est venue me chercher, ma maman était partie.

Tessa secoua la tête.

— J'aurais dû lui dire que ce n'était pas grave si je n'avais pas de gâteau d'anniversaire. Qu'on n'avait pas besoin d'acheter quelque chose. Même si ça n'aurait rien changé, car elle voulait que sa fille ait un cadeau. Elle était têtue. Et très affectueuse.

— Comme sa fille, dit Gabe. Je suis sûr qu'elle serait fière de ce que tu as accompli.

Tessa tirailla le col de son T-shirt bleu roi, puis elle piocha du bout du doigt un peu de glaçage qu'elle porta à sa bouche.

— Maman était en première année de médecine quand elle a découvert qu'elle était enceinte de moi. Mes parents se sont alors mariés et sont partis à Dallas, où mon père était vendeur. Elle n'a jamais pu devenir chirurgienne, mais j'aime à croire que mes succès sont aussi les siens. Bon, assez parlé de moi. Comment aimes-tu passer ton anniversaire, Gabe ? J'imagine que c'est plus festif que des cupcakes et des larmes.

— Marathon cinéma, répondit-il. Une tonne de pop-corn et plein de films en streaming.

— C'est tentant.

Elle leva les yeux, et il vit que la tristesse, dans son regard, cédait en partie la place à autre chose.

— Dis-moi où et quand, Tessa. J'apporterai le pop-corn, dit-il en s'emparant du cupcake à la menthe et en enfonçant l'index dans le glaçage.

— Holà ! Tu vas t'en repentir !

— Tu voulais le cupcake à la menthe ?

Joueur, Gabe faillit lui présenter son doigt, avant de comprendre que c'était trop aguicheur en raison des circonstances. Essayant d'ignorer la rougeur qui montait à ses joues, il lécha le bout de son doigt.

Tessa lui saisit la main, et la chaleur de ses doigts lui fit l'effet d'une brûlure. *Est-ce qu'elle ressent la même chose ?* se demanda-t-il.

Le regard de Tessa pétilla quand elle leva son index vert vif.

— Mais… Comment ça se fait ? demanda Gabe, bouche bée.

Elle pouffa de plus belle, et c'était bon de l'entendre rire.

— Ce cupcake a été surnommé le « Monstre vert ». Il y a tellement de colorant dans le glaçage qu'il déteint sur tout.

— Parlerais-tu d'expérience ? demanda Gabe, taquin.

— La première fois, j'ai eu les dents vertes toute une journée !

Elle se pencha, comme lui, mais pas assez près pour sentir l'attraction qu'ils exerçaient l'un sur l'autre.

— Ce cupcake est le favori des gamins et des ados, alors la boulangerie ne change pas la recette. Ils en font des tas pour Halloween, et j'en apporte toujours pour l'équipe. Les mômes adorent nos bouches vertes !

Elle déglutit puis leva les yeux vers lui.

— J'apprécie vraiment que tu sois venu. Je n'allais pas bien. Merci de t'en être aperçu. Et de t'être donné du mal pour que j'aille mieux. Je n'ai pas fait l'objet d'une telle sollicitude depuis fort longtemps.

Elle posa un bref instant les yeux sur sa bouche. Il se vit de nouveau en grand danger de se perdre dans les profondeurs du regard de Tessa.

— Je l'ai fait volontiers. Et je suis prêt à le refaire.

Elle lui prit la main.

— Tu as dit que la vie était trop courte pour ne pas donner à chacun le sentiment qu'il est à part. Est-ce pour ça que tu es venu ? Pour donner à une amie le sentiment d'être à part ?

Des ondes électriques les enveloppèrent tandis que Gabe cherchait les mots justes. En vain. Alors, il laissa tout simplement parler son cœur.

— La vie est trop courte pour ne pas montrer aux autres qu'ils ont de l'importance, déclara-t-il en lui caressant le poignet, heureux qu'elle ne retire pas sa main. Mais ce n'est pas ce qui m'a amené sur ton seuil avec cinq cupcakes et une bombe de colorant vert !

Se mordillant la lèvre inférieure, Tessa attendit la suite.

— J'avais *besoin* de m'assurer que tu allais bien, poursuivit Gabe, appuyant son front contre le sien, captant les variations subtiles du souffle de Tessa. Tu comptes pour moi. J'ai regretté mille fois de ne pas t'avoir téléphoné après notre nuit ensemble. De ne pas t'avoir invitée à prendre le petit déjeuner avec ma famille ce matin-là. De ne pas t'avoir dit que je prends beaucoup de plaisir à ta compagnie. J'ai cherché pendant toute la semaine dernière le meilleur moyen de t'inviter à dîner.

— Waouh…, murmura Tessa en contournant l'îlot de cuisine pour s'installer près de lui. Sacrée déclaration. Moi aussi, je regrette de ne pas t'avoir téléphoné. Tu comptes également pour moi.

Gabe eut soudain envie d'attirer Tessa à lui, mais l'éclat singulier de son regard l'en empêcha.

— Puis-je te poser une question ? demanda-t-elle.

Il acquiesça, en dépit de sa nervosité.

— C'est mon emballement pour le poste du Dr Lin qui t'a dissuadé de me téléphoner ?

— Oui. Et c'était injuste de ma part. Ma mère nous a abandonnés, tout comme ton père, sa carrière comptant plus pour elle que sa famille. Après notre nuit ensemble, ça m'a dérangé de te voir danser pour une promotion, et je te demande de m'excuser. J'avais tort.

— Je vais poser ma candidature, Gabe. Si ça pose problème, alors on peut juste être amis, je ne t'en voudrai pas. Mais mon ex avait exigé que je refuse une proposition similaire dans un hôpital de l'Ohio, il y a deux ans. J'ai cédé et je ne le referai pas.

Gabe laissa échapper un soupir. Il n'était pas surprenant qu'elle ne lui ait pas téléphoné ! Mais il n'allait pas commettre la même erreur que son ex-mari.

— Ce n'est pas un souci, dit-il en ramenant derrière l'oreille de Tessa une mèche vagabonde. En fait, j'ai paniqué.

Tessa entrelaça ses doigts aux siens.

— La vie à l'hôpital est trépidante, murmura-t-elle. Et j'ai un planning…

— Surchargé ?

— Oui. Mais je veux essayer. Je veux nous donner une chance.

Il y avait longtemps que Gabe n'avait pas souri ainsi. Son cœur débordait de joie, et si son esprit, lui, agitait de petites sonnettes d'alarme, il les ignorait sans peine au contact de Tessa. Il fallait saisir cette occasion ! Il en avait envie ! La vie était trop courte pour différer le bonheur !

Il brûlait d'embrasser Tessa, de goûter de nouveau à elle, mais il sentait en elle de l'hésitation, et il ne précipiterait rien. S'il allait de nouveau mettre son cœur dans la balance, il ne donnerait à Tessa aucune raison de douter de lui.

— Tu es libre vendredi soir ? s'enquit-il.

— Non, répondit-elle, esquissant une moue. Mais je le suis dimanche. Es-tu déjà allé au Jardin botanique de Dallas ?

— Pas depuis mon adolescence. Mais j'adorerais le voir ce week-end !

— Alors, rendez-vous validé !

Tessa, rayonnante, se rapprocha pour passer les bras autour de son cou. Il lui effleura la joue du bout du doigt, transporté d'avoir une seconde chance avec cette femme extraordinaire.

Lorsque leurs lèvres se rencontrèrent, ses sens vibrèrent d'allégresse. Ce n'était pas l'élan passionné de leur nuit ensemble. Non, ce baiser-ci était réconfortant, et plein de promesses. Il était parfait.

Quand elle s'écarta, il lui embrassa la joue.

— Je te vois demain. Heureux anniversaire, Tessa.

6.

— Je ne me rappelais pas que c'était si vaste, dit Gabe, dont le regard se porta au-delà du parking, vers l'arboretum et le jardin botanique de la ville.

Tessa savourait le contact de son bras viril qui la tenait enlacée. Il lui semblait que son cœur allait éclater de joie. Elle et Gabe sortaient ensemble !

— Il y a vingt-deux espaces différents, répondit-elle. Pour Noël, ils installent douze échoppes victoriennes factices pour les douze jours que durent les fêtes. L'ensemble fait presque vingt-sept hectares.

Le Dallas Botanical Garden était l'un de ses endroits préférés. Elle savait autant de choses sur lui que les conférenciers qui guidaient les visiteurs, pourtant elle avait toutes les peines du monde à faire profiter Gabe de ses connaissances…

Elle avait voulu se marier ici, mais Max n'avait pas souscrit à son choix, la blessant par son refus. Maintenant, après l'échec de leur mariage, elle s'en réjouissait. Au moins, aucun mauvais souvenir ne se rattachait à ce lieu.

— Vingt-sept hectares…, répéta Gabe en l'enlaçant plus fort. C'est immense. Bon, quelles autres informations as-tu emmagasinées dans ta petite tête ?

— Je suis transparente à ce point ? demanda-t-elle, l'entraînant dans le Margaret Elizabeth Jonsson Color Garden.

— Tu tiens à peine en place. Il est évident que tu es déjà venue ici, et souvent, je parie.

Appuyant la tête contre son épaule, Tessa savoura la quiétude des lieux. Même lorsque le parc était envahi par des familles et des pique-niqueurs, elle avait toujours l'impression d'être dans sa bulle, ici. La différence était que Gabe y était aussi. Et c'était si naturel !

— Je suis membre adhérent depuis mes années de lycée et j'avais l'habitude de réviser ici, sur les pelouses. C'est mon petit paradis… Au printemps, les tulipes fleurissent par milliers dans le Color Garden, et on y croise une foule de gens très variés : des fiancés, des jeunes filles qui fêtent leur anniversaire, des parents qui photographient leurs gamins au milieu des fleurs…

Tessa avait rêvé d'amener ici ses propres enfants. Qui sait, peut-être que… ? Elle refoula son élan d'espoir. Ce premier rendez-vous paraissait avoir plus de signification à cause de leur première nuit si fougueuse, mais elle n'allait pas fonder sur Gabe trop d'espérances.

— En ce moment, les bananiers et les maniocs sont en fleurs, reprit-elle. Dans quelques semaines, ce seront les chrysanthèmes violets et orangés.

— Vraiment ? dit Gabe, contemplant l'éventail de couleurs.

Tessa se retint de livrer d'autres informations botaniques concernant le jardin florissant de la propriété qu'elle et Max avaient vendue. Au moment du départ, elle était restée un moment devant les plantes et les fleurs qu'elle avait semées et soignées, et elle avait pleuré.

Son appartement en ville ne lui permettait pas d'assouvir sa passion pour le jardinage. Elle avait quelques fougères sur sa terrasse, mais ce n'était pas pareil. Elle espérait pouvoir créer un petit espace vert intérieur.

— Désolée…, dit-elle. J'ai tendance à m'emballer lorsque je parle de plantes.

— Tu n'as pas à t'excuser d'être passionnée.

Un commentaire qui lui mit du baume au cœur. Gabe l'écoutait volontiers parler de ce qu'elle aimait le plus, il était content de la voir enthousiaste, lui !

— Quelle est ta fleur préférée ? reprit-il.

— On ne la trouve pas ici.

Des mois auparavant, elle était venue voir les tulipes - et avait eu une conscience aiguë de sa solitude. Alors qu'en ce moment elle avait le sentiment d'un moment d'intimité entre compagnons de longue date. Cela aurait dû lui faire peur, mais il lui était impossible de s'inquiéter dans son petit paradis… avec Gabe.

— C'est la sauge Henry Duelberg. Elle résiste à la sécheresse et est d'un profond bleu-violet. Quand on la plante, elle se répand et… Désolée, j'en dis trop ?

Gabe pouffa.

— Non. Mais en fait, j'allais à la pêche aux informations. Pour savoir quelles fleurs t'offrir à l'avenir et te voir sourire comme en ce moment…

— Oh ! je ne crois pas qu'il y ait une seule plante qui ne me ferait pas sourire ! répondit Tessa tandis qu'ils approchaient des statues de A Woman's Garden, un des autres jardins. Même le lantana, qui a pourtant des feuilles d'une odeur âcre…

Gabe l'attira à l'ombre et lui caressa la joue.

— Et si je laisse au fleuriste le soin de choisir, ou que j'achète des bouquets en grande surface, ils feront un bel effet sur ta table, non ? D'ici à ce que j'apprenne les différences entre le lantana, la sauge et les roses.

Tessa sentit ses yeux s'embuer lorsqu'elle déposa un doux baiser sur la joue de Gabe. Par quel miracle avait-elle la chance de se promener avec cet homme merveilleux dans son lieu de prédilection ?

Ce n'était pas son désir de lui offrir des fleurs qui la mettait en joie, mais le naturel avec lequel il avait employé le mot « avenir ». Comme s'il devait y avoir d'autres moments parfaits tels que celui-ci.

Sa joie n'allait pas sans un soupçon de peur. Max aussi s'était intéressé à elle au tout début. S'il ne lui avait jamais demandé quelle était sa fleur préférée, il avait approuvé qu'elle entretienne un jardin, l'avait aidée à creuser les plates-bandes et avait préparé le dîner lorsqu'elle devait travailler tard. Mais quand elle avait eu plus de responsabilités et qu'elle l'avait prié d'en faire un peu plus, il l'avait détestée à cause de ça.

Cependant, alors que Gabe prenait sa bouche, la joie l'emporta sur la crainte.

La caresse était légère et elle aspirait à quelque chose de plus intense, aussi accentua-t-elle le baiser. Les jardins étaient ravissants, romantiques, un endroit idéal pour embrasser Gabe. Mais elle soupçonnait que tous les lieux lui sembleraient parfaits du moment qu'elle était avec lui.

— Ils ne sont pas mignons ?

Gabe s'écarta, et Tessa s'empourpra en surprenant les sourires et les regards des personnes qui les dépassaient. À cet instant, son mobile vibra.

— Désolée, dit-elle, le sortant de sa poche.

Elle lut le SMS qu'elle venait de recevoir et y répondit.

— Tout va bien ? s'enquit Gabe, promenant le long de son dos une main délicieusement chaude.

Rangeant le mobile dans sa poche, elle sourit.

— Un interne est tombé sur un cas qui les préoccupe, et ils veulent avoir mon avis, demain.

Elle vit passer sur le visage de Gabe une émotion qui l'inquiéta. Puis elle se rassura. Beaucoup de gens prenaient des appels professionnels pendant leurs jours de congé, non ?

— Je suis toujours prête à aider, dit-elle.

— C'est sympa.

Il l'embrassa sur la joue alors qu'ils reprenaient leur promenade. Mais son regard était lointain.

De nouveau, Tessa ressentit une bouffée d'inquiétude. Était-il contrarié parce que beaucoup de gens, à l'hôpital, se reposaient sur elle ? Quand il avait avoué qu'il n'aurait pas dû se soucier de son excitation pour le travail proposé, ne le pensait-il pas vraiment ? Max aussi l'avait encouragée à rechercher des promotions, puis il avait mal pris qu'elle les obtienne.

Non ! Elle ne permettrait pas que de telles pensées gâchent ce beau jour. Gabe n'était pas Max !

Elle lui montra d'autres endroits du jardin qu'elle adorait, et il l'écouta attentivement, posant même des questions. Lorsqu'ils regagnèrent la voiture, l'anxiété qui ne la quittait presque jamais avait disparu. Presque.

— Comment s'est-on débrouillé pour faire la fermeture ?

Le rire de Tessa, peu après leur sortie du restaurant, le fit frissonner. Après leur journée dans les jardins, il avait suggéré « un petit en-cas rapide ». *Rapide !* Il se mit à rire aussi.

— On n'avait pas l'impression d'être là depuis des heures, pourtant…

Il avait veillé à laisser au serveur un beau pourboire parce qu'ils avaient, sans le vouloir, occupé la table presque toute la soirée. Le temps passait comme l'éclair avec cette femme.

Tessa glissa sa clé dans la serrure et déverrouilla la porte de sa maison. Son regard brun retint le sien.

— J'ai passé une excellente journée, Gabe.

Elle se haussa sur la pointe des pieds et son tendre baiser l'enflamma de désir. *Tessa.*

Elle s'écarta, reprenant son souffle.

— Je… Je sais que notre première nuit…

Gabe déposa un baiser sur ses lèvres puis sourit. Si elle l'invitait à entrer, il la porterait volontiers jusqu'à son lit pour savourer avec adoration chaque centimètre carré de son corps. Mais il patienterait aussi longtemps qu'elle en éprouverait le besoin pour faire progresser leur relation.

— Rien ne presse, ma douce.

Lorsqu'il ramena une boucle vagabonde derrière son oreille, il savoura la chaleur de sa peau. Tessa appuya la tête contre son torse et soupira.

— J'ai passé la meilleure journée qui soit. La meilleure…

— Moi aussi, Tessa.

Il l'enlaça, réjoui de la sentir contre lui. Puis un nouveau son de vibreur se fit entendre. Encore l'hôpital ?

Pendant leur sortie, elle avait reçu au moins dix messages ou appels des internes ou des patients. Travaillant depuis des années dans le milieu médical, Gabe savait que c'était beaucoup trop !

Non, il n'allait pas se laisser entraîner sur la pente de l'inquiétude. Tessa apportait son aide, elle ne cherchait pas à avoir de l'avancement grâce aux autres. Et elle ne tenta pas de répondre à l'appel alors qu'il la tenait dans ses bras.

Cependant, il ne pouvait pas la retenir sous son porche pendant la nuit entière. Il l'embrassa de nouveau sans chercher à hâter ni à accentuer la caresse, se montrant doux, réconfortant, prometteur. Puis il s'écarta et se força à reculer.

— J'ai hâte de te revoir, Tessa.

Son regard s'éclaira.

— Moi aussi, j'ai hâte, Gabe. Bonne nuit.

Fixant les œufs brouillés dans son assiette, Tessa essaya de dompter les protestations de son estomac barbouillé, et se força à avaler encore une bouchée. Elle avait besoin de protéines car elle commençait son service. Mais son estomac se révulsa de nouveau. Elle avait peut-être eu tort de prendre le riche dessert qu'elle et Gabe avaient commandé la veille, au restaurant. Elle aimait les douceurs, mais son corps n'était pas trop habitué au sucre.

L'excitation la gagna alors qu'elle pensait à Gabe. À leurs baisers sur la terrasse. La nuit dernière, ses rêves avaient été peuplés d'images de Gabe, dans son lit, et d'étreintes passionnées.

Et au petit matin, un cauchemar l'avait réveillée en sursaut – un cauchemar dont elle gardait le souvenir : Gabe la quittait après qu'elle avait eu sa promotion. Ce n'était qu'un produit de son subconscient, tenta-t-elle de se persuader, un brin inquiète malgré tout.

L'odeur des œufs brouillés lui donna la nausée alors qu'elle vidait son assiette dans la poubelle. Avant de quitter la cafétéria, elle pensa emporter un yaourt ou une banane, mais, à leur vue, elle sentit son estomac se révulser à nouveau. Que se passait-il ? Elle se massa le ventre en gagnant le poste des infirmières.

— Est-ce que ça va, docteur Garcia ? demanda Denise en la voyant prendre un thermomètre.

De nouveau, Tessa sentit son estomac chavirer.

— Je n'en suis pas sûre.

Ayant posé le thermomètre sur son front, elle constata avec soulagement qu'elle n'avait pas de fièvre. Mais son estomac faisant encore des siennes, elle bipa le Dr Killon, de service ce jour-là. Elle ne pourrait pas assurer son service si son estomac devait la trahir. Si la plupart des rotavirus n'étaient pas accompagnés de fièvre, ils étaient hautement contagieux - les enfants en étaient souvent porteurs.

— Mon estomac n'avait pas envie d'omelette, aujourd'hui, dit-elle. J'ai bipé le Dr Killon.

Elle se sentait l'esprit embrumé. Son activité onirique avait dû l'empêcher de bien se reposer - même si elle ne regrettait pas d'avoir passé la nuit à rêver de Gabe !

Denise hocha la tête. Si rigoureux que fût le protocole sanitaire, les hôpitaux restaient des nids à microbes.

— Moi, j'adore les omelettes, répliqua-t-elle. J'en mangeais souvent avant de tomber enceinte de Ginger. Le petit bout de chou détestait les œufs, mais on ne s'en douterait jamais aujourd'hui. J'espère que vous irez vite mieux, docteur.

— Merci, répondit Tessa alors que le commentaire de Denise se gravait dans son esprit.

Enceinte... ? Non, ce n'est pas possible. Et pourtant... Elle se rappela la date de ses dernières règles. Quinze jours avant sa nuit avec Gabe. Ils avaient utilisé des préservatifs mais, outre que ces derniers étaient anciens, ils ne constituaient pas une protection absolue. Elle avait été surchargée de travail, concentrée sur le poste en vue, mais comment n'avait-elle pas remarqué qu'elle était très en retard dans son cycle ?

Il lui fallait sortir d'ici ! Elle devait passer à la pharmacie. Et avait besoin de reprendre le contrôle d'elle-même. Qu'allait-elle donc devenir ?

Son cœur battait très fort alors qu'elle se dirigeait vers son vestiaire. Si elle était enceinte, elle l'était depuis près de huit semaines.

Huit semaines ! Elle avait passé plus de la moitié du premier trimestre de grossesse sans avoir conscience de la présence d'un petit être dans son ventre ? Elle fouilla dans sa mémoire. Elle avait bu de l'alcool quand elle et Gabe… Elle s'empourpra en se remémorant cette nuit-là. Elle n'avait pas absorbé d'alcool depuis la conception, mais elle avait conservé son habitude de boire café sur café. Bien sûr, ce n'était pas très important, à ce stade, mais elle n'avait pas pris de vitamines prénatales.

Elle salua une infirmière en se dirigeant vers le parking en sous-sol, puis se glissa au volant de sa voiture, le cœur serré. Comment pouvait-elle réfléchir alors que son esprit était en proie à la terreur ?

Allons donc ! Dans quelques heures, elle rirait d'elle-même en prenant rendez-vous avec sa gynécologue… Cela faisait d'ailleurs trop longtemps qu'elle n'avait pas consulté le Dr Fillery, songea-t-elle. Elle n'était peut-être pas enceinte, si ça se trouve.

Elle eut un coup au cœur. Elle n'aurait pas dû être bouleversée à cette pensée. Alors, pourquoi avait-elle les larmes aux yeux ? Il y avait si longtemps qu'elle désirait être mère ! Mais ce n'était pas ainsi qu'elle avait imaginé les choses.

Gabe et elle avaient décidé d'aller au-delà de leur aventure d'une nuit. De voir si leur alchimie sensuelle signifiait ce qu'ils espéraient. La journée de la veille avait été si parfaite ! Tessa avait hâte d'être au prochain rendez-vous.

Elle passa une main sur son ventre encore plat. Il était encore trop tôt pour qu'elle sente quelque chose - à supposer qu'elle soit réellement enceinte. Mais, déjà, elle avait envie de protéger le petit être qu'elle portait peut-être. Son bébé.

Le carrelage de la salle de bains était dur et froid, mais Tessa n'avait pas envie de se relever. Pas encore. Au bout des deux heures qu'il lui avait fallu pour se procurer un test de grossesse - quatre tests, en fait –, elle était parvenue à se convaincre qu'elle avait exagéré. Mais la double ligne bleue de trois des tests ne trompait pas.

Elle fixa la boîte encore intacte, tentée de l'ouvrir. Elle secoua la tête. Le quatrième test ne ferait que confirmer les précédents résultats !

Sa vie était en train de changer. *Et la vie de Gabe aussi.*

Comme si cette pensée avait suffi à le convoquer, elle reçut un texto de sa part :

Est-ce que ça va ? Le Dr Killon a dit que tu étais malade.

Ce fut d'une main tremblante qu'elle posa le mobile par terre, près d'elle. Elle devait répondre, dire qu'elle allait bien, mais était-ce le cas ? Tout tournoyait dans son esprit alors qu'elle ramenait les genoux contre sa poitrine. Elle fixa l'écran où un nouveau message s'affichait :

Si tu as besoin de quoi que ce soit, dis-le-moi.

C'était si gentil. Et si naturel, de la part de Gabe. Comment allait-il réagir ?

Il serait un père extraordinaire, en tout cas. À supposer qu'il veuille tenter l'aventure.

Elle essaya d'ignorer l'inquiétude qui s'insinuait dans son esprit. Elle ne pensait pas que Gabe prendrait ses distances avec elle et leur progéniture inattendue. Mais son père avait déclaré à sa mère enceinte d'elle qu'il voulait une famille, promettant de veiller sur elles deux. Pourtant, il les avait abandonnées. De même, son ex-mari l'avait rejetée sans autre forme de procès.

Mais elle avait survécu, se rappela-t-elle. Elle était forte, indépendante et aimante, tout comme sa mère. Même si elle n'avait pas choisi ce chemin vers la maternité, elle prouverait à son enfant qu'ils pourraient tout affronter. Quoi qu'il advienne. Son bébé ne douterait jamais d'être aimé, désiré, chéri.

— Je te protégerai toujours, murmura-t-elle, posant les mains sur son ventre.

En tout cas, elle savait pourquoi elle avait eu la larme si facile ces derniers temps. Prenant une grande inspiration, elle chercha à se concentrer car elle avait beaucoup de choses à mettre au point. À prévoir.

Elle prit son mobile pour appeler son obstétricienne et prendre rendez-vous. Puis elle gagna la cuisine et sortit un verre pour avaler des vitamines prénatales avant d'établir une liste de courses. Enfin, elle envoya un SMS à Gabe pour lui demander de venir.

Le texte était vague parce qu'elle n'avait pas encore trouvé les bons mots. Et qu'il méritait d'apprendre de vive voix qu'il allait devenir père.

Gabe consulta son mobile tandis qu'il patientait au feu rouge, à six pâtés de maisons de chez Tessa. En réalité, il connaissait déjà par cœur les messages énigmatiques de Tessa qui tenaient en quatre phrases :

Nous devons parler. Peux-tu venir me voir après ton service, s'il te plaît ?

Il lui avait répondu qu'il ne serait pas libre avant 22 heures, mais elle avait insisté :

Je sais. C'est quelque chose que je ne veux pas remettre à plus tard.

Il avait demandé :

Est-ce que tu vas bien ?

Ce message remontait à trois bonnes heures, et elle n'avait toujours pas répondu. Gabe se sentait nerveux.

Ils avaient passé de si bons moments au Jardin botanique. Ce rendez-vous diurne s'était prolongé par une délicieuse soirée. Tout avait été parfait. Alors, il n'allait tout de même pas avoir droit maintenant à un entretien du genre : Peut-être qu'on devrait seulement rester amis ?

Était-il possible qu'elle ait des arrière-pensées ?

Je vous en prie, pas ça !

Il se gara dans la courte allée en tentant d'ignorer son cœur serré. Qu'est-ce qui l'attendait ? se demanda-t-il en gagnant la porte de derrière.

La vue des fauteuils sur la terrasse où ils s'étaient assis tant de semaines auparavant le fit sourire. Cela resterait toujours un bon souvenir. Quoi qu'il arrive.

La porte s'ouvrit, et il sut tout de suite que quelque chose tourmentait Tessa lorsqu'elle apparut dans la vive lumière. Que s'était-il passé au cours des dernières vingt-quatre heures pour qu'elle soit si tendue ?

— Comment te sens-tu ? s'enquit-il alors qu'elle le faisait entrer.

Selon Denise, Tessa souffrait de troubles digestifs mais, là, elle semblait aller bien – physiquement, du moins. Un peu fatiguée, peut-être. Son regard brun rencontra le sien, et il y vit de l'inquiétude. Mais aussi de l'espoir. Ce qui le soulagea un peu. Juste un peu.

— Je vais mieux. Merci d'être venu.

— De rien.

Il espéra qu'elle le savait sincère. Si elle avait besoin de lui, il répondrait présent. Il lui prit une main, et l'oppression qui l'étreignait s'allégea parce qu'elle le laissait faire.

— Je suis enceinte.

Gabe crut que le sol se dérobait sous ses pieds.

— Enceinte…, répéta-t-il. *Enceinte ?*

Et il tenta, désespérément, d'assimiler ces mots.

Tessa lui lâcha la main et le précéda dans le living.

— Désolée. J'avais préparé tout un discours, et j'aurais dû te demander de t'asseoir.

Elle prit place à un bout du canapé, ramenant les jambes sous elle, tout en lui faisant signe de s'asseoir à l'autre bout.

Il essaya de ne pas être vexé qu'elle ne veuille pas qu'il soit trop près, tout en ressassant la nouvelle. Leur vie était en train de changer. Il allait devenir père. *Papa… je vais être papa.* Un sentiment de paix le submergea.

Puis l'excitation l'envahit, jusqu'à ce qu'il lève les yeux sur le visage livide de Tessa. N'était-elle donc pas heureuse ? C'était un bouleversement pour lui, mais plus encore pour elle. Et si elle ne voulait pas être mère ?

— Tu n'es pas obligé de t'impliquer, dit-elle d'une voix douce - mais les mots le blessèrent pourtant. J'ai tout prévu.

Je… nous nous en tirerons très bien, le bébé et moi, si tu ne veux pas. Je sais que nous n'avons pas parlé de l'avenir, ajouta-t-elle.

— Je n'ai pas l'intention de fuir, Tessa.

Gabe fut stupéfait de l'entendre laisser échapper un profond soupir. Ils se fréquentaient depuis quelques semaines, mais elle le connaissait tout de même assez pour savoir qu'il ne tournerait pas le dos à son enfant ! *Ni à elle.*

— Ce n'était pas programmé, reprit-elle. Je ne veux pas que tu te sentes piégé. Notre premier *vrai* rendez-vous n'a eu lieu qu'hier. Je sais que nous avons parlé de nous rev…

— Tu ne veux pas qu'on se revoie ? coupa-t-il. Parce que cette nouvelle ne change rien pour moi, tu sais.

Il se rapprocha d'elle et croisa son regard embué de larmes, mais un sourire étirait ses lèvres.

— Est-ce que tu te sens bien ? Denise a dit que tu étais verte ce matin.

— Le bébé n'aime pas les œufs. Je vais devoir m'en tenir aux toasts.

— Je parie que le petit bout de chou changera d'avis.

Le large sourire de Tessa l'enchanta.

— C'est comme ça que j'ai appelé le bébé, ce matin. « Petit bout de chou. »

Elle déplia les jambes, mais ne se rapprocha pas pour autant de lui.

— J'ai conscience de t'avoir jeté la nouvelle à la figure. Si tu changes d'avis, je l'admettrai. Ce n'est certes pas ainsi que commencent les liaisons normales.

Gabe ne pouvait pas le contester, mais il s'en moquait. Il avait toujours voulu être père. Ce n'était peut-être pas la voie qu'il aurait choisie pour le devenir, mais il n'abandonnerait jamais son enfant, ni Tessa.

— Je ne changerai pas d'avis, dit-il en allongeant le bras sur le dossier du canapé dans l'espoir qu'elle y verrait une invite. J'ai toujours voulu une famille.

C'était vrai. Il avait pensé que ce ne serait plus possible après avoir perdu Olive, mais, en voyant la femme qui était assise près de lui, il ne pouvait ressentir que de l'excitation. Ils allaient devenir *parents* !

— Je suis sidéré par cette nouvelle. J'avoue m'être attendu à apprendre que tu ne voulais plus de rendez-vous avec moi, alors que j'ai réservé des billets pour le Festival des jardins !

— Ah ? fit-elle, étonnée. C'est dans plusieurs mois. Et si quelque chose n'allait pas ?

Il lui prit la main, soulagé de constater qu'elle ne la retirait pas. Jamais il ne se lasserait de la toucher.

— Oui, c'est dans plusieurs mois, mais je mise sur l'avenir, Tessa. Je veux qu'on fasse beaucoup de choses ensemble, et j'ai hâte de voir le village de Noël. Passer du temps avec toi est mon activité favorite.

Comme elle se glissait près de lui et appuyait la tête sur son épaule, il ajouta :

— Rectification, ce que je préfère, c'est ça : toi dans mes bras.

Elle avait le regard embué lorsqu'elle leva les yeux sur lui.

— Moi aussi, c'est ce que je préfère. Et les jardins sont si beaux à Noël. Avec toutes ces lumières…

Il posa la paume là où dormait leur enfant. Ils allaient former une famille.

— J'ai pu obtenir un rendez-vous avec le Dr Fillery demain après-midi, dit Tessa. Tu veux m'accompagner ?

— Et comment !

Il soupira d'aise alors qu'elle déposait un baiser sur sa joue. Cette soirée était la plus parfaite qu'il eût jamais vécue.

— Ça te dit d'aller au ciné ce week-end ? Pour voir si le bébé aime le pop-corn.

— Ce serait bien, dit Tessa, blottie entre ses bras.

— Alors, rendez-vous est pris.

Il l'embrassa sur le haut du front, puis renversa la tête en arrière, rêveur. La vie leur envoyait une sacrée surprise, mais tout irait bien. Mieux que bien !

7.

Tessa bâilla puis sourit. Sentir les bonnes odeurs du petit déjeuner au réveil, c'était l'un des grands plaisirs de la vie.

Puis elle se rappela qu'elle vivait seule ! Comme elle se redressait, tout se mit à tournoyer devant elle. Elle se prit la tête à deux mains, gémissante, aux prises avec la nausée.

— Tessa ?

La voix de Gabe était calme mais inquiète alors qu'il la rejoignait.

— Gabe ? dit-elle avec étonnement.

Mais qu'est-ce qu'il fait ici ? Hum, ça sent bon !

Elle sentit qu'il lui mettait un bout de pain dans le creux de la main.

— Essaie d'avaler une ou deux bouchées. Stacy jure qu'un toast dès le réveil l'a aidée à atténuer ses nausées matinales.

Tessa mordit dans le toast puis le regarda. Pas de doute, Gabe était bien là.

— Tu n'es pas parti ?

L'avait-il gardée sur ses genoux pendant toute la nuit ?

De toute évidence, ils avaient de nouveau dormi ensemble, sur son canapé. En tout bien tout honneur, cette fois. Alors pourquoi trouvait-elle cela plus intime ? Plus prometteur ?

— Moi aussi, j'ai été étonné en me réveillant, dit Gabe en s'asseyant près d'elle. J'ignore comment on a pu dormir aussi profondément sur ton canapé, mais on devait être épuisés.

Il lui avait posé une main sur le genou, et la chaleur qu'il lui transmettait l'apaisa. Un instant, elle contempla cette main. Tant de choses se bousculaient dans son esprit tandis qu'elle finissait le toast. Gabe avait raison, elle se sentait moins barbouillée.

— J'aurais dû te demander la permission de farfouiller dans ta cuisine, mais tu dormais. Tu ne t'es même pas rendu compte que je me levais. Comme tu avais eu des nausées, hier, j'ai pensé…

Alors qu'il la regardait sans achever sa phrase, elle l'embrassa sur la joue.

— Tu t'es dit que tu donnerais un coup de main, reprit-elle en souriant.

— C'est ce que je fais de mieux. Faut que je gagne ma pitance… Du jambon poêlé, ça te tente ? Si ton estomac l'accepte.

— Merci, fit-elle en se levant.

Gabe fut aussitôt près d'elle. Pour le cas où elle aurait de nouveau des vertiges ? C'était adorable, mais elle ne voulait pas qu'il s'attache au moindre de ses pas. La grossesse n'était pas une maladie. Les femmes mettaient des enfants au monde depuis l'éternité.

Dans la cuisine, elle l'écarta du placard alors qu'elle sortait des assiettes.

— Je suis l'aîné, ne l'oublie pas. J'ai appris très tôt à m'occuper des autres dans ma famille, déclara-t-il. Même avant le départ de ma mère, j'étais plutôt le troisième parent d'Isla qui, depuis toute petite, a eu l'art de se mettre dans le pétrin.

Quand il regarda son ventre, elle rougit. Gabe était heureux de cette grossesse… Vraiment heureux.

— Isla sera ravie d'avoir un neveu ou une nièce de plus. Elle adore materner les petits.

Tessa vit qu'il n'en était pas peu fier. Leur bébé aurait des cousins, des oncles et des tantes pour veiller sur lui. Une famille élargie toute prête.

Mais elle, quelle place aurait-elle ? Elle s'était laissé inclure dans le groupe d'amis de Max et en avait été exclue lorsque leur mariage avait capoté. Elle et Gabe seraient toujours liés par leur enfant mais, s'il y avait des problèmes entre eux…

Pourquoi diable envisageait-elle le pire ? Même si son père avait abandonné sa mère et que Max était parti, cela ne signifiait pas que sa relation avec Gabe était condamnée d'avance.

Surtout si elle veillait à ce qu'il ne se sente jamais exploité, comme Max en avait eu le sentiment.

— Du café ? proposa Gabe, fouillant dans le placard.

— Je peux m'en charger.

— Dis-moi seulement où sont les filtres. Ce n'est pas une affaire.

— Pardon ? dit-elle, soudain glacée.

C'était la réplique que Max lui avait toujours opposée quand elle lui avait demandé son aide. « Ce n'est pas une affaire » signifiait qu'il était d'humeur massacrante, qu'il lui en voulait de l'avoir sollicité.

— Je t'ai demandé où étaient les filtres. Ah, les voilà !

Il se retourna, le paquet de filtres en main, puis il plaça une tasse à café devant elle.

— Est-ce que ça va ? demanda-t-il d'un air inquiet. Est-ce que le petit bout de chou n'aime pas le jambon ?

— J'évite d'avaler trop vite, c'est tout.

Elle sourit, espérant masquer l'anxiété qui la tourmentait.

Gabe plaça une main sur son cœur, feignant d'être blessé. Tessa sentit son moral remonter d'un cran.

— Ton rendez-vous est à quelle heure ? Tu crois qu'ils nous laisseront voir le bébé ?

— Je l'espère bien.

Elle eut un large sourire, anticipant avec joie la réaction de Gabe. Et il ne serait pas le seul à adorer voir leur petit bout de chou, même si, à huit semaines, l'échographie ne serait pas très parlante.

Elle se leva en avalant une dernière bouchée de jambon puis se dirigea vers l'évier.

— Donne, dit Gabe, tendant la main vers son assiette.

— Pas de souci, Gabe, je peux le faire.

Elle n'allait pas le laisser faire. Elle pouvait se débrouiller. Elle ne voulait pas qu'il finisse par lui en vouloir.

— J'ai rendez-vous à 15 heures au cabinet de Plano. Il n'y a que l'infirmière praticienne au cabinet de Dallas, le jeudi, et je ne voulais pas attendre.

Elle essuya son assiette qu'elle rangea dans le placard.

— Tu veux que je passe te prendre ?

— Je dois faire quelques courses d'abord. J'irai directement chez l'obstétricienne ensuite.

— Cela ne me dérange pas de faire des courses, dit Gabe en souriant.

Tessa eut envie de céder, de lui demander de l'accompagner, mais elle comptait acheter des vêtements de maternité tels des pantalons à taille extensible, prête à savourer chaque moment de cette expérience. Sur ce terrain-là, elle pouvait épargner Gabe.

Il n'insista pas.

— Bon, rendez-vous chez le Dr Fillery à moins dix, alors.

— Moins vingt, plutôt. Je dois remplir de la paperasse.

Elle tenait à ce qu'il soit là lorsqu'elle arriverait au cabinet.

— Entendu.

Il se rapprocha d'elle, captant son regard avec le sien. En dépit de l'excitation et des inquiétudes qui lui encombraient l'esprit, elle s'apaisa dès qu'elle fut dans ses bras. Tant de choses avaient changé au cours des dernières semaines ! Mais son corps réagissait toujours de la même façon envers Gabe. Elle vibrait de joie et de désir quand il la touchait.

Gabe sortit de sa voiture. Il ne s'était pas attendu à toute cette circulation entre l'appartement de Stacy à Plano, à une trentaine de kilomètres au nord de Dallas. Et d'habitude, il voulait être en avance pour ses rendez-vous, mais il avait eu toutes les peines du monde à partir de chez Stacy.

Sa sœur l'avait mitraillé de questions à son arrivée à la maison. Elle voulait tout savoir de la femme avec laquelle il avait passé la nuit à deux reprises, et s'ils sortaient ensemble. Il comprenait sa curiosité, son inquiétude, mais il n'aurait jamais pu dire où il se rendait sans révéler aussi qu'il allait être père au risque d'être bombardé d'appels et de SMS. Les secrets n'avaient pas droit de cité dans la famille Davis !

Il n'était pas encore prêt à soumettre Tessa à ce mode de vie. Le clan adorerait Tessa et l'accepterait avec joie. Mais la famille Davis était une drôle de tribu ! Bruyante, indiscrète, aimante au-delà de toute mesure. « Envahissante » était un mot bien faible pour la décrire.

Tessa s'y intégrerait à la perfection. C'était une femme forte, indépendante, mais elle avait besoin qu'on s'occupe d'elle. Il voulait lui rendre les choses plus faciles, d'autant qu'elle était enceinte.

En fait, il avait éprouvé ce besoin avant même qu'ils ne découvrent l'existence de leur futur bébé. Tessa le rendait heureux. C'était aussi simple - et aussi complexe - que cela.

Mais si elle ne voulait pas de son aide ?

Il adorait savoir que ceux qu'il aimait étaient sûrs de pouvoir compter sur lui en toutes circonstances, mais cela avait paru déstabiliser Tessa, ce matin.

Il se rappela qu'elle n'avait eu personne pour veiller sur elle et n'y était peut-être tout simplement pas habituée. Mais il restait inquiet alors qu'il contournait une voiture.

— Plus que quelques minutes !

La voix de Tessa le fit se retourner et il ressentit la chaude sensation qui l'envahissait toujours à sa vue. Elle le rejoignit et n'hésita qu'un instant avant de le prendre par la main.

— Prêt ?

— Je crois.

Ils pénétrèrent dans l'immeuble qui abritait plusieurs cabinets médicaux.

— Je suis un peu nerveux, ajouta-t-il.

— Moi aussi. Ce n'est pas dans ces circonstances que j'avais imaginé devenir mère, mais c'est excitant. Tout est à la fois terrifiant et joyeux. J'ai l'impression bizarre d'essayer de retenir un château de cartes qui s'effondre.

Il poussa la porte devant laquelle elle s'était arrêtée.

— Je suis si contente que tu sois là !

Gabe sentit son cœur se gonfler d'allégresse. Le grand moment approchait.

Les signes vitaux de Tessa étaient bons, et Gabe qui se tenait un peu à l'écart entendit les questions de base que l'infirmière lui posa. Il voyait que Tessa était un peu inquiète en regardant l'échographie, tout comme lui d'ailleurs tant il était impatient d'entendre enfin les battements de cœur de leur bébé.

À presque huit semaines, ces derniers devaient être forts et clairs, et tant qu'ils ne les auraient pas entendus, Tessa et lui resteraient partagés entre l'émerveillement et l'inquiétude.

— Allongez-vous bien. Attention, le gel va vous donner une sensation de froid.

Le regard de Gabe allait du visage de Tessa à son ventre, et il prit la main qu'elle lui tendait. L'infirmière fit glisser l'appareil sur le ventre de Tessa, et ils laissèrent tous les deux échapper un soupir lorsqu'un battement de cœur soutenu se fit entendre. L'infirmière fronça les sourcils et écarta brusquement la sonde.

Tessa crispa les poings.

— Qu'est-ce qu'il y a ? demanda Gabe.

Au lieu de se tourner vers lui, l'infirmière s'adressa à Tessa :

— Depuis combien de temps, avez-vous dit ?

— Sept semaines, presque huit, répondit-elle d'une voix tendue.

— Formidable..., commenta l'infirmière, lui tapotant la main. Le Dr Fillery vous verra dans un instant.

Gabe avait très envie de demander à l'infirmière de renouveler l'opération sur le ventre de Tessa pour tenter de voir ce qu'elle avait perçu, mais il se retint. Même s'il avait acquis un certain savoir en tant qu'infirmier, il revenait au médecin de communiquer un diagnostic.

L'infirmière ne révélerait rien. C'était la procédure. Mais c'était dur à vivre lorsque cela vous concernait directement... Gabe avait appris, en perdant Olive, qu'on ne peut pas toujours protéger ceux qu'on aime. N'empêche... Il était prêt *à tout* pour protéger Tessa et leur bébé.

Dès que la porte se fut refermée sur l'infirmière, Tessa leva vers lui un regard inquiet.

— Tu sais ce qui a modifié sa réaction ?

— Non, dit-il, lui pressant la main. J'étais très concentré

sur ce son si réjouissant. Les battements du cœur étaient forts, rapides, ce qui est normal à ce stade.

— Quand elle a approché la sonde de mon nombril, le son paraissait un peu plus lent, non ? Mais ça ne signifie rien de particulier, n'est-ce pas ?

— Ne t'inquiète pas, je suis là, d'accord ?

Elle hocha la tête puis fixa la porte close.

— Quand on est dans l'autre camp, on ne réalise pas que, pour le patient, ça paraît vraiment très long. J'ai envie de pousser cette porte et de hurler pour faire venir le Dr Fillery.

Gabe se mit à rire.

— J'ai moi-même envie d'ouvrir cette porte. Mais nous allons faire preuve de patience, d'accord ?

— D'accord. Même si je suis une vraie boule de nerfs.

— Une très belle boule de nerfs.

Gabe lui embrassa les doigts, et sa tension se dissipa quelque peu. Il aimait toucher Tessa, être tout près d'elle. Il était sûr qu'ils géreraient la situation, quelle que soit l'annonce du Dr Fillery. C'était peut-être naïf de sa part, mais il n'imaginait pas que les choses puissent mal tourner. Tessa et lui étaient destinés à vivre ensemble, c'était une certitude. Elle était sa seconde chance.

Il sentit sa gorge se nouer à cette pensée.

La porte s'ouvrit et ils se redressèrent avec un bel ensemble.

— Qu'a donc perçu votre infirmière ? demanda Tessa. Désolée, son nom m'échappe. Je suis si paniquée.

Le Dr Fillery sourit en rapprochant de Tessa l'échographe portatif.

— Meghan pense avoir entendu battre deux cœurs.

— Deux ! s'écria Gabe. Désolé, ajouta-t-il alors que Tessa se tournait vers lui.

— Pas de problème, répliqua le Dr Fillery. Il se peut qu'elle ait seulement perçu une variation du rythme cardiaque.

Elle remit du gel sur le ventre de Tessa puis saisit la sonde à ultrasons.

Gabe doutait que Meghan ait perçu une variation du rythme

cardiaque. Une infirmière en obstétrique était capable d'identifier les rythmes cardiaques de plusieurs bébés.

La sonde ne mit que quelques secondes à trouver la poche des eaux. Gabe déglutit avec difficulté en fixant l'image sur l'écran du moniteur. Deux bébés dans la même poche. De vrais jumeaux ! Il allait être papa… deux fois !

8.

Des jumeaux ! Ces mots s'imposaient sans cesse à son esprit tandis qu'elle arpentait la cuisine. Elle n'avait pas cessé de s'agiter depuis qu'elle avait quitté le cabinet de l'obstétricienne avec Gabe.

Elle attendait des jumeaux ! Des jumeaux monozygotes. Toutes les grossesses multiples comportaient des risques, mais il y avait plus de probabilités pour que de vrais jumeaux naissent prématurément et doivent être placés en unité de soins intensifs néonatals. Pour que la mère doive s'aliter pendant la grossesse.

Oppressée, elle posa une main sur son ventre en se disant que les bébés étaient à l'abri en ce moment. Mais elle ne réussit pas à chasser les pensées qui la tourmentaient.

Comment allait-elle élever deux enfants en même temps ?

Elle avait mesuré la pièce qui lui servait de bureau, cet après-midi. Deux berceaux y tiendraient, mais ce serait juste. Et si elle avait fait les vitrines en vue d'acheter un berceau, une chaise haute et des vêtements pendant qu'elle se procurait des articles de maternité, elle ne s'était préoccupée que de la sécurité, pas de la dépense. Rien que pour la garde à domicile…

De nouveau, son cœur se serra. Non, elle ne devait pas paniquer !

Et la promotion ? Est-ce que le service des ressources humaines voudrait prendre sa candidature en considération, maintenant ? Il serait illégal de leur part d'écarter son CV parce qu'elle était enceinte, mais elle ne pourrait jamais prouver que c'était le cas. D'ailleurs, elle était sûre de pouvoir élever des jumeaux et diriger en même temps le service des urgences.

Mais son congé de maternité serait peut-être plus long qu'en cas de grossesse unique…

Elle n'aurait qu'à redoubler d'efforts à l'hôpital, songea-t-elle. Sa mère avait dû faire une croix sur la carrière de son choix à cause d'une grossesse imprévue, mais c'était une autre époque. Et ses parents n'avaient pas les moyens de payer et la garde journalière et l'école de médecine.

Si elle n'avait pas cédé à Max, elle serait déjà responsable de service. *Mais alors, tu n'aurais pas rencontré Gabe. Tu n'attendrais pas des jumeaux. Tu n'aurais pas cette chance merveilleuse d'avoir une famille.*

Elle caressa son ventre, où ses *deux* enfants étaient en train de grandir. Elle allait prendre soin d'eux. Elle réussirait à tout mener de front !

— Tessa…

Gabe l'enlaça et, en sentant sa main chaude, elle s'apaisa.

— Il faut qu'on trouve une solution, dit-elle en le dévisageant. Comment peux-tu être aussi calme ?

— Ce n'est qu'une apparence ! Mais j'essaie de considérer ça comme une aventure. Avec double ration de couches-culottes !

Elle sourit. C'était bon de se détendre un peu.

— J'adore ton odeur, dit-elle.

Le compliment lui avait échappé, et elle se sentit toute bête.

— Content de le savoir, répliqua Gabe en déposant un baiser sur son front. Je sais qu'il va y avoir beaucoup à faire, et ça fait peur. Mais si on voyait plutôt les aspects positifs ?

— Les aspects positifs ? répéta Tessa, haussant les sourcils.

D'une aventure d'une nuit, ils étaient passés au stade de futurs parents, puis de futurs parents de jumeaux !

— Tu es en bonne santé, et nos enfants aussi. C'est ce qu'il y a de plus important.

Quand Gabe sourit, ses fossettes apparurent, et elle espéra que leurs bébés en hériteraient ! Quand elle lui plaça une main sur son ventre, il lui donna un doux baiser sur les lèvres.

— Tout ira bien, tu verras. On a du pain sur la planche, mais on y arrivera. Ensemble… C'est promis.

Le contact des doigts de Gabe déclenchait de petits frissons sur sa peau à travers le chemisier gris clair qu'elle portait. L'alchimie était là, comme au premier soir. Gabe semblait si convaincu que tout irait bien, qu'ils avaient un avenir ensemble ! Pourquoi n'arrivait-elle pas à se concentrer sur cette possibilité ?

— Donc, on commence par quoi ? demanda-t-elle.

— Eh bien, tu devrais prévenir le département des ressources humaines.

— Non. Le poste du Dr Lin va se libérer.

Elle était si près de réaliser son rêve ! D'obtenir ce dont sa mère avait été flouée. Elle n'aurait peut-être pas d'autre occasion comme celle-là avant plusieurs années. Du moins, pas au Dallas Children's. C'était maintenant qu'elle avait sa meilleure chance.

— Tessa…

Il ferma brièvement les yeux et ses lèvres se pincèrent. Voyant qu'il était contrarié, elle sentit l'inquiétude la gagner.

Il n'avait pas mal réagi à ses larmes lorsqu'il lui avait apporté les cupcakes. Il ne s'était pas mis en colère parce qu'elle avait peur et paniquait, ni ne lui avait ordonné de se ressaisir. *Peut-être que ça ne te mènerait pas au désastre de te reposer en partie sur lui. Il ne te rendrait pas responsable de son malheur, lui.*

— Tessa…, dit-il d'une voix émue en l'attirant contre lui.

— Le Dr Fillery a assuré que tout allait bien, mais il est encore tôt, répliqua-t-elle avant qu'il puisse ajouter quelque chose. Je préviendrai le DRH quand j'entamerai mon deuxième trimestre de grossesse.

Peut-être une décision aurait-elle été prise à ce moment-là au sujet du Dr Lin. Elle était horrifiée de penser ainsi en un tel moment, mais elle avait une dette envers sa mère. Et elle voulait être responsable du service.

S'écartant un peu, Gabe sourit.

— D'accord. On ne leur dit rien avant le second trimestre.

Il lui donna un baiser chaste sur la bouche et enchaîna :

— Si tu m'aidais à trouver un appartement ? Je ne pourrai

guère emmener les jumeaux chez Stacy quand ils seront avec moi ! Et son canapé commence à me paraître inconfortable.

Cette remarque frappa Tessa. « Avec moi. » Elle n'avait pas envisagé que ses enfants aient deux foyers. À l'idée qu'ils pourraient être ailleurs que chez elle, elle eut les larmes aux yeux. Une fois de plus. Fichues hormones ! C'était ridicule. La garde partagée était monnaie courante. Mais elle n'en voulait pas - pas pour des nouveau-nés.

— Et si tu emménageais ici ? demanda-t-elle.

La joie la submergea à cette idée. Et elle ne lui parut pas ridicule lorsqu'elle rencontra le regard de Gabe.

Elle était en terrain dangereux. Elle pourrait très facilement s'éprendre de lui. *S'en éprendre encore plus.*

— J'ai de la place. Et je veux allaiter, alors il faudra qu'ils soient ici, de toute façon.

Plus elle parlait, plus son idée lui semblait sensée. Elle ne voulait pas que ses enfants soient tiraillés entre deux foyers dès la naissance. Et elle voulait Gabe près d'elle.

Elle guetta sa réponse avec nervosité.

— Pourquoi opter pour la solution traditionnelle dès maintenant ? Es-tu bien sûre de toi, Tessa ? Si tu veux y réfléchir pendant quelques jours…

C'était tout réfléchi ! La place de Gabe était ici, avec leurs bébés. Avec elle.

— Non. Nous formons une famille, maintenant. Peut-être pas du modèle courant. Mais une famille tout de même.

Famille. Le mot parut se dilater et l'envelopper comme un cocon alors qu'elle se laissait attirer dans les bras de Gabe. Depuis quand n'avait-elle pas appartenu à une famille ? Pas depuis les premiers temps de son mariage avec Max. Dès qu'il avait échoué dans sa carrière, elle était devenue une rivale. Une intruse dans son propre couple.

Mais Gabe ne l'obligerait jamais à choisir entre sa carrière et leur relation. Il le lui avait promis.

— Une famille…, répéta Gabe, ses lèvres effleurant les siennes.

Ils n'empruntaient peut-être pas un chemin conventionnel mais, pour la première fois depuis des lustres, Tessa avait le sentiment d'être en terrain sûr.

— Il y a une autre chose à faire, reprit Gabe, qui souriait mais semblait hésiter un peu.

Elle posa une main sur son torse et s'étonna de sentir que son cœur battait la chamade. Qu'est-ce qui le rendait si nerveux ? Lui qui était toujours si sûr de lui…

— Quoi ? fit-elle.

— Annoncer la nouvelle au clan Davis.

— Je te laisse choisir le jour et le lieu, dit-elle.

Puis elle se haussa sur la pointe des pieds pour l'embrasser. Sa vie était chamboulée. Mais lorsqu'elle était avec Gabe, ces bouleversements cessaient d'être effrayants. En fait, ils semblaient merveilleux.

L'alarme du réveil s'était déclenchée beaucoup trop tôt pour elle, ce matin-là, et elle ne pouvait plus recourir, désormais, à un grand mug de café pour s'éclaircir les idées. De plus, elle ne supportait plus de se réveiller seule. Avait-elle jamais aimé cela, d'ailleurs ?

Elle sourit à Gabe, qui gagnait la chambre d'un patient. Le clan Davis l'aidait à déménager ce week-end. Apparemment, les choses qu'il avait au garde-meubles n'étaient qu'un ensemble de chambre à coucher et un vieux canapé qu'il comptait abandonner sur le trottoir proche de l'université. Il était sûr que le canapé, usé mais encore en état, trouverait sa place dans un logement d'étudiant.

— Il est sensationnel ! Gina et Rochelle espèrent qu'il les invitera à sortir, mais je leur ai dit de ne pas croire au Père Noël.

La remarque de Denise, qui lui tendait une tablette numérique médicale, interrompit ses méditations. Tessa essaya de se persuader qu'elle n'était pas jalouse.

Gabe était sympa, cultivé et superbe. Forcément, les femmes célibataires s'intéressaient à lui !

Denise se pencha un peu plus près.

— Il n'a d'yeux que pour toi, ajouta-t-elle.

Tessa se sentit rougir.

— Bon. Nous…

L'inspiration lui manqua. Ils allaient devenir parents et emménageaient ensemble, mais ils avaient décidé d'un commun accord qu'il était trop tôt pour qu'ils partagent la même chambre. Du coup, Tessa ne disposait guère d'une formule adaptée pour expliquer la situation.

— Sois tranquille, reprit Denise en prenant une autre tablette numérique. Je garderai ton secret.

— Merci, dit Tessa. Bon, je vais voir le petit bonhomme de la chambre 3.

— On l'a admis pour un problème gastrique. Mais il se pourrait que sa petite sœur ait la cinquième maladie. Ils ont remarqué ça au moment du tri des patients.

Denise, qui balayait du doigt l'écran de la tablette, ne sembla pas remarquer son accès de panique.

La cinquième maladie, aussi appelée érythème infectieux, était une maladie infantile courante. La plupart des enfants avaient une fièvre et un rhume légers puis une éruption rouge vif se répandait sur leurs joues, et parfois sur leur corps. Cette affection était presque toujours bénigne sauf pour les femmes enceintes, en particulier au cours du premier semestre car elle pouvait provoquer une fausse couche.

Tessa pensait avoir eu un érythème infectieux dans l'enfance, mais elle n'en était pas certaine et n'était donc pas sûre d'être immunisée, d'autant plus que, chez les adultes, il était presque toujours asymptomatique. N'ayant annoncé sa grossesse à personne, elle allait devoir entrer dans la chambre 3. En prenant toutes les précautions possibles, bien sûr.

— Bonjour.

Tessa sourit malgré sa peur en pénétrant dans la pièce. L'air malheureux, le petit garçon alité, allongé sur le côté, se tenait le ventre. Son père, paraissant épuisé, portait dans ses bras la petite sœur qui avait les joues écarlates.

La porte se rouvrit et Gabe entra.

— Denise m'a dit que tu aurais besoin d'un coup de main.

Il fronça les sourcils en rencontrant son regard, puis il contempla la petite.

— Bonjour, ma mignonne, s'exclama-t-il.

Il se pencha pour examiner la fillette tandis que Tessa parlait au garçonnet :

— Qu'est-ce qui ne va pas ?

Les yeux de l'enfant se remplirent de larmes, mais il ne dit mot. Elle se tourna vers le père.

— Que se passe-t-il ?

L'homme les regarda tour à tour, et ses épaules s'affaissèrent.

— Ryan ne retient pas la nourriture, apparemment. Il ne vomit pas, mais il va très souvent aux toilettes, déclara-t-il d'une voix lasse. J'ai fait beaucoup d'heures supplémentaires, ce mois-ci, alors je n'ai pas vu beaucoup mes enfants. Ma femme… euh mon ex-femme ne répond pas à mes appels, je ne sais donc pas grand-chose de…

Il n'acheva pas. Le désespoir était peint sur son visage.

— Bon, qu'est-ce que tu as mangé au dernier repas, Ryan ? demanda Tessa en allant se laver les mains au lavabo.

Ryan essuya une larme.

— Des macaronis gratinés au fromage. C'était bon mais, après, j'ai eu mal au ventre. Là, on dirait qu'on m'enfonce un couteau. Je n'ai jamais eu aussi mal.

— As-tu mal quand tu manges du pain ? reprit-elle, tout en captant le regard de Gabe.

Il leva la main, doigts écartés, avant de gagner le lavabo à son tour. Donc, il pensait lui aussi que la petite sœur avait la cinquième maladie. Elle s'assurerait du diagnostic mais, si deux soignants de son équipe estimaient qu'il s'agissait de la cinquième maladie, elle serait très étonnée qu'il n'en soit rien.

Ce souci-là devait attendre. Pour le moment, elle craignait que Ryan n'ait une intolérance au gluten, ou une des autres maladies auto-immunes qui agressaient les voies digestives et perturbaient le transit intestinal.

— Je ne mange pas de pain. Ça me fait…

Le jeune garçon s'interrompit, rouge comme une pivoine.

— Lâcher des pets ? dit Gabe, qui sourit en lui adressant un clin d'œil complice.

Ryan hocha la tête. Il faudrait quelques semaines, hélas, pour confirmer le diagnostic d'intolérance au gluten. Mais si c'était la bonne hypothèse, ils pourraient apporter un soulagement immédiat au garçon en changeant son régime alimentaire.

— Je pense que Ryan pourrait avoir la maladie cœliaque, déclara Tessa, ce qui veut dire que son corps ne digère pas le gluten. Je vais demander un examen hématologique complet. Nous devons éliminer la possibilité d'une maladie parasitaire, ajouta-t-elle.

Elle s'approcha de la petite sœur de Ryan.

— Bonjour, ma puce.

La petite fille enfouit son visage contre le torse de son père, mais Tessa en avait assez vu. L'enfant avait les joues rouges, comme si elle avait reçu des gifles, et il y avait une éruption sur ses bras : les signes classiques d'un érythème infectieux.

— Votre fille a les symptômes de la cinquième maladie.

Le père fronça les sourcils.

— Quoi ?

— Le nez qui coule, les joues rouges et l'éruption cutanée sur les bras, précisa Tessa. La bonne nouvelle, c'est qu'il n'y a rien à faire, sinon traiter les symptômes s'ils deviennent gênants.

— J'échoue dans mon rôle de parent célibataire, commenta le père en embrassant sa fille.

— Tout va bien, papa, dit la petite, le regardant avec tant d'adoration que Tessa en fut bouleversée.

— C'est vrai, souligna-t-elle. Il faut que je parle avec ton papa, mais l'infirmier, Gabe, va rester avec vous.

— C'est moi ! dit ce dernier en effectuant un profond salut, ce qui amena un sourire sur les visages de Ryan et de sa sœur.

Tout était calme dans le couloir lorsque Tessa sortit en compagnie du père.

— Je sais que j'ai tout faux…, commença-t-il.

— Pas du tout. Vous avez amené votre fils à l'hôpital et,

pour ce qui est de la cinquième maladie, les enfants l'attrapent couramment ! Comment vous appelez-vous ?

— Adrian Farns.

Tessa lui adressa un sourire rassurant.

— Je ne vous ai pas pris à part pour vous accuser de négligence parentale, bien au contraire. Vos enfants ont surtout besoin de vous, vous savez.

— Pardon ? dit Adrian, dérouté.

— Vous êtes épuisé, Adrian, comme beaucoup de parents. Mais, dans votre cas, cela va plus loin, il me semble.

Adrian parut encore plus accablé.

— J'ai trouvé un mot en rentrant à la maison, il y a quatre mois. Ma femme - ex-femme - avait laissé les enfants chez la voisine, vidé notre compte en banque avant de s'enfuir avec son petit ami. C'est dur à gérer.

— Certes. Je vais vous donner une liste de restrictions alimentaires et de recettes à tester pour Ryan afin de le soulager. Mais je vais aussi vous communiquer les coordonnées de services qui peuvent vous aider à surmonter les difficultés, vous et votre petite famille. C'est primordial.

Dès sa première année au Dallas Children's, Tessa avait mis au point avec l'assistante sociale des urgences pédiatriques une liste de contacts soigneusement tenue à jour pour des services d'aide aux parents, qu'ils se débattent avec des problèmes financiers, de santé mentale, ou le chagrin.

Si sa mère avait su à qui s'adresser pour avoir de l'aide, elle serait peut-être en train de se réjouir de devenir grand-mère, en ce moment.

— Merci, murmura Adrian.

— De rien. Quelqu'un va venir vous voir pour la paperasse. Introduisez peu à peu les nouveaux aliments pour Ryan et, s'il est déshydraté, ramenez-le-nous. Son système digestif est perturbé.

Adrian murmura quelques mots avant de rejoindre ses enfants, et Tessa se dirigea vers la salle de bains du personnel pour se laver les mains.

Les mains de Tessa étaient écarlates à force d'avoir été frottées lorsque Gabe la rejoignit dans la salle de bains. Les risques de transmission de la cinquième maladie étaient très faibles. Mais dans les rares cas de contamination en cours de grossesse, les conséquences étaient dramatiques. Et lorsqu'il s'agissait de son enfant, le risque ne paraissait pas si faible…

— Aucun germe n'aurait pu survivre à un tel traitement, Tessa, dit-il en essayant de garder un ton léger alors qu'il fermait d'autorité le robinet.

Il espérait qu'il y avait une lotion calmante à la maison.

— Il faut prévenir les ressources humaines, déclara-t-elle.

Gabe fut stupéfait. Après son refus de la veille, il s'était attendu à devoir plaider. Il n'y avait pas lieu d'entrer dans les détails avec tout le monde mais, pour la sécurité de Tessa et des jumeaux, il fallait qu'elle reste à l'écart des chambres hautement infectieuses. C'était le protocole standard pour le personnel médical, et elle ne demandait aucun traitement de faveur.

Il y aurait des rumeurs, certains de leurs collègues se doutant déjà qu'ils sortaient ensemble, mais les sujets de commérage, à l'hôpital, changeaient vite.

— Je suis à jour de mes vaccinations, donc ce contact ne devrait avoir qu'un impact minime, dit Tessa, formulant à haute voix ce qui le tracassait. Et j'assurerai à Patrick que ça n'aura aucune incidence sur ma décision de postuler pour le job du Dr Lin.

Nous voici revenus à la promotion.

— Bien sûr, répliqua-t-il d'un ton plus sec qu'il ne l'aurait voulu, mais Tessa ne parut pas s'en apercevoir.

Il comprenait qu'on veuille progresser dans une carrière, mais Tessa avait *déjà* réussi. Et si, après cette promotion, il y en avait une autre, puis encore une autre ? Il avait, au cours de sa carrière, vu des médecins courir après la gloire. De plus hauts salaires et un prestige accru allaient toujours de pair avec des compromis, et c'étaient en général les familles qui en faisaient les frais.

Était-ce ce que voulait Tessa ?

Non, pensa-t-il, chassant cette idée. Si c'était le cas, il s'en serait rendu compte. Elle adorait déjà leurs bébés, même s'ils étaient à peine plus grands qu'une cerise.

Elle s'était frotté la peau presque à vif par crainte d'une maladie à laquelle elle avait dû être exposée cent fois en tant que médecin. Il l'avait entendue dire au père de Ryan qu'il devait prendre soin de lui, et il avait vu les documents pour aider à gérer le stress parental et le divorce dans les papiers administratifs réunis pour Ryan. Ce n'était pas l'attention d'une femme qui plaçait le travail avant tout le reste.

Gabe avait envie de la faire sourire, d'alléger l'atmosphère.

— Il y a un grave problème à envisager, reprit-il. Comment fera-t-on pour distinguer les jumeaux ?

— Quoi ? dit Tessa en riant.

Le son argentin de son rire le mit en joie. Quand elle souriait, tout s'éclairait autour d'elle et dans sa vie à lui.

— J'ai visité des forums en ligne sur les jumeaux, la nuit dernière, et j'y ai glané des histoires amusantes.

Tessa s'essuya les mains avec une serviette en papier.

— Vraiment ?

— J'étais trop surexcité pour dormir. Je n'arrêtais pas de me tracasser parce qu'on pourrait les confondre. De *vrais* jumeaux, tu comprends !

Il esquissa une grimace comique, savourant le fou rire de Tessa.

— Plusieurs parents recommandent de choisir une couleur ou un motif. L'un en jaune, l'autre en vert ; l'un avec des rayures, et l'autre, de l'uni. Comme ça, on ne les confond pas à la naissance, même si leurs personnalités respectives s'affirment vite, paraît-il.

Gabe s'était surpris à adorer ces incursions dans la prochaine étape de sa vie. Avec Tessa. Il était facile de prendre soin d'elle. Facile d'être avec elle. Facile de tomber amoureux…

Non, cela ne s'était pas encore produit, pensa-t-il. Mais en regardant les paumes de Tessa, heureusement un peu moins rouges à présent, il sut qu'il se trompait.

Il était déjà à moitié amoureux d'elle. Des émotions l'envahirent, mélange d'excitation, de joie et de peur. Tessa était sa seconde chance. Et s'il venait à la perdre ?

Non. Il pouvait protéger Tessa et les jumeaux. S'assurer de ne pas avoir à affronter le désespoir sans fond où il avait sombré quand Olive était morte. Et ce serait plus facile s'il était avec Tessa en tant que… « Petit ami » n'était pas le mot juste. « Colocataire », quelle horreur ! Le mot approprié ne venait pas. Mais Tessa, posant une main sur la sienne, mit un terme à sa songerie.

— Comme je te le disais, je n'ai jamais pensé que je serais incapable de les distinguer !

Dans sa préoccupation, il ne l'avait pas entendue. Au moins, elle ne se doutait pas des pensées qui l'agitaient !

— Excuse-moi, j'étais distrait. Un coup de fatigue… Dans un article, une maman jurait qu'elle aurait pu confondre ses garçons le jour où ils ont quitté l'hôpital pour la maison.

— On dirait le ressort dramatique d'une mauvaise sitcom ! commenta-t-elle en pouffant. Mais c'est vraisemblable. Il faut qu'on ait un plan !

Gabe lui enveloppa les épaules de son bras.

— On y veillera. Si je passais chez Maggie's en sortant d'ici et te rejoignais après ton entretien avec Patrick ?

— Tu t'attends à ce qu'il se passe mal ?

— Non. Je voulais une excuse pour apporter des cupcakes.

— Tu n'as pas besoin d'un prétexte, Gabe. Jamais je ne refuserais un cupcake au café. Je ne bois que du décaféiné, maintenant, mais je peux au moins savourer cette pâtisserie !

Gabe esquissa une petite révérence comique, et fut récompensé par un large sourire avant qu'elle quitte la pièce. La voir heureuse était ce qu'il voulait. Tessa et leurs enfants lui donnaient un sentiment de complétude, c'était aussi simple que cela.

9.

— Il est temps que tu aies un nouvel édredon ! lança Isla tout en décochant un clin d'œil à Tessa tandis qu'elle suivait Gabe dans l'escalier, lestée d'un carton rempli de ses affaires. Celui-ci n'est pas joli.

— Il me tient chaud, Isla. Il n'a pas d'autre fonction.

Gabe prit des mains de Tessa la lampe qu'elle tenait, puis l'embrassa sur la joue avant d'installer l'objet sur sa vieille table de nuit. Isla posa sur le lit que Matt et Gabe avaient monté une heure plus tôt le fameux édredon dont Tessa s'avoua qu'il était moche.

— Il est marron, et pas d'une belle couleur café, reprit Isla. On dirait plutôt…

Elle se pinça le nez en faisant la grimace à son frère. Tessa amena une main devant sa bouche pour dissimuler son sourire, mais elle vit que Gabe n'était pas dupe.

— C'est le dernier, dit Matt, posant un carton sur le lit. Et l'édredon me paraît bien.

Gabe hocha la tête à l'intention de son frère avant que Matt ne redescende. Cette complicité muette « entre frangins » accéléra le pouls de Tessa. Les membres du clan Davis formaient une famille - une vraie.

— Deux contre un, dit Gabe en riant.

Isla soupira.

— Pff ! Soutiens-moi, Tessa !

Croisant les bras, Gabe s'adossa au mur, et le sourire qui éclaira son visage déclencha en Tessa une onde de désir. Ces fossettes étaient une œuvre d'art !

— Tu le trouves laid ? demanda-t-il.

— Interdiction de recourir aux fossettes ! intervint Isla, tapant du pied. Il sait qu'elles ont un sacré pouvoir.

Il leva les bras en l'air.

— Je plaide coupable.

Cet échange ludique fit rire Tessa. Il était évident que Gabe et Isla s'aimaient, même si celle-ci se moquait de son frère. Tessa espérait que ses enfants auraient ce genre de relation. C'était la vie dont elle avait rêvé.

— Bon, réponds honnêtement, Tessa, reprit Isla.

Se mordant la lèvre inférieure pour s'empêcher de rire, Tessa jeta un coup d'œil à Gabe.

— Isla a raison. Il est hideux.

Plaçant une main sur son cœur, Gabe fit mine de s'effondrer contre le mur, provoquant les rires de Tessa et d'Isla.

— Le vote est très serré, donc, dit Tessa.

— Ah, non, répliqua Gabe. Ta voix compte pour trois.

— Isla ! cria Matt dans l'escalier. On m'attend pour dîner ! Tu viens ?

Isla étreignit Tessa, frappa avec la paume celle de son frère, puis lança en s'éclipsant :

— Je t'enverrai par mail des suggestions, Tessa. C'est utile d'être acheteuse pour un grand magasin !

— Elle n'a jamais joué fair-play, dit Gabe en riant avant d'attirer Tessa dans ses bras. Et elle va t'envoyer des photos pour que tu choisisses un édredon car il n'y a pas plus têtue.

— Tes frère et sœurs sont super, commenta Tessa. Vraiment merveilleux.

Elle s'était interrogée sur leur réaction lorsqu'ils sauraient que Gabe emménageait chez elle et allait devenir papa, mais le clan Davis n'avait eu que de l'amour à lui offrir.

— Si on débarrassait le lit pour que je puisse y dormir ? Après, on pourra manger du pop-corn en regardant un film, non ? Une soirée sympa à la maison.

— Ce serait génial, dit-elle.

Son cœur se gonfla d'émotion. *La maison*. Ces mots prononcés par Gabe lui mettaient le cœur en joie. Peut-être que cela pouvait marcher, vraiment marcher ! En dépit du fait qu'ils attendaient des jumeaux et, dans le même temps, apprenaient à se connaître réellement. Si elle n'était pas déjà à moitié amoureuse de Gabe, aujourd'hui elle aurait craqué pour lui.

Des mots d'amour lui brûlaient les lèvres, mais leur rencontre si peu conventionnelle avait déjà connu tant de tours et détours ! Il ne manquait plus qu'elle lui avoue qu'elle était en train de tomber amoureuse le jour où il emménageait dans sa chambre d'amis !

Mais le moment est idéal pour le lui dire, rétorqua son cœur, se rebellant contre sa raison.

Son mobile bipa et elle prit connaissance du message. Le Dr Lin voulait savoir si elle pouvait assurer le service à sa place à plusieurs reprises dans les semaines à venir. Si elle acceptait, elle serait à l'hôpital presque tous les jours dans cette période. Mais si elle refusait…

Elle pianota une réponse, puis vint près de Gabe.

— Il faut que ce soit une soirée marquante, dit-elle en l'embrassant sur la bouche.

Il la prit par la taille.

— Ah ?

Elle se laissa aller dans ses bras, heureuse de le sentir contre elle, de savoir qu'il serait là quand elle rentrerait le soir.

— Le Dr Lin a besoin que je prenne sa relève pendant ses heures de service. J'imagine qu'il commence le stage d'introduction à la retraite que l'hôpital prévoit pour son personnel avant le processus de départ.

— Pendant ses heures de service ? Souvent ?

Si Gabe avait parlé d'un ton léger, de l'inquiétude avait surgi dans son regard. Il la masqua avec un sourire, mais Tessa l'avait remarquée.

— Je serai à l'hôpital presque tous les jours. Mais ça me donnera un atout de plus quand ils désigneront son successeur. Patrick m'a crue lorsque je lui ai affirmé que ma grossesse n'aurait pas d'incidence sur mon travail, c'est clair. Je suis contente qu'on ne me traite pas différemment, et je peux encore assurer des gardes.

— J'en suis heureux pour toi, dit Gabe.

Ayant logé une pile de pantalons dans un tiroir, il saisit les cartons restants sur le lit et les déposa dans un coin.

— Voilà, je peux dormir ici, maintenant. Attaquons notre marathon cinéma. Je ne veux pas en manquer une minute.

Il sourit, mais elle perçut quelque chose d'indéfinissable dans son regard. Était-il contrarié parce que l'hôpital comptait sur elle ? Avait-il espéré qu'elle ralentirait le rythme après les avoir mis au courant de sa grossesse ?

— Comédie romantique ou film d'horreur ? demanda-t-il.

— C'est tout ce que tu proposes ? fit-elle, feignant de s'indigner.

— Pas du tout. Le choix vous appartient, ma chère.

Il esquissa une révérence comique, et Tessa sentit son inquiétude se dissiper. Elle redoutait toujours une catastrophe. Mais ce n'était pas parce qu'elle avait connu une rupture que sa rencontre avec Gabe était vouée à l'échec. Elle allait avoir une famille. Une *vraie* famille.

Après plusieurs semaines de gardes supplémentaires, Tessa était épuisée. C'était sans doute dû à la grossesse, car elle avait toujours effectué de longues journées au Dallas Children's. Souvent, d'ailleurs, il lui avait été plus facile d'être au travail qu'à la maison. Après son divorce, tout lui était bon pour oublier sa maison vide. Travailler deux fois plus pendant plusieurs jours d'affilée lui paraissait normal, mais, aujourd'hui, elle traînait les pieds.

Son estomac gargouilla alors qu'elle se rendait à la cafétéria. Les barres de céréales qu'elle prenait pour se restaurer entre les repas ne suffisaient pas. En fait, elle avait de l'appétit comme quatre !

— Étant donné ta mine, un smoothie à la fraise te fera du bien, dit Gabe, souriant, un verre de smoothie dans chaque main. Avec en prime un substitut de repas pour médecins surmenés.

— Tu n'es pas obligé de me gâter comme ça…

— Tu n'en veux pas, alors ?

— Bien sûr que si !

— Que deviendrais-tu sans moi ? s'exclama-t-il en lui adressant un clin d'œil.

Il commença à boire son smoothie, mais Tessa avait du mal à avaler le sien. Elle se faisait des idées, pensa-t-elle. Gabe plaisantait, il n'y avait pas de tristesse en lui.

Il se pencha aussi près que possible en public, et le cœur de Tessa fit un bond.

— Je t'ai mis un en-cas dans le réfrigérateur du personnel.

Tessa lui pressa fugitivement la main. Gabe veillait à ce qu'elle ait un repas tout prêt et des en-cas pour tenir le coup pendant ses heures de service, même quand il n'était pas là. Il était génial. Et si fiable.

Trop fiable. Cette pensée la turlupinait. Pendant la semaine écoulée, il avait assumé tant de tâches à la maison ! Il serait facile de se reposer sur Gabe. Mais n'était-ce pas cette attitude qui lui avait aliéné l'amour de Max ?

Pourquoi cette idée ne la quittait-elle pas ?

— On nous amène un brûlé ! lança soudain Fran, une infirmière chargée de l'orientation des patients.

Tessa avala une dernière gorgée de son smoothie avant de l'abandonner dans le poste des infirmières. Pensant à tout, Gabe avait veillé à inscrire son nom sur le récipient. Il déposa son verre à côté du sien, et ils se hâtèrent de gagner les urgences.

Les brûlures étaient fréquentes en été et à l'automne. Les jeunes touchaient des grils chauds, se brûlaient en faisant rôtir des marshmallows, et, dans ces cas-là, c'était un parent affolé qui amenait son enfant. Si on avait dû faire appel à une ambulance…

Quand un enfant gravement malade ou blessé arrivait, les soignants ressentaient une poussée d'adrénaline, mais l'attente éprouvante semblait entamer les réserves. Sentant derrière elle la présence de Gabe, qui se préparait lui aussi pour l'arrivée du patient, Tessa s'apaisa. Ils formaient une excellente équipe. Ils étaient prêts à tout affronter.

— Amy, huit ans, est tombée non loin du trou où sa famille faisait rôtir un cochon. Elle s'est reçue sur les mains au milieu des charbons ardents ! lança le secouriste qui venait de franchir les portes des urgences. Les parents, qui avaient reçu un appel professionnel, lui avaient confié le soin de surveiller le feu.

Gabe perçut les exclamations étouffées de l'équipe. Il était inévitable, en travaillant dans un service d'urgences pédiatriques, d'avoir affaire à des parents négligents, indignes de leur rôle.

Il se força à chasser son émotion alors que les secouristes faisaient rouler la civière et remettaient des documents à l'infirmière chargée des admissions. Être furieux contre les parents d'Amy n'aiderait pas la fillette. Avec un peu de chance, ce serait pour eux un coup de semonce salutaire.

— Bonjour, Amy. Je suis le Dr Garcia, mais tu peux m'appeler Tessa. Et voici Gabe, ton infirmier. Nous allons veiller à ce que tu ailles bien.

Tessa adressa un sourire à la petite fille. Les doigts de cette dernière se crispaient sur le bord de la civière.

— Je ne voulais pas faire de bêtise…, gémit la fillette - et Gabe en eut le cœur tout retourné. J'ai mal aux mains.

Tessa lui caressa le front.

— Ce n'est pas ta faute.

— Nous allons te donner un médicament pour que tu te sentes mieux, dit Gabe.

Il perçut la tension de Tessa alors qu'ils pénétraient en salle de soins. Les brûlés étaient le pire cauchemar des soignants, car les risques d'infection et de perte d'un membre étaient beaucoup plus élevés qu'avec d'autres blessures. De plus, les patients avaient tendance à être en état de choc dans les premières vingt-quatre heures consécutives à l'accident.

Mais le fait qu'Amy ait mal aux mains était bon signe, cela signifiait que les nerfs étaient intacts. Malheureusement, cela impliquait aussi qu'elle souffrirait pendant le processus de guérison.

— Sédation d'abord, puis premier parage de la plaie, dit Tessa, enregistrant ces instructions sur la tablette numérique médicale avant d'examiner les lésions de la petite fille.

Les secouristes lui avaient pansé les mains de façon lâche. Lorsque Tessa retira les pansements, Gabe vit des brûlures au second degré sur les paumes et la majeure partie des doigts d'Amy.

La petite renifla. Elle devait avoir très mal, mais faisait de son mieux pour le cacher.

Gabe se pencha à sa hauteur. Peut-être ne faisait-on pas grande attention à elle à la maison, mais, ici, elle était leur priorité. Tessa allait devoir nettoyer les lésions et, même avec les antidouleurs qu'elle avait prescrits, ce serait douloureux pour Amy. Le mieux qu'il pouvait faire, pour le moment, était de la distraire.

Où sont les parents ? se demanda-t-il.

— Quelle est ta couleur préférée ?

— Le violet, répondit la petite, d'une voix mal assurée mais forte.

Elle n'était pas en état de choc - pas encore.

Denise entra avec le sédatif prescrit et l'administra à Amy. La fillette ne broncha pas quand Denise lui enfonça l'aiguille dans le bras.

— Tu es très courageuse, déclara Gabe en souriant. Il n'y a pas beaucoup de grandes personnes capables de supporter une piqûre sans rien dire. La dernière fois qu'on m'en a fait une, j'ai pleuré.

— C'est vrai ? demanda Amy avec un petit sourire.

— Croix de bois, croix de fer ! Après une chute sur des rochers, j'ai eu une coupure à la jambe qui s'est infectée, alors on m'a injecté un antibiotique et ça m'a fait drôlement mal.

— Mais maintenant, tu vas bien ?

Amy avait parlé tout doucement, et Gabe savait quelle véritable question se cachait derrière ces mots.

— Oui. La cicatrice est moins visible maintenant, répondit-il, la gorge serrée. Et toi aussi, tu iras bien.

Amy hocha la tête, les yeux embués de larmes.

— Ta maman est là, fit Denise avant de sortir de la chambre. Tu la verras dès qu'elle aura fini son appel téléphonique.

— Mes parents sont toujours au téléphone.

La résignation de la fillette le frappa. Les rares fois où il avait rendu visite à sa mère, après le divorce, elle était toujours pendue au téléphone, elle aussi. Mais, au moins, il avait eu un père présent, attentif. C'était douloureux de voir qu'on ne comptait pas. Cette blessure-là laissait une cicatrice indélébile au cœur.

Les enfants qu'il aurait ne penseraient jamais qu'il y avait des choses plus importantes qu'eux, se promit-il. Ils n'auraient pas à mendier l'attention, comme lui-même avait dû le faire avec sa mère. Ils sauraient toujours qu'il les aimait.

— Gabe a raison, tu vas guérir. Là, nous allons bien te nettoyer les mains, dit Tessa, souriante.

Amy regarda Gabe.

— Tu restes ?

— Bien sûr, fit-il en lui caressant la tête. Je suis là pour toi.

Il savait que ces paroles réconforteraient la fillette. Mais il regarda également Tessa, car il était là pour elle aussi.

Gabe se redressa dans son lit, tendant l'oreille. Il avait l'impression d'avoir entendu quelque chose, mais la maison était silencieuse. Il avait essayé d'attendre Tessa, pensant qu'elle aurait besoin de parler à quelqu'un après avoir soigné les brûlures d'Amy. D'autant qu'elle avait vibré de colère mal contenue lorsqu'elle avait parlé aux parents, plus soucieux d'une livraison de bijoux que de leur fille hospitalisée dans le service des brûlés.

Il avait attendu après son service, mais Tessa avait dû assumer sa tâche de directrice suppléante. Il espérait qu'elle avait trouvé le repas thaï dans le réfrigérateur et son message de bonne nuit.

C'était leur routine depuis qu'elle remplaçait le Dr Lin. Des baisers rapides lorsqu'il la croisait dans la matinée et un instant volé à la cafétéria n'étaient guère satisfaisants. Heureusement, dans deux jours, elle en aurait fini avec ces longues journées et reviendrait à son emploi du temps normal !

Gabe soupira avec agacement. Tessa travaillait autant qu'il le lui était légalement permis pour faire ses preuves aux yeux des ressources humaines afin d'obtenir un poste même pas encore à pourvoir. À quoi ressemblerait leur vie lorsque la compétition aurait réellement commencé ? Gabe avait déjà vu des médecins se montrer féroces lorsqu'ils briguaient la même et rare promotion. C'était effrayant en toutes circonstances. Mais, là, Tessa était enceinte. *De jumeaux.*

— Alors, que puis-je faire de plus pour l'aider ?

Les murs ne renvoyèrent aucune réponse à cette question posée à voix haute tandis qu'il tentait de calmer son esprit agité pour se rendormir. Demain, il était en congé. Il pourrait au moins veiller à ce que Tessa ait un vrai repas le midi avant de retourner à l'hôpital.

À supposer qu'elle soit rentrée à la maison. Elle avait dormi dans la suite du personnel, quelques jours auparavant. Gabe avait secoué la tête, navré de lui voir des cernes, inquiet de son implication croissante, de son manque de sommeil. Il s'efforçait de taire son inquiétude. Tessa connaissait ses limites, mais en tiendrait-elle compte ?

Soudain, un cri le propulsa hors du lit, et vers la chambre voisine, celle de Tessa.

— Gabe ?

Tessa avait les yeux ouverts, mais la voix rauque de sommeil. Elle avait dû rentrer depuis peu, et n'avait donc guère dormi. Elle devait être épuisée.

— Je suis là, dit-il en s'asseyant au bord du lit et en lui caressant les cheveux.

— J'ai rêvé qu'il y avait un accident, gémit-elle, les mains sur son ventre. Un cauchemar…

— Les hormones de la grossesse peuvent provoquer de tels rêves.

Il lui caressa les bras. Elle était si belle au clair de lune qui filtrait par la fenêtre. *Et épuisée.*

Lorsqu'elle recouvra un souffle paisible, il lui donna un baiser et se releva. Lundi était jour de repos pour tous les deux : Tessa ne ferait rien, il la dorloterait.

— Gabe ?

— Je suis là, murmura-t-il.

— Reste, dit-elle en rabattant les couvertures. Je ne veux pas être seule. S'il te plaît.

Bouleversé par sa requête à voix basse, il la rejoignit dans le lit pour la serrer contre lui, et il sentit son cœur se gonfler de joie alors qu'elle se rendormait. Il tenta de rester éveillé, mais il avait les paupières lourdes. À son tour, il céda au sommeil.

Tessa roula sur elle-même et contempla les lèvres de Gabe. Elle ne se souvenait pas du rêve qui l'avait réveillée peu après son coucher, mais elle se rappelait avoir demandé à Gabe de rester. Et elle s'était sentie si protégée quand il l'avait enlacée ! Elle se sentait si bien, à l'abri, entre ses bras !

Elle effleura du bout des doigts sa mâchoire ombrée d'un chaume de barbe. Ils ne s'étaient guère vus en dehors de l'hôpital, ces derniers temps, et elle était surprise de constater qu'elle détestait cela. Avant de rencontrer Gabe, elle avait trouvé normal de « vivre » à l'hôpital. La suite des employés, où le personnel rattrapait un peu de sommeil, était pour elle une halte régulière.

Cependant, la veille, elle avait préféré rentrer. Même s'ils ne couchaient pas dans le même lit, elle avait eu envie de se réveiller dans le même lieu que Gabe. Envie de prendre le petit déjeuner avec lui.

Puis elle avait demandé au Dr Killon d'assurer les deux derniers remplacements du Dr Lin, car elle était trop fatiguée et ce n'était pas bon pour ses patients ni pour les jumeaux.

Pour la première fois depuis des années, elle avait trois jours d'arrêt d'affilée, et elle comptait passer le plus de temps possible dans les bras de Gabe. Elle déposa des baisers légers le long de sa mâchoire, se rapprochant de sa bouche.

Il remua lorsque leurs lèvres se rencontrèrent.

— Bonjour, murmura-t-il entre deux baisers.

— Tu m'as manqué.

Tessa promena une main sur son torse, savourant le contact de sa peau. Il n'y avait rien de plus délicieux que se réveiller dans les bras de Gabe.

— Nous vivons ensemble, tu sais..., dit-il, amusé, lui caressant la cuisse, l'embrassant sur le bout du nez. Mais à moi aussi, tu m'as manqué. Ce serait sympa de partager plus que des baisers en passant et des smoothies.

Il prit sa bouche, mais Tessa avait envie de lui - de lui tout entier –, ce matin. Ses lèvres errèrent sur son épaule tandis que ses doigts s'aventuraient vers son ventre, et elle savoura le soupir étranglé de Gabe lorsqu'elle descendit plus bas encore.

— C'est exactement ce que je voulais dire, murmura-t-elle en effleurant l'élastique du boxer qu'il portait.

Gabe lui saisit la main, stoppant sa progression.

— Il n'est rien dont j'aie plus envie, je te le jure. Mais la prochaine fois que je te ferai l'amour, je veux prendre mon temps. Ton alarme va sonner d'une seconde à l'autre, et je suis surpris qu'elle ne l'ait pas déjà fait.

— Le Dr Killon assure le remplacement du Dr Lin à ma place, aujourd'hui et demain. J'ai trois jours de congé.

Elle attira à elle le visage de Gabe et l'embrassa avec passion. Il la caressa, faisant naître de petits frissons sur sa peau. Sans lui laisser le temps de réagir, elle le renversa sur le dos et entreprit de promener les lèvres sur son corps.

À la lumière du jour, Gabe était superbe, et il était à elle. C'était si grisant d'écouter son souffle de plus en plus rapide. Il lui agrippa les cheveux alors qu'elle promenait sa bouche bien plus bas et elle sourit tandis qu'elle faisait glisser son slip.

Elle s'était trompée. Il y avait plus délicieux encore que de se réveiller dans les bras de Gabe.

10.

— Il faut faire plus doucement.

Tessa lui écarta les mains et réarrangea délicatement les graines qu'il avait enfoncées dans le pot avant d'ajouter du terreau dessus. Puis elle tassa la terre, et remisa le pot sur le côté.

Gabe lui donna un baiser sur la joue alors qu'elle plaçait devant lui un autre pot et lui donnait d'autres graines.

— Désolé de te décevoir, ma douce, mais c'est *exactement* ce que j'avais fait.

Le petit rire léger de Tessa le mit en joie alors qu'elle se lovait dans ses bras avant de l'embrasser.

— Je tapote le terreau, Gabe. Toi, tu l'écrases.

Il ne voyait pas vraiment la différence, mais il était prêt à rester près de Tessa toute la journée pendant qu'elle plantait des graines. Elle avait décidé qu'ils devaient avoir un jardin d'hiver, et elle voulait mettre en pratique les idées dénichées dans les livres qui avaient envahi le salon.

La chambre qu'il avait brièvement occupée était maintenant une véritable serre. Des caisses à lampes de croissance étaient disposées sur quelques tables, des étiquettes indiquaient le contenu de chaque pot et le rythme d'arrosage des semis. Le cœur heureux, il la regarda aller et venir entre ses pots. Après le coup terrible que la vie lui avait porté, il ne se serait jamais attendu à éprouver de nouveau ce qu'il ressentait. À savourer ces journées toutes simples à la maison. À faire partie d'une famille en dehors de celle où il avait grandi.

C'était un cadeau qu'il tenait à protéger. Qu'il défendrait bec et ongles. Il ferait tout pour Tessa et les jumeaux. Tout pour conquérir une place auprès d'elle. *Pour toujours.*

Elle lui donna un autre baiser en le rejoignant. Puis elle fronça les sourcils.

— Je t'ai mis de la terre sur le menton. Et je ne peux pas l'essuyer, dit-elle, considérant ses mains maculées.

— Tu es pleine de terre depuis que nous sommes ici, ça ne m'a pas empêché de t'embrasser, riposta-t-il avec un haussement d'épaules. Ce n'est rien, un peu de terre, quand on…

Gabe se retint avant d'ajouter en désignant les semis :

— Quand on s'amuse si bien.

Il avait les tempes battantes alors que les beaux yeux bruns de Tessa se posaient sur lui. Les mots « quand on s'aime » avaient failli lui échapper. Mais son cœur lui hurlait d'achever cette déclaration. De nommer ce qui, il voulait le croire, existait entre eux.

Ces semaines de vie à deux, de travail en commun, où il avait vu grossir le ventre de Tessa, comptaient au nombre des plus belles de sa vie. La blessure qui ne s'était jamais refermée dans son cœur après la mort d'Olive s'était cicatrisée à mesure qu'il côtoyait Tessa.

Olive lui manquerait toujours. Mais retrouver l'amour était un cadeau précieux.

— Je pensais à la nursery, dit-il, enfonçant les graines dans le pot et réprimant mal un sourire tandis que Tessa supervisait ses gestes.

Lorsqu'elle accepta le pot et le rangea avec les autres, il crut que son cœur allait éclater. *Victoire !*

— Je sais que tu voulais attendre un peu, reprit-il en préparant un nouveau semis pendant que Tessa commençait à arroser ceux qui se trouvaient sur la table. Mais le thème qu'on devrait choisir est évident.

— Un thème ? J'ignorais qu'on devait en avoir un.

— Le jardinage ! s'écria-t-il. Imagine un peu. Une pièce avec des images de fleurs, des couvertures vertes, peut-être même une ou deux plantes dans un coin. Regarde, ajouta-t-il en tirant de sa poche arrière le plan qu'il avait esquissé.

Le regard de Tessa s'embua quand elle le vit.

— C'est toi qui as conçu ça ?

— Bien sûr. J'adore faire des choses pour toi et les bébés.

Il l'embrassa sur le bout du nez - un des rares endroits qui n'était pas maculé de terre.

Caresser Tessa, être avec elle, regarder le renflement où les jumeaux - ses jumeaux à lui - étaient en train de « s'épanouir » le remplissait d'excitation.

— J'aime ton projet, mais une modification s'impose, déclara Tessa. Si on trouvait quelqu'un pour peindre une piste de randonnée dans une montagne enneigée menant à un jardin ? Une combinaison de nous deux.

Gabe se sentit encore plus heureux, si toutefois c'était possible, alors qu'elle désignait sur le papier l'endroit de cette fresque.

— Comme ça, ce serait parfait. Je ne m'attendais pas à ce que tu t'impliques à ce point, reprit-elle avec un sourire lumineux. Je pensais devoir choisir toute seule les couleurs et le mobilier. Tu es extraordinaire, tu sais. Je t'…

Elle eut un léger arrêt, son regard se porta sur les semis, et elle acheva :

— J'aime que tu t'investisses dans notre petite famille.

Gabe avait les oreilles qui bourdonnaient. Cette déclaration semblait plus significative qu'en apparence. Du moins, il avait envie de le croire. Mais il ne voulut pas insister - pour le moment.

— J'aime dénicher des choses, t'aider, me renseigner sur les sièges bébé pour voiture… Protéger ma famille et me montrer adorable, ajouta-t-il avec un clin d'œil. D'ailleurs, je ferais n'importe quoi pour nos enfants.

Et pour toi.

Tessa fit un mouvement vers lui, mais s'immobilisa.

— Oh !

— Qu'est-ce qu'il y a ? fit Gabe, affolé. Qu'est-ce qui ne va pas ? Il faut que j'appelle le médecin ? Ou les urgen…

Tessa lui saisit la main pour la poser sur son ventre.

— Les bébés bougent, dit-elle avec un petit rire. Oh ! ça fait un drôle d'effet !

Gabe recouvra un peu de son calme. Il n'y avait pas de danger. Pas lieu de s'inquiéter.

— Tu m'as fait peur, lâcha-t-il machinalement.

Il vit de la compassion et de l'inquiétude dans le regard de Tessa, et ce fut avec douceur qu'elle lui caressa la joue.

— Tu ne dois pas envisager le pire. Je sais que tu as perdu Olive, mais… le Dr Fillery a dit qu'à dix-sept semaines je vais bien et les bébés aussi. Respire avec moi.

Inspirant profondément, Gabe tenta de calmer les battements de son cœur. Il était trop tôt pour qu'il puisse sentir lui aussi les bébés qui bougeaient dans le ventre de Tessa, mais il ne retira pas sa main, apaisé par ce contact.

Laissant se dissiper son inquiétude, il savoura le moment. Cette impression que tout était juste. Dans les films, les gestes spectaculaires étaient présentés comme le florilège de la relation amoureuse. Mais, en réalité, c'étaient les moments tout simples comme celui-ci, votre main sur le ventre où grandissaient vos enfants, au beau milieu de plants de laitues, épinards et potirons, qui faisaient les meilleurs souvenirs.

— Désolé. C'est juste que…

— Je comprends, dit Tessa, pressant ses lèvres chaudes contre sa joue. Tout va bien. Je te le promets.

Il l'embrassa sur la bouche et soupira alors qu'elle intensifiait sa caresse.

— Mais tu refuses de te laisser dorloter !

— Parfaitement. Pas de mignotage. Il y a trop à faire !

Tessa prit un petit pot et nota dessus qu'il s'agissait de potirons. Leur soirée de marathon cinéma n'avait toujours pas eu lieu et ils n'avaient guère passé de moments de détente sur le canapé depuis qu'il avait emménagé, mais Tessa semblait incapable de ralentir le rythme.

— Qu'est-ce qui te fait envie pour le dîner ?

— Oh ! le vibreur ! Un SMS ! s'exclama Tessa, fouillant la poche de son pantalon. Ah, enfin !

Gabe fit mine de se boucher les oreilles comme elle poussait un cri retentissant. Mais il se doutait qu'une seule chose avait pu provoquer ce cri surexcité. Le job tant convoité était enfin ouvert à candidature. Il refoula l'accès de panique qui l'oppressait.

Tessa exécuta une petite danse, comme des semaines auparavant, avant de lui mettre sous le nez l'écran du mobile. Gabe essaya d'afficher un sourire joyeux.

— Le poste du Dr Lin est donc libre.

— Oui ! s'écria-t-elle, sourire aux lèvres. Je vais prendre quelques tours de service en plus. Préparer ma candidature.

Encore des heures supplémentaires ! Fallait-il vraiment qu'elle s'épuise davantage ? Qu'elle soit encore moins à la maison ? Ses compétences n'étaient-elles pas suffisantes ?

Il allait objecter, mais se tut car Tessa le scrutait. Il tenait à elle, il l'aimait. Il n'allait pas gâcher ce moment avec ses peurs intimes.

— Je me ménagerai. C'est promis, dit-elle.

Il l'attira contre lui.

— Je ferai mon possible pour te faciliter les choses.

Tessa voulait ce poste, et il tenait à ce qu'elle réussisse. Mais sa gorge se noua tandis qu'il tentait de juguler son inquiétude. Si seulement il avait pu contraindre son cœur à écouter sa raison !

Non, Tessa ne choisirait pas le travail au détriment de la famille. Et pour sa part, il serait le meilleur compagnon qui soit. Il veillerait à ce qu'elle ait tout le confort possible. S'il faisait tout pour elle, elle comprendrait que la vie à la maison avec lui et les jumeaux était aussi exaltante que la vie à l'hôpital.

Tessa ne s'était jamais sentie aussi épuisée et endolorie qu'au cours de cette dernière semaine. Le simple fait de marcher lui arrachait des bâillements. *Porter des enfants, ce n'est pas de tout repos.*

Son estomac gargouilla, et elle mangea quelques myrtilles, que Gabe avait emballées pour elle. Puis elle fit mine de jeter un regard noir sur son ventre arrondi.

— C'est vous que je nourris !

Elle se massa le ventre en souriant, et avala encore une

poignée de myrtilles. Le processus de sélection des candidatures pour le poste de responsable de service s'achèverait avant qu'elle aborde son troisième trimestre de grossesse. Elle pourrait souffler un peu, à ce moment-là.

Tu pourrais aussi retirer ta candidature.

Son cœur fit un bond alors que ces mots surgissaient dans son esprit. Ce n'était qu'une idée engendrée par la fatigue. Elle avait déjà renoncé à un poste de responsable. Elle n'allait pas récidiver.

Les jumeaux... Elle censura cette pensée avant que son cerveau fatigué ait pu la formuler entièrement. Elle n'allait pas, comme sa mère, renoncer à sa chance parce qu'elle n'avait pas choisi ce chemin vers la maternité. Elle était lasse, voilà tout.

Les jumeaux bougèrent, et ses nerfs se calmèrent un peu. Au troisième trimestre, elle serait sûrement dans l'inconfort lorsqu'ils remueraient et se disputeraient l'espace toujours plus étroit dans son ventre. Mais, pour le moment, c'était une sensation merveilleuse !

Avec un peu de chance, Gabe pourrait les sentir bientôt et il arborerait ce grand sourire qu'elle adorait. Elle aimait qu'il ait pris tant de choses en charge sans qu'elle le demande. La protection de Gabe était une bénédiction. Il lui avait tant facilité la vie !

Cependant, un reste d'inquiétude demeurait au fin fond de son esprit. Elle ne voulait pas que Gabe lui garde rancune d'avoir dû payer de sa personne, regrette qu'elle ait saisi l'opportunité de ce poste à pourvoir. Mais elle oubliait aisément ce souci lorsque Gabe la tenait dans ses bras.

Son bipeur vibra, et elle avala une dernière poignée de myrtilles avant de gagner le poste des infirmières.

— On a des jumeaux dans la chambre 4. L'un a besoin de points de suture au bras et à la joue. L'autre a la cheville enflée comme un ballon de base-ball. L'infirmière d'orientation a demandé une radio.

Tessa lut le rapport. Deux garçons de sept ans qui avaient sauté du haut d'une maison dans un arbre.

— La mère est dans tous ses états. J'aime autant te prévenir.

— Papa !

Le cri résonna dans la pièce alors que Tessa, ayant refermé la porte, se tournait vers ses patients. Deux paires d'yeux identiques et larmoyants se posèrent sur elle, et elle eut un coup au cœur face à cette vision qui lui donnait un aperçu de son propre avenir.

Elle sourit et s'approcha de la table d'examen où les jumeaux se serraient l'un contre l'autre.

— Non, ce n'est pas papa. Je suis le Dr Garcia.

— Je veux papa, dit celui qui avait une entaille au bras, avant de jeter un regard noir à sa mère.

— Papa arrivera quand il pourra, répondit son frère. Mais je suis là, DeMarcus.

La maman la regarda, et précisa en ravalant un sanglot et en essayant de sourire :

— Nous sommes séparés. Collin s'occupait toujours de tout. Sans jamais se plaindre… Il a dit qu'il serait là bientôt.

Tessa acquiesça. Elle avait rencontré toutes sortes de situations familiales, au cours de sa carrière.

— Pas de problème. Que s'est-il passé ?

— On a essayé de voler, expliqua le petit qui avait un sachet de glace sur la cheville.

— Et on s'est crashés, acheva DeMarcus.

— Mais la prochaine fois…

— Il n'y aura pas de prochaine fois, Dameon ! coupa sa mère d'une voix forte.

La porte s'ouvrit et un homme grand et doté des mêmes cheveux bouclés que les garçons entra. Les jumeaux sourirent.

— Il me semblait avoir reconnu ta voix, Eva.

La maman secoua la tête et désigna les garçons.

— Ils projettent déjà de recommencer à sauter du haut de la maison dans les arbres.

— Sans se crasher, souligna Daemon.

Les parents jetèrent un coup d'œil à ce dernier tout en évitant soigneusement de se regarder.

— Nous allons faire une radio de la cheville de Daemon, dit Tessa.

Elle avait élevé la voix pour reprendre le contrôle de la situation. La relation des parents était tendue, et elle vit que les jumeaux se tenaient par la main. Il fallait se concentrer sur les garçons, maintenant.

— Et DeMarcus a besoin de points de suture au bras et à la joue, ajouta-t-elle.

— Heureusement, j'ai pensé aux cartes d'assurance et à des en-cas, dit Collin d'un ton sec en tendant un sac à sa femme. Tu dois t'occuper de tout ça, Eva.

— J'essaie, répondit-elle d'une voix crispée. C'est juste que… il y a tellement de choses à faire.

— Que j'ai toujours assumées.

Bras croisés, Tessa fixa les deux « duellistes ». Ils n'arrangeaient pas la situation !

— Si vous alliez poursuivre cette conversation dans le couloir pendant que je suture les plaies de DeMarcus ? déclara-t-elle en souriant dans l'espoir que la dispute qui couvait n'aurait pas lieu devant les enfants.

Sur ces entrefaites, le radiologiste entra dans la chambre et se mit sur le côté pour laisser sortir Collin et Eva.

— Alors, qui est-ce que j'emmène à la radio ?

— Moi ! cria Daemon.

Mais lorsqu'il bougea, le petit garçon blêmit.

— Attention, mon bonhomme. Allons prendre des clichés de cette cheville, dit le technicien radiologiste en l'installant sur une chaise roulante.

Tessa resta seule avec DeMarcus. Il fixait la porte close.

— Je suis triste que papa ne soit plus à la maison, l'entendit-elle murmurer.

La peine du petit garçon l'émut, et sa gorge se noua. Qu'aurait-elle pu dire ? Les parents n'avaient pas divorcé - pas encore –, mais la situation ne semblait guère prometteuse.

— Si tu as mal, dis-le-moi, nous te redonnerons un calmant.

Tessa souriait, espérant être réconfortante, mais le regard de DeMarcus restait fixé sur la porte.

— Papa prépare mieux que maman les macaronis gratinés au fromage, geignit-il. Mais il en avait assez de tout faire quand elle était au travail et tous les deux criaient tout le temps. Je regrette beaucoup les macaronis au fromage.

— J'imagine. Tu es un petit garçon très courageux.

La porte se rouvrit et Collin, le père, entra.

— Désolé, docteur, fit-il.

— Tu reviens à la maison ? demanda DeMarcus.

Son père parut accuser le coup.

— Je t'aime, mon grand. Et j'aime maman aussi, répondit-il en réprimant son émotion. Mais en ce moment…

Tessa se hâta d'intervenir :

— Il faut que ça reste bien propre et sec pendant quinze jours. Les fils de suture devraient être tout à fait résorbés à ce moment-là. Une infirmière va vous informer sur les risques d'infection, Collin. Et une fois que nous aurons les radios de Daemon, nous verrons quoi faire pour lui.

L'homme acquiesça. Il portait encore son alliance. Peut-être le mariage n'était-il pas complètement mort.

« Tu dois t'occuper de tout ça. » Les mots qu'il avait prononcés la firent frémir comme elle quittait la pièce. Elle avait toujours son indépendance, n'est-ce pas ? Elle aimait que Gabe s'occupe d'elle, certes. Elle lui avait laissé assumer beaucoup de choses pendant qu'elle remplaçait le Dr Lin, et il ne s'était pas plaint. Mais Collin non plus. Ni Max, au début.

Elle essaya de se rappeler ce qu'elle avait fait pour contribuer à la vie domestique au cours des semaines écoulées. Il ne lui vint que peu de choses à l'esprit. Elle s'en était tellement remise à Gabe…

Se préparait-elle à vivre un nouveau désastre ?

Son mobile vibra, et elle se rembrunit encore plus en voyant le message de Gabe.

J'ai changé l'huile ! Et fait les courses à l'épicerie. Sois tranquille, je n'ai pas touché aux plantes. Si on se rabattait sur des plats à emporter ? Je suis éreinté.

Elle eut une prise de conscience soudaine. La dispute des parents des jumeaux l'avait alertée sur le changement qui s'était fait en elle ces dernières semaines. Elle s'était reposée sur Gabe. *En tout.*

Rien n'allait. Elle ne voulait pas que ses jumeaux vivent l'expérience de DeMarcus et de Dameon. Son mariage ne lui avait-il donc pas appris que lorsque les gens disaient « ça ne me dérange pas », ils ne le pensaient pas toujours ? Elle aimait Gabe. Elle ne voulait pas le voir épuisé par sa faute.

Elle pouvait y mettre du sien. Veiller à ce que Gabe ne lui en veuille pas, comme Max.

— Berk !

Gabe s'approcha de Tessa alors qu'elle portait à ses lèvres un doigt savonneux.

— Ça ne doit pas avoir bon goût.

Il essaya de juguler sa contrariété. Il lui avait dit qu'il débarrasserait, mais elle avait insisté pour faire la vaisselle puisqu'il avait cuisiné le repas.

C'était l'une des nombreuses choses dont elle avait repris le contrôle au cours de cette semaine. Plus il voulait la seconder à la maison, plus elle affirmait ne pas en avoir besoin. Comment pouvait-il la soutenir, ainsi, et lui montrer qu'il tenait à elle ? Il avait beau tenter d'alléger son fardeau, elle se montrait résolue à faire plus que sa part. C'était blessant. Il était heureux de s'occuper d'elle, de veiller à ce qu'elle soit protégée !

— J'admets que le savon n'a pas très bon goût, dit-elle. En fait, c'était machinal. Je me suis cassé un ongle.

— C'est le deuxième, aujourd'hui. Tu es sûre que tu ne manques pas de fer ?

Dans le cas de grossesses multiples, les mamans finissaient souvent par manquer de vitamines, un problème qui n'avait rien de grave si on y remédiait tôt. Même si elle les connaissait,

Tessa avait aimanté la liste des symptômes sur le réfrigérateur, comme pense-bête.

Il fronça les sourcils en jetant un coup d'œil sur cette liste. Ces symptômes, Tessa en avait plusieurs. Mais c'était peut-être dû à l'excès de travail. Il tenta d'oublier ses inquiétudes. Non, l'histoire n'allait pas se répéter !

— Là, ça y est, la vaisselle est finie ! annonça-t-elle avec un bâillement. On peut reporter notre soirée cinéma ? Je risque de m'endormir sur tes genoux.

Cela ne lui aurait pas déplu. Il ne se lassait jamais de la tenir dans ses bras, mais il valait sans doute mieux qu'ils aillent se coucher.

— Bien sûr, répondit-il, se penchant pour l'embrasser sur la joue.

C'était au moins la sixième fois qu'ils reportaient leur soirée cinéma. Gabe laissa son regard errer à nouveau vers la liste, puis revint vers la femme qui se tenait devant lui. Il se faisait du souci pour les jumeaux. Prenant une profonde inspiration, il se décida à lui faire part de son inquiétude.

— Je sais que tu es fatiguée ces temps-ci, et les ongles cassants, ça peut être le signe d'une carence en fer. On devrait en parler au Dr Fillery au prochain rendez-vous.

— Non, ce n'est pas nécessaire, répondit-elle, se glissant entre ses bras. Respire un bon coup, Gabe. Ce n'est pas une urgence médicale. Je travaille plus que d'habitude, en ce moment, et je ne porte pas un bébé mais deux. Un peu de fatigue, c'est inévitable.

Pourtant, il n'avait pas la sensation que c'était « un peu de fatigue ». Elle bâillait souvent en dépit de siestes régulières et s'endormait dès que sa tête touchait l'oreiller.

— Et les ongles ?

— Je me suis cassé deux malheureux ongles, Gabe. S'il te plaît, détends-toi un peu. Je vais bien. Ce genre de choses arrive quand on néglige de les limer. Les vitamines prénatales les font pousser plus vite que d'habitude.

Elle posa les mains sur son torse, et lui sourit.

— Il n'y a rien qui cloche. Sinon que tes deux enfants pompent toute mon énergie.

— Et si tu levais un peu le pied à l'hôpital ?

À peine ces mots étaient-ils sortis de sa bouche que Gabe les regretta. Mais comment les rattraper ? Mieux valait de toute façon qu'ils aient cette discussion. Tessa n'était pas la seule, à l'hôpital, qui s'ingéniait à se rendre indispensable. Et le Dallas Children's était enchanté de cette dévotion au travail. Gabe avait vu se jouer ce scénario plusieurs fois. Un hôpital exploitant une compétition féroce pour tirer le maximum de ses employés, c'était courant. Il était lui-même passé par là dans son hôpital du Maine.

Mais on ne se faisait pas du mal, ou du mal à sa famille, pour un job. L'enjeu n'en valait pas la chandelle.

— Ce n'est pas une option, Gabe, fit-elle, prête au combat.

Il n'avait pas envie de combattre, mais il était inquiet. Tessa était épuisée. Si son parcours professionnel et son CV, pourtant remarquables, étaient insuffisants, fallait-il qu'elle veuille ce poste ?

— Si, répliqua-t-il. Nul n'exige que tu te tues au travail.

— J'apprécie que tu te soucies de moi et des bébés. Vraiment…, dit-elle en se rapprochant pour lui embrasser la joue. Je suis médecin. Je connais tous les signes de la carence en fer et d'une ribambelle d'autres maux. Je vais bien, je te le promets. Je n'ai pas besoin que tu me protèges.

Ces mots le blessèrent. Il faisait si peu de choses, à présent. Elle s'était mise à préparer ses boîtes repas et tenait à un partage des tâches équitable. Elle était contrariée s'il se chargeait d'une tâche dont elle avait décidé que c'était la sienne. Ce qui lui apportait le plus de joie, c'était de protéger sa famille et ceux qu'il aimait ! *Mais si la femme qu'il aimait ne voulait pas de son aide…*

La sonnerie assignée à sa sœur résonna dans la cuisine, et Gabe fut content de cette interruption. Il avait besoin de rassembler ses idées.

Barbecue samedi. 15 heures. Tu apportes les chips et la salsa.

— Est-ce que tout va bien ? l'interrogea Tessa.

Non. Mais Gabe ne voulait pas discuter du fossé qui se creusait entre eux car Tessa était déjà bien assez stressée.

— Stacy organise un barbecue samedi. Je sais que tu travailles en soirée, vendredi.

— Mais samedi, je suis libre. Sauf si le Dr Lin ou quelqu'un d'autre a besoin que… Non. Je n'accepterai pas d'être de garde, je te le promets.

Elle choisissait de passer du temps en famille. Elle le choisissait, lui ! Gabe fut un peu rassuré. Sa tension ne s'était pas tout à fait dissipée, mais il respirait mieux. Pour le moment.

Il prit Tessa dans ses bras. Elle avait les épaules crispées, mais elles se relâchèrent lorsqu'il lui donna un baiser sur le front. Un petit coup contre son ventre attira son attention, et il eut un recul.

— Qu'est-ce que… ?

Le sourire radieux de Tessa lui réchauffa le cœur tandis qu'elle lui prenait les mains et les plaçait sur son ventre.

— Oui ! fit-elle, rayonnante de bonheur. Je m'étais juré que je graverais chaque instant dans ma mémoire le jour où tu sentirais les jumeaux pour la première fois.

Il se mit à rire alors qu'un petit pied, ou un petit coude, donnait une poussée contre sa paume posée sur le ventre de Tessa.

— Je savais que ce serait un moment inoubliable, ajouta-t-elle, des larmes de joie brillant dans ses yeux. Et c'était tellement vrai. J'ai hâte de te voir dans ton rôle de papa.

Ses mains fines vinrent envelopper les siennes, sur son ventre, tandis que les jumeaux remuaient.

Ses enfants… Leurs bébés. Gabe en eut les larmes aux yeux. Et presque toutes ses angoisses se dissipèrent.

11.

— Comment ça va ? demanda Isla en tendant un cocktail de fruits à Tessa.

Gabe jouait avec ses nièces et neveux sur la pelouse. Il fit tournoyer une petite fille dans les airs avant de s'écrouler dans l'herbe avec elle. Des rires joyeux retentirent.

Tessa sentit son cœur se gonfler de bonheur. Elle voyait un instantané de l'avenir - son avenir. Leurs enfants n'auraient jamais le sentiment de n'avoir plus de famille. Quoi qu'il puisse arriver dans leurs vies, ils auraient une place ici.

— Je vais bien, Isla, répondit-elle.

Si elle était lasse, cela n'avait rien d'anormal à ce stade. Elle se réveillait même épuisée de ses siestes. Mais elle n'en profiterait pas moins de cette journée. Elle adorait voir Gabe en famille. Il serait un si bon père !

Isla se mit à rire alors qu'un de ses neveux sautait à califourchon sur le dos de Gabe et lui criait qu'il devait « faire le dada ».

— La famille Davis est quelquefois envahissante, dit Isla, regardant le mari de Stacy qui emportait à l'intérieur leur petit braillard. J'ai perdu beaucoup de bonnes copines parce que je les avais présentées à ma famille. Il y en a une qui m'a même dit que nous étions une maison de fous.

Tessa entoura de son bras les épaules d'Isla.

— Une maison de fous très aimants, joyeuse et chahuteuse... Ceux qui sont incapables de savourer le bonheur qu'il y a ici n'en valent pas la peine.

— Tu es parfaite pour Gabe. Même si tu lui as permis de garder cet horrible édredon.

Tessa, enchantée, se mit à rire et essuya d'un revers de main ses yeux qui s'étaient embués. La bruyante famille Davis était merveilleuse. Et ses jumeaux seraient adorés ici et ils auraient une ribambelle de cousins !

— Merci. Ton frère est un être à part. Il me rend heureuse.

— Oui. Gabe est spécial, et *tu* le rends heureux. Je n'étais pas sûre que ce serait possible, après…

Isla n'acheva pas, alors Tessa le fit à sa place.

— Après la mort d'Olive. Tu peux dire son nom, cela ne me dérange pas. Gabe l'aimera toujours, je le sais, mais son cœur est assez grand pour elle et moi.

Isla essuya une larme.

— Je suis si heureuse que tu fasses partie de notre famille, Tessa. Et vous aussi, petits bouts de chou, ajouta-t-elle en lui posant une main sur le ventre. Encore deux petites filles !

Tessa pouffa.

— Je suis ravie d'être membre de votre famille. Nous avons décidé de ne pas chercher à savoir le sexe des bébés pour avoir la surprise, mais ma résolution vacille.

Car elle avait envie de savoir si Gabe aurait deux petites filles à chérir ou deux garçons risque-tout. Même si elle avait aussi soigné pas mal de petites filles aventureuses…

— Ce sont des jumelles, dit Isla. J'ai deviné juste pour chacun de mes neveux et nièces. Et puis, Tessa, tu n'es membre honoraire de rien. La smala Davis est *ta* famille.

Tessa sentit sa gorge se nouer. Avant qu'elle ait pu dire quoi que ce soit, les bébés remuèrent dans son ventre, et elle eut soudain une envie pressante.

— Merci, Isla. Tu n'as pas idée de ce que ça signifie pour moi. Mais pour le moment, il faut que j'aille aux toilettes !

— Ah, les joies de la grossesse !

Avec un nouveau clin d'œil, elle lui indiqua la direction des toilettes.

Un instant plus tard, Tessa ressortait dans le couloir en bâillant.

— Isla a décidé que Tessa était sa nouvelle meilleure amie…, entendit-elle alors. Je crois qu'elle projette de faire de tes petits bouts de chou des enfants pourris gâtés ! Et elle jure que ce sont des filles.

La voix de la sœur aînée de Gabe avait résonné dans la cuisine, de l'autre côté du couloir.

— Eh bien, elle avait raison toutes les autres fois, dit Gabe.

Son rire fit naître en elle un agréable frisson. Si elle portait des jumelles, il serait le parfait papa pour des filles.

— Moi, je m'en fiche, continua Gabe. Du moment que les bébés et Tessa sont en bonne santé.

Gabe lui avait déjà déclaré que ça lui était égal d'avoir des garçons ou des filles, mais c'était agréable de l'entendre le répéter en famille. Comment pouvait-elle avoir autant de chance ?

— Je suis contente que tu aies trouvé Tessa. Elle est parfaite pour toi.

Tessa sourit. Elle faisait réellement partie de la famille !

— Elle l'est. Je voudrais juste qu'elle se repose un peu.

Avant que Tessa puisse signaler sa présence toute proche dans le couloir, Gabe ajouta :

— Ça me tracasse, qu'elle ait cette promotion.

Ce fut comme une douche froide pour Tessa.

— Brett, arrête de faire des prises de karaté à ta petite sœur ! Il faut constamment surveiller cette gamine ! marmonna Stacy dans un ultime bruit de vaisselle. Pourtant, Gabe, tu disais que Tessa est vraiment qualifiée pour ce poste.

Tessa n'était pas sûre de vouloir entendre l'explication de Gabe ; et elle ne souhaitait pas prendre l'habitude d'écouter aux portes, pourtant ses pieds refusèrent d'avancer. Gabe s'inquiétait-il de son éventuelle déception si on engageait quelqu'un d'autre ?

Ce n'était peut-être pas une répétition de ce qui s'était passé avec Max. Gabe se disait heureux. Or, l'autre jour, il avait suggéré qu'elle retire sa candidature. Et il avait hésité à sortir avec elle parce qu'elle convoitait ce poste. Tourmentée, elle se tordit les mains. *Oh ! non, pas ça !*

— Elle *est* très qualifiée, c'est le problème. Si elle a le poste, je m'inquiète de ce que ça impliquera pour notre famille.

La voix de Gabe s'éloigna. Tessa, brutalement redescendue de son petit nuage, était peinée de savoir que Gabe doutait de sa capacité à être présente pour sa famille. Pensait-il qu'elle serait moins mère si elle obtenait cette promotion ? Elle ne voulait pas répondre à cette question, pas très sûre d'être assez forte pour cela.

Après avoir essuyé une larme, elle entra dans la pièce, forçant un sourire sur ses lèvres et espérant qu'il paraîtrait naturel. Gabe leva vivement les yeux. Sa mâchoire se contracta, mais il ne demanda pas si elle avait entendu la conversation.

— Je peux aider ? demanda-t-elle.

— Oui, fit Stacy, souriante, en lui tendant une assiette de cookies. Peux-tu porter ça dehors ? Mais dis aux enfants que c'est un gâteau chacun !

— Entendu.

Il lui sembla qu'elle avait eu une voix bizarre, et elle ne pouvait pas se résoudre à regarder Gabe, même si elle sentait qu'il avait les yeux rivés sur elle. Si elle lui rendait son regard, elle pourrait bel et bien le forcer à s'expliquer, et ce n'était pas une conversation qu'elle voulait avoir en public.

Ce n'était pas une conversation qu'elle tenait à avoir, de toute façon. Elle aimait Gabe. Elle était presque sûre qu'il l'aimait aussi. Mais si son avancement au Dallas Children's était un problème…

Jamais elle ne pourrait vivre avec quelqu'un qui la considérait de la même façon que Max. Elle était incapable de le supporter.

— Au fait, reprit Stacy, on fait une soirée entre filles dans quinze jours. Tacos du vendredi soir pendant que les hommes gardent les enfants. On ne veille pas tard, ce sont seulement quelques heures pour souffler. Ça te dirait de venir ?

En la voyant si chaleureuse, Tessa eut envie de fondre en larmes. Elle voulait aller à cette soirée. Désespérément. Elle voulait faire partie du clan Davis. Mais cet endroit serait toujours celui de Gabe. Leurs enfants aussi y seraient chez eux. Mais s'il la quittait…

Elle eut toutes les peines du monde à retenir ses pleurs. Elle souffrait à l'idée qu'elle ne serait peut-être plus la bienvenue ici, un jour. Son cœur lui cria de répondre « oui », de courir ce risque. Mais elle ne renouvellerait pas l'erreur commise avec les amis de Max. Si Gabe n'était pas sûr d'elle, elle ne pouvait pas devenir trop intime avec les Davis. Si grande soit son envie.

— Je travaille ce soir-là, répondit-elle.

— Le planning n'est pas encore établi, commenta Gabe.

— J'ai promis au Dr Lin que je l'épaulerai pendant ses derniers temps de service.

C'était en partie vrai. Il le lui avait demandé. Mais elle avait réservé sa réponse.

La mine de Gabe s'assombrit, et elle eut un coup au cœur. Comment allait-elle aborder cette question avec lui ? Tant qu'elle n'aurait pas trouvé les mots adéquats, elle ferait comme si tout allait bien.

Elle sourit en regardant Stacy.

— Merci pour l'invitation. Cela signifie beaucoup pour moi.

— Ne te laisse pas embobiner par les gosses. Ils sont mignons mais diaboliques ! N'oublie pas : un seul cookie !

— Je leur résisterai. Promis juré !

Tessa laissa errer son regard sur l'homme qu'elle aimait. Ils ne se disaient jamais qu'ils s'aimaient, mais elle avait donné son cœur à Gabe. Mais s'il ne ressentait pas la même chose…

Elle chassa ses pensées, malvenues en cet instant. Elle ne voulait pas s'effondrer devant Gabe et sa famille. Elle aurait tout le temps de comprendre ce que Gabe avait voulu dire - et ce que cela signifiait pour leur avenir.

Les draps étaient froids à côté de lui. Tessa n'était pas rentrée, une fois de plus. Cela faisait deux nuits d'affilée qu'elle dormait au Dallas Children's. Deux nuits qu'elle avait choisi un inconfortable lit d'hôpital au lieu de leur chambre.

Il fixa le plafond, le cœur battant, tandis qu'il essayait de refouler ses doutes. Quelque chose n'allait pas. Tessa mettait de la distance entre eux, et il ne savait pas comment la ramener à lui.

Il se pouvait qu'elle soit trop occupée par la succession du

Dr Lin pour prêter attention au gouffre qui s'ouvrait entre eux. Il était possible que cette promotion compte plus que de dormir auprès de l'homme qui l'aimait. Sa mère n'avait-elle pas ressenti les choses ainsi ?

Gabe essaya de chasser cette horrible pensée. Mais son esprit y revenait toujours. Et si la promotion ne suffisait pas à Tessa ? Et s'il ne lui suffisait pas ?

Il aimait Tessa, il avait envie de vivre avec elle, mais il ne voulait pas se réveiller seul dans des draps froids. Être la cinquième roue du carrosse laissait des blessures qui ne cicatrisaient jamais tout à fait. Il ne voulait pas de cela pour ses enfants, ni pour lui-même.

Il balança les pieds hors du lit. Cette semaine, il n'avait vu Tessa que lorsqu'ils avaient eu des services aux mêmes heures. Il n'y avait pas moyen d'avoir une discussion dans ces moments-là, ni de tenter de savoir ce qui la tourmentait.

Et comment pourrait-il l'aider s'il ignorait pourquoi elle l'évitait ?

Il brancha la cafetière. En ouvrant le réfrigérateur, il vit le repas qu'il avait emballé pour Tessa. C'était un geste d'amour, ne le voyait-elle donc pas ? Ne voulait-elle pas de son amour ?

La porte d'entrée s'ouvrit, le faisant sursauter. Tessa était là, et ils avaient à parler. Mais il se sentait fébrile et inquiet. Tant de pensées et d'émotions se bousculaient en lui ! Prendre Tessa en embuscade dès son retour de l'hôpital n'était pas idéal. Mais quand, sinon, pourrait-il la voir ?

— Tu es réveillé…

Elle regarda la tasse de café qu'il tenait à la main. Elle avait des cernes encore plus marqués que l'avant-veille.

— Je suis content que tu sois rentrée.

Il s'avança vers elle, mais elle s'arrêta juste le temps d'un baiser sur la joue avant d'aller ouvrir un placard et d'en sortir une barre de céréales et un gobelet à café. Il essaya en vain de dompter sa souffrance. À quand remontait leur dernier vrai baiser ?

— Ce n'est pas du décaféiné, dit-il alors qu'elle se versait du café.

— Ça ne fait rien.

Elle en avala une grande gorgée puis s'attaqua à la barre de céréales.

Un peu de caféine par jour pendant la grossesse était tout à fait acceptable, tenta-t-il de se persuader. Il ravala toute question sur sa santé et se rabattit sur un sujet qu'il espérait moins risqué.

— La nuit a été dure à l'hôpital ?

Il sirota son café tout en s'installant près d'elle.

— Oui. Deux accidents de voiture, et une fracture ouverte des deux tibias.

Elle soupira et avala encore une gorgée de café avant de vider le reste dans l'évier.

— J'ai envie de le boire, mais j'ai surtout besoin de quelques heures de sommeil.

Gabe sourit et posa son gobelet.

— Tu veux que je te borde ?

Le regard de Tessa s'assombrit. Elle redressa le menton.

— Je travaille tous les jours sauf vendredi, la semaine prochaine.

Gabe enregistra le changement d'ambiance. Elle suivait un scénario - il en était sûr –, mais il ignorait quelle réplique elle attendait de lui.

— Je ne vois pas le rapport, mais d'accord. Après ça, tu pourrais prendre un ou deux jours de repos.

— Pourquoi ? demanda-t-elle, tendue, le regard flamboyant.

Il frissonna. Elle était épuisée, et il y avait sûrement un meilleur moment pour discuter. Mais quand l'occasion se présenterait-elle ?

— Parce que tu auras passé la plupart de ton temps au Dallas Children's ces deux dernières semaines.

— Les autres médecins font pareil. Josh Killon a un nourrisson et deux jeunes enfants, et son emploi du temps est similaire au mien.

— Travailler pendant des heures et des heures prouve

seulement que Josh Killon ne se soucie ni de sa femme ni de sa famille.

Gabe se serait volontiers giflé alors qu'il prononçait ces mots. Ce n'était pas ce qu'il avait voulu dire - même si c'était la vérité. Tessa le regarda comme s'il venait de la frapper. Il secoua la tête.

— Je sais que tu n'es pas comme Josh, reprit-il.

— Vraiment ?

Ce qu'il avait dit était injuste. Même si Tessa passait plus de temps à l'hôpital qu'à la maison, même s'il ne l'avait pas vue pendant deux jours, elle ne considérait pas les gens comme des marchepieds pour la réussite, à l'instar du Dr Killon. Il n'aurait pas dû la comparer à Josh. Il soupira, décidé à aborder la question qu'ils devaient régler.

— Oui. Killon ne se soucie que de lui. Mais tu devrais comprendre qu'en t'épuisant au travail tu cours au désastre.

— Ce qui signifie ?

— Tu as des cernes. Tu es épuisée. Et si tu t'étais endormie au volant en rentrant à la maison ? Ta mère travaillait si dur que c'est ce qui lui est arrivé.

Bon sang ! Il n'avait pas non plus voulu dire cela ! *Pourquoi ne trouves-tu pas les mots qu'il faut ?*

— Désolé, Tessa. Je gâche tout.

— Tu te trompes, fit-elle, glaciale. Ma mère n'est pas morte parce qu'elle travaillait trop dur. Elle est morte parce qu'elle a dû quitter la faculté de médecine pour m'avoir. Elle est morte parce que mon père s'est lassé de subvenir à nos besoins et nous a abandonnées.

— Mais aurait-elle voulu que tu te tues au travail ? Une promotion ne compte pas plus que la famille. Cela ne vaut pas le coup de te faire du mal pour ça, ou d'en faire aux bébés.

Tessa écarquilla les yeux et devint très pâle.

— Veux-tu que j'aie ce poste, Gabe ? Ou espères-tu qu'il reviendra à Josh Killon ou à Mark Jackson ?

— Personne ne veut que Josh ait le job.

Son ironie tomba à plat. Refoulant sa peur, il haussa les épaules.

— Il y a tant de choses que je voudrais, Tessa. Je veux vous protéger, toi et les bébés. Je veux veiller sur toi. Je te veux.

Il voulut dire qu'il souhaitait qu'elle ait sa promotion puisque c'était ce qu'elle désirait entendre. Mais les mots ne sortirent pas. Elle paraissait malade. Aucun job ne valait qu'on se mette dans un tel état !

— Je suis là pour toi. Laisse-moi au moins porter une part du fardeau.

— Nous pouvons partager, mais je ne *veux pas* que tu te charges de tout, dit-elle, les yeux brillants de larmes. Je n'ai pas besoin de toi.

Gabe cilla. Ces mots étaient comme autant de coups.

— Je vois…

Tessa ne voulait pas de ce qu'il avait à offrir. Elle n'avait pas *besoin* de lui.

Du moins, pas comme il avait besoin d'elle. Cette vérité était douloureuse, et il sentit son cœur se briser tandis qu'il était là, face à elle. Quel était son rôle alors s'il ne pouvait pas aider la femme qu'il aimait ?

— Il faut que je dorme. Mais Patrick m'a parlé, aujourd'hui. J'ai un entretien pour le poste du Dr Lin la semaine prochaine, annonça Tessa en le dépassant. Il me semble que tu dois le savoir. Et je t'ai entendu, au barbecue de Stacy, quand tu as dit que ça t'inquiétait que j'aie cette promotion, ajouta-t-elle d'une voix altérée. Je peux y arriver, Gabe.

Ses épaules s'affaissèrent alors qu'elle atteignait le seuil, vidée de toute velléité de combattre.

— Je serai une excellente responsable.

Gabe lui adressa un faible sourire.

— J'en suis sûr. Mais, Tessa, tu ne peux pas toujours tout assumer.

« Du moins, pas toute seule », aurait-il voulu ajouter. Mais sa langue refusait de donner la parole à son cœur.

Il tenta de trouver une voie pour aller de l'avant, quelque

chose qui lui permette de faire partie de la vie de Tessa sans être seulement le père de leurs enfants.

Comment son rêve avait-il pu se briser si vite ? Des années durant, il avait vu sa mère s'éloigner de leur famille. Mettre de plus en plus de distance entre elle et leur père. Il n'attendrait pas que l'histoire se répète.

— Je ferais peut-être mieux d'aller quelque temps chez Stacy, lâcha-t-il.

La lèvre inférieure de Tessa trembla, et Gabe en eut la gorge serrée. Si elle lui demandait de rester, il le ferait. Il était prêt à tout pour cette femme.

— Si tu penses que c'est préférable.

Elle se détourna et sortit. Il se fit un grand vide en lui alors qu'il regardait le seuil désert. Comment allaient-ils pouvoir combler l'abîme qui les séparait ?

Ce fut d'un pas lourd qu'il monta l'escalier. Tessa s'était déjà endormie sans avoir rabattu les draps. Gabe prit un sac et y fourra le plus de vêtements qu'il pouvait puis il déplia une couverture pour couvrir Tessa.

Il lui effleura la tempe du bout des doigts sans chercher à ravaler les larmes qui roulaient sur ses joues.

— Je t'aime.

Il avait au moins pu prononcer ces mots une fois… Puis il se détourna et quitta la maison dont il avait espéré faire pour toujours son foyer.

12.

Dans l'ombre du parking en sous-sol du Dallas Children's, Tessa regarda Gabe qui gagnait sa voiture. Son cœur lui ordonnait de courir vers lui. De lui crier de rentrer à la maison. De le supplier car, trois nuits solitaires, c'était plus qu'elle n'en pouvait supporter. De lui dire qu'elle l'aimait.

Elle ne s'était pas attendue au départ de Gabe. C'était ce qui la dévastait.

Épuisée, elle avait eu besoin d'un somme pour rassembler ses idées, trouver des mots plus justes. Quand elle s'était réveillée, elle avait souri de voir la couverture qu'il avait étendue sur elle. Elle avait voulu lui parler dans l'espoir de colmater la faille qui s'était ouverte entre eux. Pour s'excuser de ses paroles dures. Mais les affaires de Gabe avaient disparu. Il avait retiré de la porte du réfrigérateur ses photos de famille.

Lorsqu'il avait suggéré d'aller chez Stacy, elle avait cru que c'était pour une nuit, pour leur donner le temps de se calmer. Elle n'avait pas pensé que c'était pour de bon.

Elle ne lui avait pas parlé depuis trois longs jours. Elle avait rédigé puis effacé tant de messages pendant ce laps de temps ! Elle sortit son mobile et sélectionna le numéro de Gabe. Oh ! qu'il était difficile d'appuyer sur la touche Envoi !

Elle bâilla puis remit le mobile dans sa poche. Même si elle avait su quoi dire, elle n'en avait pas le temps. Elle avait travaillé presque tous les jours, ce mois-ci. Avant même le départ de Gabe, elle avait préparé ses repas à emporter, fait sa part des tâches ménagères. Et cela n'avait pas retenu Gabe auprès d'elle.

L'avait peut-être même incité à sortir de sa vie ! Et si Gabe avait réellement pris plaisir à assumer tant de choses ? S'il avait été heureux de lui permettre de se reposer au lieu de lui en vouloir ? Et si elle avait été obnubilée par le passé au point de détruire son avenir ?

L'air anéanti de Gabe restait gravé dans sa mémoire. Quand elle lui avait déclaré qu'elle n'avait pas besoin de lui !

C'était la chose la plus mensongère qu'elle ait jamais dite. Elle avait besoin de Gabe. Pour qu'il lui donne de l'amour. Pour qu'il croie en elle. Et cela la terrifiait. Au lieu de se cramponner à ce merveilleux don du ciel, elle s'était laissé dominer par sa peur, et elle avait tout perdu.

Oppressée, elle gagna l'entrée de l'hôpital, portant une main à son cœur, cherchant son souffle. Des points dansaient devant ses yeux, et elle tenta de hâter le pas, mais il lui semblait patauger dans des sables mouvants.

La panique la gagna. Ce n'était pas un symptôme de désespoir sentimental, cela ! Elle posa une main sur son ventre lorsqu'elle franchit le seuil du Dallas Children's.

— Docteur Garcia ?

La voix de Denise semblait si loin !

— J'ai… besoin d… d'une ambulance.

Tessa essaya en vain d'inspirer. La périphérie de son champ de vision devint sombre, et elle tenta de chasser ces ombres noires. *Gabe…* Elle voulut dire son prénom. Elle y serait peut-être parvenue, mais, déjà, les ténèbres fondaient sur elle.

Le Dr Fillery entra dans la chambre du Presbyterian Hospital. Tessa ne se souvenait pas d'y avoir été transportée, mais quelle importance ? Elle n'avait qu'un souci.

— Les bébés ?

— Ils se portent bien. C'est pour vous que je m'inquiète, dit l'obstétricienne en s'approchant du lit. Votre taux de fer est particulièrement bas, Tessa.

Les jumeaux allaient bien ! Tessa se laissa envelopper par cette pensée réconfortante. Un sourire étira ses lèvres lorsqu'elle sentit un coup dans ses côtes.

— Vous allez rester ici au moins cette nuit, Tessa. Il va vous falloir une supplémentation en fer pendant le reste de votre grossesse et pendant les premiers mois après l'accouchement. Et je vous donne quinze jours d'arrêt. Je sais que vos patients sont importants, mais votre taux d'hémoglobine a chuté à 4,2 grammes par décilitre. Je suis stupéfaite que vous ayez pu tenir debout jusque-là.

— Je prendrai ce congé.

Tessa était sincère. Elle ne transigerait pas avec la santé de ses enfants, mais cet arrêt de travail forcé aurait des conséquences. Elle sentit son regard s'embuer. *Ça ira. Ça ira bien,* pensa-t-elle.

— Si nous ne parvenons pas à rétablir le taux normal, je préconiserai l'alitement, reprit le Dr Fillery. Pour le moment, je vous demande de rester chez vous, de vous reposer le plus possible, de manger beaucoup de légumes feuilles et de lentilles. Je vous reverrai à la fin de la semaine prochaine, et nous verrons si vous êtes assez solide pour reprendre le travail.

Tessa acquiesça, mais le sang lui battait les tempes. Elle devrait annuler son entretien d'embauche, retirer son nom de la compétition, elle qui avait travaillé si dur pour ce poste de responsable ! Sans compter qu'elle était la plus qualifiée pour l'occuper. Cela lui faisait mal de devoir renoncer, mais elle ne mettrait pas en danger la santé de ses bébés. Ni la sienne.

Il y aurait d'autres occasions, tenta-t-elle de se persuader.

La gorge serrée, elle sortit son mobile. Au Dallas Children's, la nouvelle ne tarderait pas à se répandre qu'elle s'était évanouie au moment de prendre son service. Elle ne voulait pas que Gabe s'inquiète.

D'ailleurs, il méritait d'être informé que leurs bébés se portaient bien. Elle lui envoya un bref message puis, cédant à l'épuisement, elle s'endormit.

— Brett n'a pas fini son repas. Tu crois qu'elle ne va pas bien ? demanda Gabe en rangeant dans le réfrigérateur les bâtonnets de fromage et le raisin laissés par sa nièce.

Stacy émit un « Pff ! » sonore, en lui tendant une assiette et un torchon.

— Elle a treize ans, Gabe. Le repas, pour elle, c'est l'occasion de bavarder, pas de se nourrir. D'ailleurs, elle ne voulait que du thon et des carottes. Je sais que tu t'ennuies, mais laisse donc les ados faire leur vie.

Ce commentaire le blessa. Et après trois jours sans parler à Tessa, c'était encore plus douloureux. Mais il n'allait pas s'effondrer - pas maintenant.

Feindre que tout était normal alors que tout lui semblait perdu était une lutte de chaque instant. Sans Tessa, le monde était terne, insipide. Appuyé au plan de travail, il tenta de chasser le désespoir qui lui était tombé dessus depuis qu'il était parti de chez elle. « Mets un pied devant l'autre » avait été son mantra après la mort d'Olive. Sa disparition avait failli le briser. Il ne voulait plus de ça !

D'ailleurs, Tessa était vivante. Toujours au Dallas Children's. Toujours enceinte. Mais loin de lui.

— J'essaie seulement de me rendre utile et de justifier ma présence. Entre le lycée, les arts martiaux et la danse, Brett n'est jamais là. Cette petite est un courant d'air !

— J'apprécie ton aide, mais Brett a besoin d'être autonome, ça forge le caractère, dit Stacy.

— M'man ! On va être en retard au cours de kata ! cria Brett d'une voix suraiguë en se précipitant vers le garage.

— Pas de cavalcade dans la maison ! marmonna Stacy.

Elle regarda son frère, et avec un sourire où, il le craignait fort, entrait de la pitié, elle ajouta :

— Gabe, tu n'as pas à t'occuper constamment des autres. Tu n'as pas à mériter ta place dans la famille !

Il demeura figé sur place tandis que Stacy s'emparait en hâte de son sac pour partir. Son regard se porta au-delà de la fenêtre. Des souvenirs de Tessa riant avec sa famille lui vinrent à l'esprit, et sa souffrance se raviva.

« Tu n'as pas à mériter ta place. »

Il ferma brièvement les paupières, la vérité se faisant jour en lui. Après que sa mère les avait abandonnés, Gabe avait aidé son père et veillé à ce que ses frère et sœurs ne soient pas délaissés. Afin de leur suffire… Pour qu'un job n'ait pas plus d'importance que lui.

Des larmes lui brouillèrent les yeux. Il avait tenté pendant des années de « suffire » à sa mère pour qu'elle rentre à la maison. Pour être plus important que la carrière à laquelle elle avait tout sacrifié. Or, jamais Gabe ne lui avait suffi - nul ne le pouvait. Mais ce n'était pas parce que quelque chose n'allait pas chez lui !

Ce fut soudain comme s'il était délesté d'un grand poids - qu'il n'avait pas eu conscience de porter. Il pouvait suffire à quelqu'un tel qu'il était. Mais il avait permis que sa peur intime détruise sa famille, et il devait maintenant affronter cela. Au lieu de dire à Tessa qu'il l'aimait, il avait voulu mériter sa place dans sa vie. Être plus important que sa promotion. Parce qu'il avait craint qu'elle ne la fasse passer avant lui.

Et c'était ce que Tessa avait fait.

En lui, la souffrance se faisait sentir avec force, mais la vérité aussi faisait entendre sa voix. Tessa avait dit qu'ils porteraient le fardeau *ensemble*. Elle voulait un partenaire authentique, alors qu'il avait essayé d'être le chevalier volant au secours de sa dame !

La femme qu'il aimait lui avait demandé s'il voulait qu'elle obtienne le job pour lequel elle avait travaillé dur, où elle excellerait et qui lui permettrait d'aider les autres. Un véritable partenaire aurait répondu : « Oui ! » Mais lui, il était parti. Parce que c'était moins risqué que de se faire quitter.

Il avait perdu un amour, par le passé. Mais, cette fois, il l'avait jeté aux orties par peur d'avoir à en souffrir.

Comment pouvait-il réparer ? On n'arrangeait pas ce genre de choses avec des cupcakes ou toute autre offrande. Il fallait un beau geste, quelque chose de grandiose qui…

Non ! Il avait fini d'essayer de prouver qu'il en valait la peine. Mais il devait montrer à Tessa qu'il l'aimait profondément.

Qu'il était perdu sans elle. Qu'il voulait être à ses côtés alors qu'elle concrétisait ses rêves. Tous ses rêves.

Son mobile bourdonna, et il le sortit de sa poche.

Les jumeaux vont bien. J'ignore si tu es au courant, mais je me suis évanouie en prenant mon service. Je passe la nuit au Presbyterian. Après ça, quinze jours de repos strict. Je vais retirer ma candidature. Tu avais raison. Je ne peux pas tout faire.

Ces mots le désolèrent. Il lui avait donné le sentiment qu'elle n'y arriverait pas. Il aurait dû être plus compréhensif, voir qu'elle affirmait son désir de l'avoir pour partenaire. Au lieu de considérer cela comme une bénédiction, il avait cédé à son angoisse. Et lui avait prouvé qu'elle pourrait en être réduite à ne compter que sur elle. Quel idiot il était !

Mais il pouvait réparer. Il avait une course à faire, puis il irait voir Tessa. Pour s'excuser, lui avouer son amour, jurer qu'il la soutiendrait quoi qu'il advienne.

Le Presbyterian Hospital n'avait pas des murs de couleurs vives ni de jolies fresques pour atténuer le côté hôpital, contrairement au Dallas Children's. Gabe avait la gorge serrée tandis qu'il se hâtait vers la chambre de Tessa, impatient de la rejoindre.

La porte de la chambre était close, et il l'ouvrit avec précaution. Si Tessa dormait, il ne voulait pas la réveiller. Seule une petite lampe brûlait dans la chambre, mais Tessa se retourna dès qu'il entra. Elle eut un sourire timide qui lui insuffla un élan d'espoir.

— Tu es venu.

Ces mots murmurés le bouleversèrent. Dire qu'elle en avait douté !

— Je viendrai toujours quoi qu'il arrive parce que je t'aime, dit-il, laissant couler les mots alors qu'il s'asseyait près du lit. Je sais que je devrais d'abord m'excuser, mais je tiens à ce que tu saches que je t'aime, Tessa. Telle que tu es.

Elle lui pressa les doigts, et ses yeux bruns s'humectèrent de larmes. Avant qu'elle ait pu dire un mot, il continua :

— J'essayais de mériter ton amour. Toutes ces tâches ménagères, ces dîners, les cupcakes… Il me fallait prouver que j'en valais la peine. Mais je n'ai jamais eu l'intention de te laisser croire que je n'avais pas foi en toi, que je te pensais incapable d'assumer tout ce que tu entreprenais, ou que je ne voulais pas rester à tes côtés pour toujours. Je suis navré.

— Oh ! Gabe ! Tu n'as nul besoin de mériter mon amour. Mon cœur tout entier t'appartient.

Il crut que le sien allait exploser de joie.

— Je t'aime, répéta-t-il, conscient qu'il ne se lasserait jamais de le dire.

Tessa lui pressa la main.

— J'avais si peur que tu te sentes exploité que je t'ai repoussé, mis à distance. Si Max détestait que je me repose sur lui, c'était en lui qu'était le défaut, pas en moi. Je t'aime, Gabe. Si on se promettait d'aller de l'avant ? Le passé appartient au passé.

— C'est la promesse la plus facile que j'aie jamais faite. J'ai hâte de passer mes jours avec toi, Tessa.

Elle essuya une larme et désigna la pièce.

— Ce n'est pas l'endroit idéal pour se jurer un bonheur éternel, n'est-ce pas ?

La chambre stérile n'était pas l'endroit qu'il aurait choisi pour un tel moment, certes. Exception faite de la naissance des jumeaux, il aurait été enchanté de ne plus jamais avoir à passer une nuit à l'hôpital au chevet de Tessa. Mais il pouvait faire un petit quelque chose pour égayer les lieux.

— Je sais qu'ils ne te garderont qu'un jour ou deux…

— Un seul jour, j'espère, coupa Tessa en se massant le ventre. Mais je resterai tant qu'il le faudra, bien sûr.

Comment avait-il pu croire que la femme qu'il aimait pourrait ne pas donner la priorité à sa famille ? Gabe aurait volontiers giflé l'ancien Gabe, s'il l'avait pu.

— J'ai pensé que ceci rendrait ton séjour plus facile, fit-il en sortant de son sac une succulente en pot. Comme tu as dit qu'elles sont robustes, j'ai pensé qu'un séjour à l'hôpital ne lui ferait pas peur.

Tessa eut un grand sourire.

— Une plante ! C'est super. Et ça éclaire la chambre.

— Ce n'est pas tout, dit-il en osant sortir le routeur.

Il vit qu'elle haussait les sourcils et expliqua :

— C'est pour une connexion Internet plus puissante. Fini de louper les vidéos en streaming.

— Oh ! ce sera utile pendant que je serai bloquée à la maison. Il y a plein d'émissions à rattraper.

— Vivement un marathon cinéma ! Avec plein de pop-corn !

Il lui serra la main en cherchant son regard.

— Tu veux un peu de compagnie ?

Elle se poussa sur le côté pour l'accueillir dans le petit lit du service maternité. Lorsqu'elle fut lovée contre lui, Gabe eut enfin le sentiment que son bonheur était presque parfait car celui-ci ne serait pas complet tant que Tessa n'aurait pas la possibilité de poursuivre son rêve.

— Le routeur, ce n'est pas seulement pour les marathons cinéma, reprit-il. C'est pour que la vidéo ne se fige pas lors de ton entretien de la semaine prochaine.

— Gabe, je ne passe plus d'entretien pour le poste, dit-elle d'une voix qui tremblait un peu mais résolue.

— Pourquoi ? Tu es la meilleure pour ce job, Tessa. J'aurais dû te dire que tu seras une remarquable responsable de service. Il fallait t'encourager à prendre du repos, mais je n'aurais jamais dû t'amener à douter de toi.

— J'apprécie tes paroles, vraiment… Et je ne renonce pas à mon rêve, mais j'aurai d'autres occasions. Vous avez la priorité, toi et les jumeaux. Vous l'aurez toujours.

Elle sourit, mais il y avait une pointe de tristesse dans son regard.

— Ne te mets pas en colère, mais j'ai téléphoné à Patrick avant d'acheter ce routeur. Rien ne s'oppose à ce que tu aies cet entretien en visioconférence. Ils en ont d'ailleurs programmé un avec un candidat extérieur.

— Un candidat extérieur ! ?

Gabe fut ravi de voir reparaître la fougue qu'il aimait tant.

— Eh oui. Si tu tiens à te retirer, je te soutiendrai. Mais

tu dois être sûre de le vouloir, et non de le faire parce qu'une rude et folle semaine t'a amenée à croire que tu n'y arriverais pas. Car tu peux y arriver, Tessa !

— Si j'obtiens le job, tu devras assumer plus de choses à la maison pour les jumeaux. Ce ne sera pas équitable.

Il était enchanté d'entendre ces mots.

— Personne ne compte les points, Tessa. Je t'assure.

— Mais je m'occuperai toujours des plantes.

— Absolument.

Il pencha la tête vers sa bouche, et ce fut un baiser délicieux qui parlait de leurs espoirs pour l'avenir, des années d'amour et de bonheur qui les attendaient. *Ensemble.*

Épilogue

— Je suis là !

La voix grave de Gabe résonna dans le couloir, et Tessa sourit. Elle ne se lasserait jamais de l'entendre ! Mais, aujourd'hui, elle réservait une surprise à Gabe, et elle n'était pas tout à fait prête !

— Une minute !

Elle sortit le gâteau de la boîte. Il était décoré de fleurs - et Maggie avait juré que son glaçage vert ne déteindrait pas sur les dents, cette fois. Son odeur sucrée flottait dans la pièce alors qu'elle le plaçait au milieu de la petite table du dîner.

Un des bébés lui donna un coup de pied. À presque trente-deux semaines de grossesse, ils étaient à l'étroit dans son ventre, mais ils réussissaient à se manifester vigoureusement.

— Soyez sages ! dit-elle d'un ton faussement sévère. Sinon, papa mangera tout le gâteau.

Il y eut un autre coup de pied.

— Tessa ? Est-ce que ça va ? lança Gabe.

— Très bien ! répondit-elle, laissant errer son regard sur les décorations qu'elle n'avait pas eu le temps de disposer.

Bah, tant pis… Elle ouvrit la porte du living, et esquissant une révérence autant que le lui permettait son ventre arrondi, elle annonça :

— Le dîner est servi.

Gabe écarquilla les yeux avant de lui donner un baiser sur la joue.

— C'est joli. Et ce gâteau me met l'eau à la bouche. Qu'est-ce qu'on fête ?

— Retour d'ascenseur ! En général, c'est toi qui me dorlotes ! Beaucoup trop.

Tessa lui donna une petite bourrade pendant qu'ils s'attablaient. Après qu'elle avait repris le poste du Dr Lin, ils s'étaient installés dans une routine qui fonctionnait bien, mais Gabe méritait qu'on le gâte un peu.

— Et tu en es ravie, souligna-t-il avant de lui donner un doux baiser sur la bouche.

— C'est vrai, répondit-elle en souriant. Mais tu as droit aussi à une soirée de repos. J'aurais bien mis encore plus de décorations, mais je n'en ai pas eu le temps.

— Des décorations ?

Tessa désigna le gâteau.

— Isla me rend folle à force de répéter qu'on aura des jumelles, alors je me suis dit autant qu'on soit fixés : comme ça, on pourra choisir les prénoms ! Alors, quoi de mieux qu'un dîner et un gâteau « annonce-bébés » pour célébrer l'occasion ?

Gabe l'attira à lui et l'embrassa. Elle se serra contre lui, dans une atmosphère d'espoir, d'excitation et d'amour. Puis les bébés donnèrent des coups de pied.

— Ils prennent de la force ! commenta Gabe, amusé.

— À qui le dis-tu ! Bon, le repas ou le dessert d'abord ?

— Comme si tu avais besoin de poser la question ! répliqua Gabe avec un regard si plein d'adoration que Tessa se sentit sur un petit nuage. Coupe le gâteau, et annonce-moi ce que nous attendons.

Tessa coupa le gâteau, rose à l'intérieur, et sourit.

— Isla a encore gagné. Ce sont des filles !

Elle eut à peine le temps de poser sur une assiette la pâtisserie qu'elle venait de découper. Gabe, un genou à terre, souriait jusqu'aux oreilles en lui présentant une bague dans un écrin.

— Je t'aime tant, dit-il.

— Oui ! s'écria Tessa.

Il secoua la tête, laissant échapper un petit rire.

— Je n'ai même pas encore fait ma demande, murmura-t-il en lui glissant l'anneau à l'annulaire.

— Je t'aime, dit Tessa en contemplant la bague. Mais si je

ne nourris pas tes petites jumelles, je crois bien qu'elles vont encore chercher à me démolir les côtes !

Gabe l'enveloppa de ses bras tandis que les bébés se manifestaient de nouveau.

— Décidément, le dessert avant le repas s'impose ce soir, déclara-t-il en s'inclinant pour lui embrasser le ventre. Mais n'en prenez pas l'habitude, les filles !

ALLIE KINCHELOE

L'héritage de Camilla

Traduction française de
FRANÇOISE PINTO-MAÏA

BLANCHE

HARLEQUIN

Titre original :
REUNITED WITH DOCTOR DEVEREAUX

1.

Huit ans, trois mois, seize jours et…

Camilla leva les yeux vers l'horloge imposante qui ornait l'étude de Me Fowler.

Et vingt-sept minutes. Oui, après tout ce temps, Danny Owens s'apprêtait à refaire irruption dans sa vie.

Elle exhala un soupir de nervosité. Compter le temps écoulé depuis leur dernière rencontre n'était pas une façon de tromper son impatience de le revoir. Loin de là ! En fait, elle aurait fait n'importe quoi pour éviter cet homme. Seulement, le destin en avait décidé autrement.

Comme on toquait à la porte entrouverte, Camilla retint son souffle, et une vague nausée l'envahit à l'imminence de la confrontation.

Certes, au cours de toutes ces années, il lui était arrivé de rêver du retour du beau Danny. Combien de fois s'était-elle plu à l'imaginer, rampant à ses pieds et l'implorant de lui pardonner son comportement imbécile ! Seulement, il n'était jamais revenu. Et le revoir aujourd'hui, en ces circonstances dramatiques, était encore plus difficile qu'elle ne l'avait pensé. Mais peut-être obtiendrait-elle enfin les réponses aux questions qu'elle se posait depuis plus de huit ans.

Raccroche-toi à ça. Tu n'as jamais été aussi près de connaître la vérité.

— Entrez ! dit Me Fowler. Docteur Owens, je vous remercie d'être venu.

Le notaire s'était levé et tendait la main au visiteur.

Lentement, Camilla tourna la tête. En costume sombre, d'une élégance soignée, Danny Owens s'avança. Il était grand, athlétique, et l'autorité qui émanait de sa personne commandait l'attention. En tout cas, c'était l'effet qu'il produisait sur elle, se dit-elle, le cœur battant. Quelque chose frémit en elle tandis qu'elle détaillait la silhouette familière de Danny, notant les changements survenus. Son passage dans l'armée avait durci son physique et ses traits étaient plus saillants. Une vague de nostalgie l'envahit malgré elle quand le regard brun de Danny croisa le sien.

Les nerfs à fleur de peau, elle chercha à prolonger le contact visuel, mais il détourna les yeux, comme si elle n'était pour lui qu'une parfaite inconnue.

Qu'à cela ne tienne ! Elle fixa son profil alors qu'il serrait la main du notaire et prenait place dans le fauteuil en cuir auprès d'elle. En vain, car Danny l'ignora superbement. S'il lui fallait encore une preuve pour se convaincre qu'elle n'avait jamais été importante à ses yeux, elle venait de l'obtenir !

Puisqu'il était capable de la rayer de son esprit si facilement, elle allait faire de même. Et il ne risquait plus de la blesser maintenant. Elle avait passé trop de temps - des années ! - à réparer ce qu'il avait brisé pour lui donner ce pouvoir.

Déterminée à balayer le flot de souvenirs qui déferlait dans son esprit, Camilla redressa le menton. Ce n'était pas le moment de se complaire dans la mélancolie, et encore moins de laisser le passé raviver le chagrin.

— Pouvons-nous commencer ? déclara-t-elle en reportant son attention sur le notaire.

— Mais certainement, docteur Devereaux. Puisque vous êtes là tous les deux.

Cherchant parmi les dossiers empilés sur son bureau, Me Fowler en ouvrit un et chaussa ses lunettes. Puis il releva la tête et leur offrit un sourire compatissant.

— La lecture d'un testament peut s'avérer pénible, prévint-il. Surtout lorsqu'il s'agit d'une personnalité aussi estimée que le Dr Robert Owens…

— Oui, oui ! dit Danny avec impatience. Nous savons tous que mon père était un saint.

Il avait une voix plus rude qu'autrefois, nota Camilla. La curiosité la poussa à se demander quels autres changements avaient pu s'opérer en lui au cours de ces huit années.

Non ! Ne t'engage pas sur cette voie-là. Tu risques de le regretter.

— Ton père était un homme très bon, déclara-t-elle avec sincérité. Le meilleur que j'aie jamais connu.

Robert Owens avait été la seule figure paternelle positive de son existence. Après avoir été placée dans une multitude de familles d'accueil, elle avait atterri dans un foyer, ici même, à Greenbriar, dans le Kentucky. C'est en fréquentant le lycée local qu'elle avait rencontré Danny. Il l'avait emmenée chez lui pour lui présenter les siens : ses parents, Robert et Linda, et son frère cadet, Robby. Pour la première fois de sa vie, Camilla avait découvert ce qu'était une famille « normale » et comment elle fonctionnait.

Avant cela, elle avait été persuadée que l'amour n'était qu'un fantasme, seulement accessible à ceux qui avaient beaucoup de chance - ce qu'elle-même n'avait jamais eu. Mais les manières douces de Danny et la gentillesse que sa famille lui avait témoignée lui avaient permis d'espérer. Peu à peu, elle s'était ouverte aux autres et aux sentiments, jusqu'à tomber amoureuse.

Et regarde où ça t'a menée, Camilla Ann !

— Avec toi, peut-être, répliqua Danny, les mâchoires serrées.

Ses yeux bruns, dont la teinte l'avait toujours fascinée, étaient chargés de colère et lui intimaient de se tenir à distance. D'autres émotions s'exprimaient dans l'intensité de son regard, comme le chagrin et la frustration. Mais rien qui puisse suggérer que leur histoire avait compté pour lui. Il ferma les yeux et, quand il les rouvrit, ses traits étaient de nouveau impassibles, comme ciselés dans du granit.

— Mon cher père ne t'a jamais reproché tes sottises passées, comme il savait le faire pour moi, reprit-il froidement. Il t'a toujours aimée de façon inconditionnelle, n'est-ce pas ?

Camilla ne put s'empêcher de le fixer avec effroi, même si, au fond, elle s'attendait à un commentaire de ce genre.

Car Danny et Robert n'avaient eu de cesse de se quereller au moindre prétexte. Elle avait juste espéré que Danny oublierait sa rancœur, maintenant que son père n'était plus là. Mais non, la fureur qui émanait de lui restait brute et sans filtre.

Elle s'apprêtait à répondre à ses accusations quand le notaire toussota.

— Hum… Peut-être pourrions-nous revenir au sujet qui nous réunit aujourd'hui. Je veux parler des dernières volontés du Dr Owens. J'ai ici son testament olographe. Il voulait que je vous le lise la veille de ses funérailles. Êtes-vous prêts ?

Camilla répondit d'un signe de tête et constata que Danny faisait de même.

Sortant une feuille de couleur crème du dossier, le notaire s'éclaircit la voix et commença à lire.

Danny, Camilla, vous étiez tous les deux mes seules raisons de vivre depuis que Linda et Robby m'ont été enlevés beaucoup trop tôt…

Camilla perçut que Danny se crispait à la lecture de ce préambule. Me Fowler dut s'en rendre compte aussi, car il marqua une pause. Puis voyant que Danny n'intervenait pas, il poursuivit :

Soyez forts aujourd'hui, même s'il est difficile de se dire au revoir. Sachez que je vous aimais profondément. Soutenez-vous mutuellement dans votre chagrin, mais ne me pleurez pas longtemps. La vie est trop courte pour se morfondre dans les souvenirs du passé.

En écoutant ces mots, Camilla entendait la belle voix de baryton de Robert, comme s'il était assis là et s'adressait à eux. Fermant les yeux, elle revit son visage bienveillant. Dire que quelques jours plus tôt elle se trouvait à son chevet et lui tenait la main tandis qu'il vivait ses derniers instants.

Oh ! Robert… Comme vous allez me manquer !

Je m'adresse à toi, Danny, mon cher fils. Je ne te l'ai peut-être pas assez dit, mais j'ai toujours été très fier de toi. Même si je n'approuvais pas ta décision de t'engager dans l'armée, tu avais raison de souligner que c'était ton choix. Avance dans la vie en suivant tes convictions, l'âme grandie par tes années de service. À toi, mon garçon, je laisse le chalet du lac et tout ce qu'il contient. Tant de chers souvenirs de ton enfance se sont forgés sur les rives de ce lac. J'ai l'espoir qu'un jour le fait d'être sur le ponton et de regarder l'eau calme te donnera autant de paix que j'en éprouvais moi-même à cet endroit.

Le notaire prit le verre d'eau posé sur le bureau et en avala une gorgée. La lecture reprit.

Ma Camilla chérie, tu comblais un vide dans ma vie, comme seule une fille sait le faire, et ton dévouement à me soigner m'a permis de supporter ces derniers mois. J'espère que tu sais combien je t'aimais et t'appréciais. Garde cette certitude dans l'avenir qui t'attend, ouvre ton cœur et sois prête à prendre des risques si l'amour revient vers toi. À toi, chère enfant de mon cœur, je laisse la maison principale de Marple Street et tout ce qu'elle contient. Fais-en le foyer chaleureux qu'elle était autrefois, et qu'elle attend de redevenir. Remplis-la d'enfants, de rires… et surtout d'amour.

— Oh !

Sous le choc de cette nouvelle, Camilla ravala son souffle. Auprès d'elle, Danny jura d'une voix sourde.

— Évidemment, il te laisse ma maison d'enfance et j'hérite d'une cabane au bord du lac ! Même dans la mort, il continue de me punir de lui avoir tenu tête.

— Ce n'est pas exactement une cabane, objecta-t-elle, outrée par ses paroles.

Bien sûr, le chalet était plus petit, mais Robert l'avait fait rénover quelques années plus tôt pour le rendre très confortable. Danny l'ignorait probablement, puisqu'il évitait de venir à Greenbriar. S'il désirait le vendre, il tirerait un très bon prix de ce bien magnifique.

Elle avait conscience toutefois du choc que Danny venait de recevoir. Robert lui léguait à elle la résidence principale !

— Et le cabinet médical ? demanda soudain Danny.

Camilla attendit la réponse du notaire. C'était la partie du patrimoine de Robert qui aiguisait le plus sa curiosité.

— Je n'avais pas terminé, dit Me Fowler en agitant la lettre. Voici la suite :

> *Enfin, je laisse le cabinet, ainsi que le bâtiment qui l'abrite, à vous deux sous certaines conditions. Vous le dirigerez ensemble pendant les six prochains mois et vous en serez propriétaires conjointement, passé ce délai. Cependant, si vous refusez de vous conformer aux termes de ce testament, le cabinet sera liquidé, et le produit de la vente sera distribué à des œuvres caritatives de l'armée et au foyer d'hébergement de Greenbriar.*

Sentant son cœur sombrer, Camilla se leva et alla se poster près de la fenêtre. Elle regarda par-delà la place principale le vieux bâtiment en briques rouges qui abritait le cabinet médical du Dr Robert Owens. C'était là qu'elle exerçait comme médecin généraliste. La douleur aiguë qui la traversait comme un coup de poignard était à la hauteur de la trahison qu'elle ressentait. Chaque jour, elle avait travaillé là aux côtés de Robert. Comme son employée d'abord, puis avec l'espoir qu'un jour elle deviendrait son associée et reprendrait l'affaire quand il partirait en retraite. Certes, Robert ne l'avait jamais formulé explicitement, mais il l'avait fortement laissé entendre, ce qui l'avait amenée à penser que le cabinet lui reviendrait.

Comment avait-il pu sciemment mettre son avenir entre les mains de son fils, l'homme qui l'avait cruellement abandonnée autrefois ? Robert avait pourtant su la profondeur de son chagrin. C'était sur son épaule qu'elle avait donné libre cours à sa douleur. Et il l'avait soutenue quand elle avait décidé de se reprendre en main.

Camilla prit une profonde inspiration. Elle devait avant tout retrouver la force qui lui avait permis de traverser cette sombre période et d'avancer. Elle ne laisserait pas Danny Owens lui gâcher la vie une deuxième fois !

Du cran ! Tu as survécu à tous ces placements en famille et au jeu cruel d'un fiancé qui t'a presque anéantie. Tu peux passer six mois à travailler auprès de lui, non ?

Pour cela, il suffisait d'établir un emploi du temps de manière à ce qu'ils n'aient pas à se croiser quotidiennement. Et elle barrerait chaque jour passé d'une croix sur le calendrier, comme autrefois quand elle entrait dans une nouvelle famille. Cent quatre-vingts jours à cocher jusqu'à ce que Danny sorte de sa vie. Oui, elle saurait surmonter ça, comme toutes les autres épreuves qui avaient émaillé son existence jusque-là.

— Vous me dites que, si je veux hériter du cabinet de mon père, je dois revenir dans ce trou perdu pour les six prochains mois ? dit Danny d'une voix emplie de colère. J'ai des engagements ailleurs, que je ne pourrai pas remplir en étant bloqué ici, au milieu de nulle part !

— Les conditions du testament sont explicites, répondit Me Fowler.

Agacée, Camilla tourna la tête vers Danny.

— Moi non plus, je ne saute pas de joie à l'idée de passer cette période avec toi !

La crainte lui glaçait le cœur. Mais il n'était pas question de lui laisser voir combien sa présence la bouleversait.

— J'ai travaillé dur pour faire fonctionner ce cabinet, reprit-elle. J'en ai même eu l'entière responsabilité quand l'état de ton père s'est dégradé. Je m'attendais…

— À ce qu'il te donne les clés d'une maison et d'un cabinet prospère, l'interrompit-il, sarcastique.

Sous le choc de cette accusation, Camilla lui fit face.

— Jamais je n'ai pensé une chose pareille !

Danny était injuste. Elle n'avait pas espéré recevoir grand-chose en venant assister à la lecture du testament.

— Arrête, Camilla. Qu'est-ce que tu croyais ? Que tu raflerais tout, alors que je suis l'héritier légitime ?

Comme Danny croisait les bras, sa veste enserra plus étroitement sa carrure. Son dos très droit et son maintien strict lui venaient certainement de son passage à l'armée, parce que le garçon qu'elle avait aimé n'avait jamais été aussi rigide ni aussi arrogant. Son œil aigu aurait impressionné une personne plus faible, mais elle avait traversé trop d'épreuves pour se laisser intimider.

— Ça te crève le cœur qu'il ne t'ait pas laissé aussi le chalet du lac ? poursuivit Danny, inflexible.

— Non ! J'espérais juste qu'il me léguerait le cabinet. Et si tu penses différemment, alors c'est une bonne chose que nous ne soyons plus ensemble, parce que tu ne me connais absolument pas !

La villa était un cadeau inespéré, bienvenu certes, mais totalement inattendu. Elle l'habitait déjà en tant que locataire, depuis que Robert s'était installé dans le chalet quand il était tombé malade et que monter l'escalier était devenu trop difficile pour lui. Cette maison était le seul véritable foyer qu'elle eût connu, et le fait que Robert en ait eu conscience au moment de rédiger ses dernières volontés la touchait profondément.

— Hum… Si vous le permettez, la lettre continue, intervint le notaire.

C'est maintenant que je dirai : « Cessez de vous chamailler. » Je vous connais bien tous les deux et je suis sûr que vous venez de le faire. Mais le temps des cris et des pleurs est terminé. Trouvez une forme d'entente et sachez que j'ai pris cette décision en n'ayant à cœur que votre intérêt. Et n'oubliez jamais que je vous aimais. Maintenant, il est temps de se dire adieu.

Me Fowler replia la lettre et la rangea dans le dossier. Ôtant ses lunettes, il se pinça l'arête du nez.

— Vous pouvez contester le testament. Mais cela prendra plus de temps que les six mois que vous devez travailler ensemble.

— Cet arrangement commence maintenant ou ai-je un peu de temps pour régler mes affaires ? s'enquit Danny. J'ai un travail ; beaucoup de gens comptent sur moi.

Du coin de l'œil, il vit Camilla ébaucher une moue de mépris.

— Ton père comptait aussi sur toi, mais tu n'étais pas là.

Il ferma les yeux et inspira profondément pour faire le calme en lui. Mais il ne fit que capter une bouffée du parfum de Camilla. La senteur florale familière raviva le souvenir d'une époque qu'il préférait oublier.

Oublier ? Quelle blague ! Comme s'il en avait été capable jusque-là…

En se chargeant de rectifier ce qu'il avait jugé comme une grave erreur de son fils, son père venait de lui jouer un très sale tour. Robert ne lui avait jamais pardonné d'avoir rejeté Camilla, mais, ce qu'il avait ignoré, c'était que rompre avec elle avait été le meilleur moyen de la protéger.

Et maintenant, il se trouvait coincé dans cette bourgade au fin fond du Kentucky et forcé de passer les six prochains mois à collaborer avec elle ! Pendant ses huit ans dans l'armée, dont un certain temps dans des zones de combat, il avait vu des gens qu'il aimait mourir sous ses yeux, pourtant la perspective de passer cent quatre-vingts jours auprès de Camilla l'effrayait davantage que toutes ces expériences traumatisantes.

Il avait été fou d'elle autrefois. Ils avaient envisagé de conquérir le monde, ou du moins ce petit coin qui en faisait partie. Ils avaient fait le projet d'étudier la médecine, puis de reprendre ensemble le cabinet médical de son père. Seule une partie du plan avait été accomplie car, en une seconde, tout avait basculé. Sa mère et Robbie avaient été tués dans un accident alors que lui, Danny, conduisait…

En proie à une culpabilité sans nom et au dégoût de lui-même, il avait rejeté Camilla quand elle était venue le voir à l'hôpital. Rompre leurs fiançailles avait été horrible, mais il n'avait pas eu le choix. Il n'était pas bon pour elle - ni pour personne d'autre d'ailleurs.

Et voilà qu'ils allaient devoir collaborer dans une ambiance rendue hostile par sa propre faute. *Fantastique !*

Danny soupçonnait son père d'avoir deviné à quel point la situation serait intenable pour lui. Robert n'avait jamais abandonné l'espoir que son fils revienne à la raison en ce qui concernait Camilla. Ce testament avait été sa dernière carte pour les rapprocher.

— Il ne m'a jamais dit qu'il était malade, répondit-il sur la défensive.

S'il l'avait su, Danny serait revenu à Greenbriar pour renouer les liens qu'il avait coupés avec tant de désinvolture. Au moins ceux qui le rattachaient à son père… Il aurait dû trouver le temps de lui rendre visite quand il avait quitté l'armée, au lieu de filer directement à Boston et d'entamer sa carrière de médecin aux urgences. Mais son père avait caché ses problèmes de santé sans laisser échapper le moindre indice qui l'eût alerté sur le cancer qui le rongeait. Il l'avait découvert deux jours plus tôt, quand un oncologue l'avait appelé pour lui annoncer que son père ne souffrait plus et qu'il reposait désormais en paix.

Depuis, il essayait de faire face à la réalité de sa disparition, sans y parvenir. Il s'attendait à voir la figure paternelle entrer dans la pièce en déclarant d'un ton bourru : « Quel genre de fils pousse son père à simuler sa mort pour qu'il daigne lui rendre visite ? »

Comme il regrettait que tout cela ne soit pas une mauvaise plaisanterie ! Danny aurait tant voulu serrer son père dans ses bras une dernière fois. Mais il n'avait même pas eu le temps de lui dire au revoir.

Le poing crispé, il résista de justesse à l'envie d'envoyer son poing dans le lambris qui couvrait les murs de l'étude.

— Si tu lui avais rendu visite au cours de ces deux dernières années, tu t'en serais rendu compte.

Même pour lui rappeler ses fautes, Camilla avait une voix douce. Ce don qu'elle avait de garder un timbre égal en toutes circonstances l'avait toujours étonné. Mais la froideur dans ses yeux bleus indiquait qu'elle n'avait rien pardonné. Ni les paroles qu'il lui avait jetées à la figure, ni son absence de huit ans.

Non qu'il lui en voulût. Ce jour-là, dans la chambre d'hôpital, il avait anéanti tous ses rêves et avait piétiné sa confiance, accentuant du même coup la blessure qu'il lui infligeait. Oui, ce qu'il avait fait était impardonnable.

— Camilla, je…

Les mots qu'il s'apprêtait à dire restèrent bloqués dans sa gorge, comme s'ils refusaient de proférer un autre mensonge. Il lui avait suffisamment menti comme ça.

— D'accord, tu as raison, j'étais un fils minable, reprit-il avant de détourner les yeux.

À seize ans, il était tombé amoureux de cette jolie brune du foyer d'hébergement, mal habillée mais dont le cran forçait l'admiration. Il lui avait promis de mettre le monde à ses pieds.

Après tant de promesses non tenues, il ne supportait pas de rencontrer son regard. En restant loin de Greenbriar, il avait évité Camilla. Une façon de moins souffrir en quelque sorte. Autour de lui, il avait bâti des murs pour se protéger et maintenir les autres à distance, même les personnes qu'il côtoyait quotidiennement. Hélas, en se mettant ainsi à l'écart, il avait manqué les derniers jours de son père.

Cependant, s'il y avait une chose qu'il ne pouvait éviter, c'était la culpabilité. Parce qu'il n'avait pas été là quand son père avait eu besoin de lui. Après tout, il était médecin lui aussi et il aurait dû déceler dans sa voix au téléphone quelque chose qui l'aurait averti qu'il allait mourir. Mais même dans leur dernière conversation qui remontait à la semaine précédente, Robert avait semblé égal à lui-même. Il lui avait demandé de venir à la maison, l'avait de nouveau sermonné sur les choix qu'il avait faits, puis il avait terminé l'appel avec un « Je t'embrasse, fiston » prononcé d'une voix bourrue. Comme toujours depuis huit ans.

Pourquoi ne lui avait-il pas avoué à ce moment-là qu'il était malade ? Pourquoi ne lui avait-il pas donné cette ultime occasion de se réconcilier avec lui ?

Et pourquoi Camilla était-elle encore plus belle que le jour où il avait rompu leurs fiançailles ?

Prenant une profonde inspiration, il remisa cette question dans un recoin secret de son esprit. Il ne voulait pas évoquer ce jour-là, ni le tumulte intérieur qui l'avait ébranlé ensuite. Revoir Camilla lui faisait toujours aussi mal, mais il accueillait cette douleur comme une distraction par rapport aux autres émotions que lui causait la mort de son père.

— Demander un délai pour régler vos affaires me paraît légitime, dit le notaire à cet instant. Je ne vois aucune raison pour que cela ne soit pas accordé.

Il s'empara d'un bloc et d'un stylo.

— Que pensez-vous, l'un et l'autre, de la date du 1er février pour démarrer votre collaboration, soit dans deux semaines ? La période de six mois prendrait donc fin au 31 juillet.

Danny entendit Camilla murmurer son assentiment. Il ébaucha un bref hochement de tête, tout en espérant que l'administration de l'hôpital de Boston accepterait de le libérer à si brève échéance. Peut-être se montreraient-ils compréhensifs étant donné les circonstances, même si cela faisait seulement trois mois qu'il exerçait dans l'établissement.

Il soupira. Il n'avait pas non plus trente-six solutions. Son père le mettait au pied du mur. Quant à refuser les clauses du testament et insister pour que le cabinet soit vendu…

— Je vais rédiger le document que vous signerez, dit le notaire. J'ai aussi besoin de quelques signatures pour le transfert de propriété.

Avant que l'un ou l'autre puisse prononcer un mot, la porte s'ouvrit, si brutalement que le battant heurta le mur.

Danny se leva d'un bond, en proie à la panique. Puis constatant qu'il n'y avait pas de danger immédiat, il se força à respirer lentement, attendant que cette poussée d'adrénaline redescende. Les bruits soudains le ramenaient aux opérations en zone de guerre, au sifflement des balles et à la peur.

La jeune femme qui avait fait irruption dans le bureau portait un petit garçon dans les bras. Elle se mit à parler à toute vitesse, débitant des paroles affolées :

— Docteur Devereaux, Caden a beaucoup de mal à respirer ! Je ne savais pas si c'était raisonnable de faire la route jusqu'à l'hôpital et, au téléphone, on m'a dit que l'ambulance mettrait quarante-cinq minutes pour arriver ici, parce qu'il y a eu un grave accident sur l'autoroute…

L'enfant était âgé de quatre ans environ. Sa respiration était sifflante, et Danny entendait clairement ses halètements. Immédiatement, il chercha à poser un diagnostic. Crise d'asthme ?

Avant qu'il puisse faire cette suggestion, Camilla faisait sortir la mère et l'enfant.

— Emmenons-le au cabinet. Je vais lui donner un traitement. A-t-il fait une séance d'inhalation aujourd'hui ?

Les voix s'estompèrent tandis que les deux femmes s'éloignaient dans le couloir.

Après avoir échangé un regard bref avec le notaire, il sortit à son tour et traversa la place qui constituait le centre de Greenbriar. Il faisait froid et, comme toutes les communautés rurales du sud des États-Unis, la bourgade était immobile et terne. Quelques pick-up conduits par des hommes âgés tournaient autour de la place, ce qui donnait un peu de mouvement. Il n'y avait pas de bistrot, juste un petit restaurant où les commères du coin occupaient la moitié des box. Sans la ronde des pick-up, on aurait pu croire la ville abandonnée. Les véhicules n'étaient pas récents, certains semblaient aussi vieux que les bâtiments qui cernaient la place, comme le cabinet médical de son père.

En franchir le seuil, c'était comme revenir à l'enfance, et ses pensées de Greenbriar s'estompèrent pour laisser place au chagrin du fils orphelin qu'il était désormais.

L'horrible papier peint à fleurs que sa mère avait choisi ornait toujours les murs. Il était délavé à présent. En dehors de l'ordinateur flambant neuf qui trônait sur le bureau de la réception, tout était exactement comme il se le rappelait. Une grande photo de ses parents était accrochée au mur du fond.

Leur trentième anniversaire de mariage, et le dernier,

pensa-t-il. Sa mère était décédée trois mois plus tard, en même temps que Robby. Danny avait fait un grand détour pour arriver à Greenbriar et éviter cette portion de route où l'accident avait eu lieu. Et maintenant, son père était parti à son tour.

Il essaya de surmonter son émotion d'être de retour après si longtemps, ainsi que la culpabilité qui l'accablait de nouveau depuis qu'il avait dépassé le panneau indicateur de la ville. La seule façon de supporter la situation, c'était de se concentrer sur tout ce qu'il détestait au sujet de Greenbriar. Une façon comme une autre de ne pas se laisser aspirer par la nostalgie qui l'attendait ici. Il devait aussi instaurer une sorte de trêve avec Camilla, tout en s'assurant qu'elle comprenne qu'une réconciliation entre eux n'était pas possible. Sur ce dernier point, il n'était pas trop inquiet. Les regards glacials qu'elle avait jetés dans sa direction ne laissaient présager aucun signe de réchauffement futur.

Il avait affronté des insurgés armés, alors cette petite femme médecin à la peau aussi douce que du velours ne devrait pas être trop difficile à supporter.

Avançant dans le couloir, il jeta un coup d'œil dans la première salle de consultation, puis dans la deuxième. C'est là qu'il trouva Camilla avec la jeune mère et l'enfant. Camilla préparait un nébuliseur.

— Tu lui donnes de l'albutérol ? s'enquit-il.

Le bronchodilatateur était utilisé pour traiter les crises d'asthme. Danny y aurait également eu recours, si les poumons du garçon étaient en aussi mauvais état que sa respiration le laissait supposer.

Camilla le regarda brièvement avant d'ouvrir une fiole et d'en verser le contenu dans la chambre du nébuliseur.

— Oui, répondit-elle, laconique.

Elle posa le masque sur le visage du petit patient et mit l'appareil en marche.

— Besoin aussi de stéroïdes ?

Camilla hocha la tête en guise de réponse.

— J'irais bien les chercher, dit Danny. Mais je n'ai pas accès au local à pharmacie.

Elle toucha le bras de la mère.

— Je sors parler au Dr Owens.

— Le Dr Owens ? répéta la jeune femme, confuse. Mais je croyais…

— Je suis son fils, dit Danny pour clarifier la situation.

La mère lui adressa un signe de tête timide. Son visage lui était vaguement familier, comme celui de la plupart des habitants de la ville sans doute, mais il était incapable de retrouver son nom.

— Je reviens voir Caden dans un instant, dit Camilla en ébauchant un sourire rassurant.

Mais quand elle se tourna vers lui, cette douceur fit place à un froncement de sourcils sévère.

— Je vais chercher les stéroïdes et les administrer moi-même. Si tu veux bien…

D'un geste, elle désigna le bureau de son père de l'autre côté du couloir. Danny en franchit le seuil, et une vague de chagrin le submergea quand il s'approcha du bureau en noyer. Il promena un doigt sur la surface polie qui brillait comme un miroir.

Pourquoi ne m'as-tu pas laissé une chance de te dire au revoir, papa ? Tu me détestais à ce point ?

— Que fais-tu ici, Danny ? Je suis parfaitement capable de soigner un enfant asthmatique. Je n'ai pas besoin de l'aide d'un chirurgien en traumatologie d'une grande ville.

Elle croisa les bras, et Danny sentit son regard glisser vers la pointe du décolleté de son chemisier. D'une main, elle resserra vivement l'échancrure du vêtement.

— Un état des lieux peut-être, pour vérifier ce qui me revient, répondit-il sèchement afin de reprendre l'avantage.

Il ne devait pas baisser la garde avec elle, mais il eut conscience de la dureté de sa réponse. Pourquoi se montrait-il si agressif envers elle ? La culpabilité ? Sa mère avait toujours dit : « Une conscience coupable vous harcèle toute la vie. » Oui, il en avait fait l'expérience… Mais Camilla n'était coupable de rien, sauf de l'avoir aimé. Elle avait certainement le droit d'être suspicieuse quant à ses motivations.

— Désolé, je ne voulais pas dire ça.

Penchant la tête de côté, Camilla le fouilla du regard. Il tâcha de ne pas montrer ce qu'il ressentait, car l'enfance difficile qu'elle avait eue l'avait rendue experte dans l'art de décoder les expressions. Elle avait toujours lu en lui comme dans un livre ouvert, alors qu'il avait eu du mal à nommer une seule émotion chez elle. Ses sentiments, elle les gardait enfouis au plus profond d'elle-même.

Quand ils avaient commencé à sortir ensemble, il avait essayé de l'amener à s'ouvrir à lui, à se confier sur son passé. Mais Camilla avait vite coupé court à ses questions. Même plus tard, quand elle aurait dû être en confiance avec lui, il y avait eu des choses qu'elle avait refusé de partager, des sujets qu'il n'avait pu aborder sans qu'elle prenne la fuite.

Encore aujourd'hui, Danny se détestait d'avoir utilisé ça à son avantage, le jour où il avait rompu avec elle. Il lui avait jeté des paroles cruelles, destinées à l'atteindre en plein cœur, là où elle cachait jalousement ses émotions. En faisant cela, il s'était mis dans une position irrévocable.

À présent qu'il ne faisait plus partie de sa vie, même s'ils étaient forcés de travailler ensemble dans un avenir proche, il ne pouvait que mesurer le fossé immense qui les séparait.

2.

— Écoute, j'ai un patient. Je n'ai pas le temps de te parler ou de comprendre les raisons de ta présence ici.

Danny la fixait d'un regard scrutateur.

— Nous devons faire table rase du passé si nous voulons supporter cette condition ridicule que mon père nous a imposée. Penses-tu que nous y arriverons ? Ou devons-nous dire au notaire de préparer la vente ?

Camilla porta une main à sa bouche. Danny avait connu ce cabinet toute sa vie. Comment pouvait-il parler avec une telle désinvolture de s'en débarrasser, comme si ça ne représentait absolument rien pour lui ?

Une vague de tristesse la submergea, s'ajoutant à la peine qui emplissait son cœur. N'avait-il vraiment plus aucun lien qui le rattachait à cette ville ?

Ou à elle ?

— Non, je refuse de le mettre en vente ! dit-elle avec force.

Les poings crispés, elle lutta contre l'envie de frapper quelque chose. Ou quelqu'un !

— Tu as un travail qui t'attend, que tu peux retrouver. Mais le mien est ici, argua-t-elle. J'ai repeint moi-même les salles de consultation et me suis contentée d'entretenir le vestibule parce que ton père refusait que je remplace le papier peint. Alors, non, je n'abandonnerai pas cet endroit sans me battre !

Il eut un haussement d'épaules.

— C'est ma mère qui avait choisi la tapisserie. Mon père était sans doute sentimental sur le sujet.

— Dans ce cas, tu me permettras d'être sentimentale et de m'accrocher à *mon* cabinet !

Se trouver face à Danny la rendait plus vulnérable qu'elle ne l'avait pensé. Elle avait bien préparé des reparties pour contrer ses attaques verbales, mais les mots refusaient de franchir ses lèvres, et ceux qu'elle réussissait à prononcer trahissaient une faiblesse qu'elle détestait lui montrer.

Il le percevait parfaitement, car son regard brun s'adoucit et il ébaucha un geste vers elle. À la dernière seconde cependant, il se raidit et laissa retomber son bras.

— Ça compte tellement pour toi ? demanda-t-il avec incrédulité. Tu pourrais aller n'importe où, ouvrir ton propre cabinet dans une grande ville, où les patients ne te donneraient pas une volaille en échange d'une consultation.

Ulcérée, Camilla leva les yeux au ciel.

— Greenbriar n'est pas un patelin perdu où les gens règlent en nature, figure-toi ! Et tu sais parfaitement que je leur ai fait une promesse. Ils ont payé pour m'envoyer à la fac de médecine. Ils ont rempli leur part du marché et je m'efforce de remplir la mienne.

La ville avait en effet collecté l'argent pour lui fournir une bourse d'études. À son retour de l'université, les habitants l'avaient accueillie chaleureusement, lui donnant le sentiment d'appartenir à une famille. Elle ne leur tournerait pas le dos, dût-elle installer son propre cabinet dans son salon !

Danny secoua la tête, les lèvres pincées.

— Je doute qu'ils attendent que tu consacres ta vie entière à ce bled paumé.

Pour Danny, Greenbriar avait été comme une prison. Lui qui aimait l'aventure avait adoré s'en éloigner pour poursuivre ses études. Son éducation lui avait apporté l'équilibre nécessaire pour être prêt à prendre des risques. À l'inverse, Camilla avait eu désespérément besoin de racines, de sécurité et de stabilité.

— Pas si paumé que ça, je te signale. Nous avons gagné quelques habitants. Et maintenant, j'ai un patient à voir.

Comme elle passait devant lui, Danny lui frôla le poignet.

— Il n'empêche que nous devons discuter de tout ça.

À ce contact, Camilla sentit sa peau s'enflammer. Ramenant

sa main contre elle, elle tâcha de surmonter l'élan de désir qui la traversait. Danny lui faisait toujours de l'effet physiquement ! Une crainte sourde l'envahit tandis que sa raison lui criait que s'attacher à un homme qui l'avait quittée une fois était la pire des idées.

L'image de Danny la chassant de la chambre d'hôpital après lui avoir arraché sa bague de fiançailles suffit à lui rendre toute sa détermination. Les paroles dures qu'il lui avait lancées ce jour-là continuaient de la hanter, au point qu'elle se méfiait des hommes qui l'invitaient à sortir depuis. Oh ! elle avait bien essayé de reprendre sa vie en main, mais cette rupture avait été si violente et si définitive qu'elle avait renoncé à toute relation sentimentale. Si l'homme qui lui avait juré qu'elle était l'amour de sa vie était capable de la jeter comme un déchet, comment pourrait-elle faire confiance à un inconnu ?

Se raidissant, Camilla se força à avancer jusqu'à la salle de consultation. Espérant ne rien laisser paraître de son trouble, elle se lava les mains et en profita pour se ressaisir. Danny Owens lui avait pris beaucoup de choses, mais il n'entamerait pas son professionnalisme.

— Alors, où en est-on ? demanda-t-elle en souriant.

La mère secoua la chambre du nébuliseur.

— On dirait que c'est presque fini. Sa respiration est moins laborieuse déjà. Enfin, c'est mon impression, mais je cherche peut-être à me rassurer.

Camilla éteignit l'appareil et ôta le masque du visage du petit garçon. Ses lèvres étaient toujours bleues, comme au début du traitement. Elle plaça un oxymètre à son index minuscule et prit son stéthoscope. Les yeux clos, elle ausculta l'enfant, se concentrant sur le bruit de son souffle. L'air ne circulait pas suffisamment dans sa poitrine. Son niveau d'oxygène n'avait augmenté que d'un point.

— Comment te sens-tu, Caden ?

Les narines du petit garçon se dilataient, ses inspirations restaient difficiles et les muscles de son abdomen se soulevaient à un rythme saccadé.

— J'ai… mal, murmura-t-il.

— Quand tu respires ?

Cette fois, il se contenta de hocher la tête.

— Les stéroïdes et l'albutérol auraient dû faire de l'effet, dit alors Danny depuis le seuil.

— Merci de souligner l'évidence, docteur ! répondit-elle d'une voix sourde.

Avait-il oublié qu'elle était médecin, elle aussi ? Elle serra les dents pour ne pas lâcher les mots bien sentis qui lui montaient aux lèvres.

— Nous allons lui donner une nouvelle dose, annonça-t-elle.

La mère serra son enfant contre elle.

— Et si ça ne marche pas ?

— Il faut rester positif, Anna. En tout cas, il me semble préférable que Caden soit hospitalisé, car il a besoin d'être placé sous oxygène cette nuit. Et il verra un pneumologue. En attendant, nous continuons avec le nébuliseur.

La mère hocha lentement la tête. Danny apporta la dose de médicament et la tendit sans un mot. Il avait dû retrouver les clés de son père pour ouvrir le local à pharmacie, pensa Camilla.

En faisant attention à ne pas le toucher, elle prit la fiole dans sa paume ouverte et demanda d'un ton conciliant :

— Voulez-vous écouter ses poumons, docteur Owens ? Et dites-moi si vous êtes d'accord avec ma décision.

Danny prit le stéthoscope qu'elle avait gardé à son cou. Ce partage du matériel imposait une certaine intimité que Camilla n'avait pas prévue. Tout en préparant le nébuliseur, elle tâcha de dompter le tremblement de ses mains.

— Bon, Caden, encore une séance de ce médicament écœurant et j'espère que tu n'auras plus mal en respirant, d'accord ?

Elle fixa de nouveau le masque sur la petite figure et caressa ses cheveux doux. Un élan de tendresse l'envahit, ravivant son désir d'enfant.

Un jour… , se promit-elle.

La seconde dose redonna un peu de vigueur à Caden.

— Mieux, dit-il, essoufflé.

Danny se pencha au-dessus de lui et l'ausculta longuement. Camilla essaya de ne pas marquer son impatience.

Finalement, il lui rendit le stéthoscope.

— Le tirage respiratoire est important. Les sifflements sont encore très présents bien que diminués par la prise d'albutérol, énonça-t-il. Je suis d'accord avec vous, docteur. Une surveillance à l'hôpital cette nuit serait souhaitable.

— Merci, docteur Owens, dit Camilla avant de s'adresser à Anna. C'est mieux pour Caden qu'il passe la nuit en observation au service pédiatrique. C'est assez loin d'ici, mais ce ne serait pas prudent de le ramener à la maison. Il a besoin d'un traitement tout au long de la nuit. J'envoie tous les renseignements à l'hôpital pendant que vous vous rendez là-bas, et j'espère qu'à votre arrivée ils vous auront trouvé une chambre.

Elle sourit à Caden.

— Et je passerai te voir demain matin.

— Merci, docteur Devereaux. À demain.

Ayant raccompagné la mère et l'enfant, Camilla s'assit derrière l'ordinateur et rédigea le courrier destiné à l'hôpital, en mentionnant les soins qu'elle avait donnés et les antécédents du petit patient.

Cela fait, elle se rendit dans le vestibule et retira l'affichette qu'elle avait scotchée sur la porte d'entrée et qui indiquait qu'elle se trouvait à l'étude de Me Fowler, juste en face. Elle la remplaça par l'écriteau habituel avec les heures de consultation et son numéro de téléphone personnel à composer en cas d'urgence.

— Tu as été très bien avec lui, dit Danny juste derrière elle.

Camilla sursauta violemment. Il n'avait fait aucun bruit, si bien qu'elle avait cru qu'il était parti.

— Tu t'attendais à quoi ? À me trouver dure et insensible ? C'est une attitude que je ne réserve qu'à certaines personnes.

Elle avait pris une voix glaciale et elle eut du mal à contenir sa satisfaction en le voyant mal à l'aise.

— Aïe. Non, c'est juste que j'ignorais que tu t'y prenais si bien avec les enfants.

Pourquoi ne saurait-elle pas s'y prendre ? Parce qu'elle n'avait pas eu une famille digne de ce nom ? En fait, elle soignait les enfants de Greenbriar depuis longtemps et aussi bien que n'importe qui. Et puis, les familles qui l'avaient accueillie avaient souvent eu des enfants plus jeunes, si bien qu'elle avait changé autant de couches que n'importe quel parent. Et Danny savait parfaitement qu'elle rêvait de fonder une famille, un projet qu'il avait été prêt à partager avec elle autrefois.

Elle le dévisagea avec intensité, essayant de sonder son état d'esprit. Ses traits avaient gagné en maturité, mais étaient toujours aussi séduisants. Ses cheveux bruns épais étaient coupés plus court qu'autrefois et des ombres voilaient son regard, mais la courbe de ses lèvres sensuelles était la même. Plus elle le contemplait, plus la tension vibrait entre eux. Elle fut la première à détourner les yeux.

— En fait, ça se voulait être un compliment, ajouta-t-il.

Elle le contourna et lança sa réponse par-dessus son épaule.

— Ça n'y ressemblait pas !

Elle perçut qu'il la suivait dans la salle de soins. Déchirant le papier qui couvrait la table d'examen, elle en fit une boule qu'elle jeta rageusement dans la corbeille. Danny était de retour depuis à peine une heure que déjà elle réagissait d'une façon disproportionnée.

— Tu aurais aimé que ce soit ma tête ? demanda-t-il calmement en désignant le contenu de la corbeille.

— Peut-être.

Et s'emparant du flacon de désinfectant, elle entreprit de frotter la table de soins.

Danny laissa échapper un rire sonore.

— Ne crois pas que j'ai oublié que tu fais un grand nettoyage quand tu es en colère. Avoue que tu me détestes. Les six prochains mois seraient plus vivables si nous pouvions être francs l'un envers l'autre.

Camilla suspendit son geste et releva la tête.

— Tu veux de la franchise ? dit-elle en haussant un sourcil interrogateur.

— Exactement.

— Es-tu sûr de l'assumer ?

Piqué, Danny sortit de la pièce. Elle faillit éclater de rire. Danny réclamant de la franchise et s'éclipsant avant d'en entendre le premier mot…

Elle frotta la table avec plus de vigueur pour évacuer sa frustration.

— J'attends vraiment de la franchise de ta part, même si ça fait mal, déclara-t-il depuis le seuil, un balai et une pelle à la main. Et j'espère être franc en retour. Nous pouvons commencer cette collaboration par un bon nettoyage des locaux. On pourrait les remettre au goût du jour, si tu es d'accord. Ils sont restés dans leur jus depuis des décennies.

— Ils sont peut-être un peu datés, mais propres, répliqua Camilla, hérissée par son insinuation.

Il devait avoir une piètre opinion d'elle, s'il pensait qu'elle exerçait dans un cabinet dont l'état de propreté laissait à désirer.

— Ce n'est pas ce que je voulais dire, dit Danny en levant une main pour prévenir ses objections. Pouvons-nous redémarrer à zéro, s'il te plaît ? Et ne prends pas chacune de mes paroles pour une critique. Je te promets que ça n'est pas mon intention.

Camilla l'observa avec attention. Lisant la sincérité sur ses traits, elle finit par acquiescer.

— Bon, approuva-t-il. Voici la situation : j'ai une vie loin de Greenbriar et je n'ai jamais eu l'intention de revenir ici. Mais à présent, je n'ai plus vraiment le choix.

— Ce n'est pas mon problème.

Il ferma les yeux, l'air exaspéré.

— Écoute, j'essaie de trouver une solution. Peut-être pourrions-nous établir quelques règles de base. Ça serait une bonne chose, non ?

— OK, fit-elle d'un ton prudent.

— J'ai été assez dur avec toi tout à l'heure, admit-il. Je ne m'attendais pas à ce que mon père te laisse tout ça. Mais je n'ai pas le droit de me plaindre. Et tu as raison, c'est toi qui étais ici jour après jour. Tu t'es occupée de lui, alors qu'il refusait de me dire qu'il était malade. Tu t'es investie dans ce cabinet et auprès des gens du coin. Tu l'as mérité bien plus que moi.

Camilla acquiesça. Danny semblait sincère. Mais où voulait-il en venir ? Instinctivement, elle avait envie de le croire. Hélas, son intuition en ce qui le concernait lui avait joué des tours par le passé.

— Donc, je dois rester ici jusqu'au 1er août, ajouta-t-il. Et nous devons faire tourner ce cabinet pendant six mois. Que dirais-tu de racheter ma part ensuite ?

Cette idée de vendre sa moitié du cabinet à Camilla, une fois les six mois échus, lui était venue presque sans réfléchir, et Danny regrettait sa précipitation. Ses parents s'étaient beaucoup investis dans ce cabinet. Son père était l'unique médecin de Greenbriar et sa mère avait travaillé à ses côtés en tant qu'infirmière. Robert avait été fier de son activité au sein de la petite communauté et il avait espéré que l'un de ses deux fils reprendrait le flambeau à sa retraite. Malheureusement, ni lui ni Linda n'avaient atteint cet âge. Quant à Robby, il n'avait même pas eu le temps de terminer ses études.

Danny déglutit péniblement, assailli par la culpabilité et le chagrin. Vendre sa part du cabinet, ce serait comme jeter au rebut le rêve de ses parents. Voulait-il vraiment faire ça ?

Camilla ne lui laissa pas le temps de réfléchir davantage.

— Et ensuite ? Tu vendras aussi le chalet du lac et tu quitteras cet endroit pour toujours ?

— Je ne me suis pas encore projeté jusque-là.

Peut-être garderait-il le chalet pour en faire une résidence secondaire. L'idée d'avoir un pied-à-terre pour fuir la ville et se reconnecter à la nature était certainement attirante. Le lac était une des rares choses qu'il regrettait à propos de Greenbriar. À Boston, il pouvait aller au bord de l'océan, bien sûr, mais il avait toujours préféré les eaux tranquilles à la mer. Cette petite maison était aussi le dernier lieu qui le rattachait à ses parents.

— C'est la première fois que tu reviens à Greenbriar depuis

des années, et tu veux te séparer de tout ce qui te relie à cet endroit, n'est-ce pas ?

Tout en parlant, Camilla s'était enveloppée de ses bras.

— Nous ne te suffisons pas, n'est-ce pas ? ajouta-t-elle.

Une nouvelle vague de culpabilité l'assaillit. Même si les raisons qu'il avait eues de quitter Camilla étaient solides, il savait qu'elle s'était sentie abandonnée et ça le blessait de voir à quel point elle avait souffert. Le mal qu'il avait causé, à Camilla autant qu'à lui-même, laissait toujours en lui une blessure béante, à vif.

Certaines nuits, quand il restait éveillé dans le noir, il se demandait ce qui se serait passé s'il n'avait pas quitté Camilla et s'il lui avait avoué combien son inébranlable optimisme avait été pour lui comme une pression intolérable sur son chagrin. L'aurait-elle soutenue ? Camilla était forte psychologiquement, mais l'aurait-elle été suffisamment pour supporter ses cauchemars incessants et ses crises de panique qui survenaient avec les terribles souvenirs de l'accident ? L'aurait-elle encore regardé en face s'il lui avait dit toute la vérité ?

Quoi qu'il en soit, essayer de tout lui expliquer maintenant ressemblerait trop à des excuses. Que pourrait-il dire pour apaiser la blessure qu'il lui avait infligée et dont elle souffrait toujours apparemment ? Était-elle seulement disposée à le croire ?

Danny chercha désespérément les mots justes.

— Camilla…

— C'est bon, je ne veux pas raviver les vieilles rancunes.

De vieilles rancunes ? C'était ainsi qu'elle qualifiait leur passé amoureux ?

— Au nom de la franchise, je pense que nous devrions en parler au contraire.

Il balaya rapidement le sol, puis se tourna vers elle.

— Je t'ai fait beaucoup de mal. La douleur est encore vive et il est nécessaire de l'apaiser si nous voulons aller de l'avant.

— Pff… C'est un euphémisme. Tu ne m'as pas seulement blessée, Danny. Tu m'as déchiré le cœur en arrachant la bague de fiançailles à mon doigt. Et tu m'as détruite en disant que tu ne m'avais jamais vraiment aimée.

— Ça n'était pas…

— Je crois que tes mots exacts étaient : « Je ne sais pas pourquoi tu t'es imaginé que ton amour me suffirait. Tu étais juste la meilleure option disponible. » Alors, vas-y, explique-moi ce que tu voulais vraiment dire !

Prenant une profonde inspiration, Danny tenta de justifier les choix qu'il avait faits d'une manière qu'elle comprendrait. Il connaissait suffisamment Camilla pour savoir que ça ne servait à rien de lui dire qu'il avait rompu avec elle pour son bien.

Finalement, il opta pour une version aseptisée de la vérité.

— Quand j'ai mis un terme à notre relation, j'étais profondément malheureux. Je voulais que tout le monde autour de moi partage cette détresse. Mais toi, tu étais résolue à positiver, alors que j'avais besoin de temps pour pleurer la perte de ma mère, de mon frère et, d'une certaine manière, de mon père. Tout ce que je voulais, c'était reprendre le contrôle de ma vie. Comme je n'y arrivais pas, je m'en suis pris à tous ceux qui m'entouraient encore. Tu as fait les frais de ma douleur, Camilla.

Les yeux de Camilla s'étaient plissés.

— Tu es en train de me dire que j'ai joué un rôle dans le fait que tu m'aies larguée ? Je n'ai certainement pas demandé à être jetée hors de ta vie sans avertissement !

Danny soupira. Il l'avait blessée, encore une fois. Quoi qu'il dise ou qu'il fasse, il retournait le couteau dans la plaie. Raison pour laquelle il préférait repousser les gens et rester seul. Il ne laissait personne l'approcher, par peur de faire du mal.

— Je sais que tu avais les meilleures intentions du monde et que j'aurais dû te parler de ce que je ressentais. Je suis le pire des crétins. Mais à l'époque, c'était impossible. Je n'étais pas en mesure d'avoir une conversation rationnelle avec toi sur ton attitude si positive. Je n'avais pas besoin qu'on me remonte le moral, mais seulement d'une épaule sur laquelle pleurer. Pour m'en sortir, je ne voyais qu'une seule issue : être seul et me recentrer sur moi-même. C'était égoïste, mais c'est la vérité.

Il avait conscience de révéler plus de choses qu'il ne le souhaitait. Pourquoi ne pouvait-il arrêter ce flot de paroles qui mettaient son âme à nu ?

— Alors, tu as décidé de t'enrôler dans l'armée, dit Camilla, résolument pragmatique. C'était seulement pour t'éloigner de moi ?

— C'était pour m'éloigner de tout.

De toutes les pensées sombres qui le hantaient, et des regrets aussi…

— Ton père était fier de toi, tu sais. Même s'il n'était pas d'accord avec ta décision de devenir militaire.

— Sans blague.

En dépit de cette désinvolture, Danny sentit l'émotion lui nouer la gorge.

— Aujourd'hui, tu es chirurgien en traumatologie à Boston, c'est ça ?

L'intonation flatteuse dans la voix de Camilla lui était familière. C'était celle qu'elle employait autrefois pour le détourner d'une conversation trop dérangeante. Même après ce qu'il lui avait fait, elle veillait sur lui. Inconsciemment peut-être… Il n'empêche que son bon cœur et l'intérêt qu'elle portait aux autres étaient des qualités qu'il avait toujours admirées chez elle.

— Oui, je suis urgentiste. Il fait froid là-bas, dans le Massachusetts. Mais je gagne bien ma vie.

L'air glacial avait une mauvaise influence sur son moral. C'était au cœur de l'hiver, quand il faisait un froid piquant, qu'il avait ses idées noires.

— Je ne pense pas que je pourrais vivre si loin vers le nord. Je suis une fille du Sud, pure et dure.

— Je me souviens que, quand tu es arrivée ici, tout le monde te taquinait à cause de ton accent. Comment pouvais-tu avoir un accent plus méridional que les gens du coin ?

— J'avais l'accent campagnard, c'est différent.

— Et il est à couper au couteau quand tu es contrariée, dit-il, souriant au rappel de cette petite querelle qu'ils avaient eue si souvent par le passé.

Ce souvenir rassurant agit sur lui comme un baume. Ils avaient eu de bons moments ensemble, comme les soirées au chalet quand ils admiraient les étoiles, allongés sur le ponton…

— Et tu es bien placé pour le savoir, riposta Camilla d'un ton aigre. Tu n'as de cesse de me contrarier dès que nous sommes dans la même pièce.

Danny laissa échapper un soupir. La parenthèse sentimentale s'était envolée. L'espace de quelques secondes, il s'était plu à imaginer qu'un rapprochement était possible. Mais non, les blessures étaient trop profondes.

— Vraiment, ce n'est pas volontaire, Camilla. Je veux juste mettre en place de bonnes bases pour que nous puissions nous entendre et aller de l'avant.

— Ça risque d'être difficile quand le seul fait que tu existes me contrarie !

Ces paroles dures le firent tressaillir. Au même instant, Camilla se couvrit la bouche, et une expression horrifiée emplit son regard bleu.

— Ce n'est pas ce que je voulais dire.

— Je pense que le cabinet est assez propre comme ça, déclara-t-il froidement. Mieux vaut s'arrêter pour aujourd'hui avant que l'un de nous dise quoi que ce soit que nous pourrions regretter.

Et reprenant pelle et balai, il alla les ranger dans le placard au fond du couloir. Il referma la porte et appuya son front contre le battant.

— Danny, je suis désolée. Je te dois des excuses pour ce que j'ai dit. Malgré toute la douleur et la colère qu'il y a entre nous, j'espère que tu sais que je ne voudrais jamais qu'il t'arrive quoi que ce soit.

— Ah non ? Tu m'avais l'air sincère pourtant, fit-il en se redressant.

Leurs regards se rencontrèrent. À quoi pensait-elle en cet instant ? Il regrettait de ne pas mieux lire en elle. Il crut capter des traces de désir et de frustration, et peut-être un peu de crainte.

Le désir était surprenant. Mais il n'était pas sûr d'avoir bien interprété son expression. Il n'allait pas se risquer à lui faire des avances, en tout cas. Les choses entre eux étaient suffisamment embarrassantes comme ça et il n'avait pas l'intention de commencer une relation sur le long terme, de toute façon.

— Je ne sais pas ce qui m'a pris, balbutia Camilla en lissant nerveusement ses vêtements, puis ses cheveux. Cela ne se reproduira plus.

À cet instant, l'alarme de son téléphone se fit entendre.

— Un rappel pour un rendez-vous galant ? demanda-t-il.

— Quelque chose comme ça.

— Camilla…

— J'ai dit que ça ne se reproduirait pas. Je peux te laisser fermer le cabinet ce soir ? Pas besoin de clé, il te suffira de claquer la porte derrière toi. Il faut que j'y aille. Et veux-tu avertir le notaire que je signerai ses papiers demain ?

Comme il hochait la tête, elle pivota et s'éloigna dans le vestibule. Un instant plus tard, le carillon de la porte d'entrée se faisait entendre. Camilla était partie.

Se passant une main sur le visage, Danny songea que les six mois à venir s'annonçaient comme les plus longs de sa vie.

3.

Quand elle arriva au cabinet le lendemain, après avoir rendu visite au petit Caden, Camilla fut surprise de trouver Danny appuyé contre la vieille façade en briques. Il avait relevé le col de son pardessus pour se protéger du froid et gardait les pieds croisés dans une attitude nonchalante.

Dès qu'il l'aperçut, il se raidit, déployant sa haute silhouette. La force se dégageait de ses larges épaules. Avec lui, elle s'était sentie protégée… Au souvenir de leurs étreintes, elle fut gagnée par une vive émotion.

— Bonjour, dit-elle en sortant la clé de sa poche.

Elle fut soulagée de l'introduire du premier coup dans la serrure en dépit de sa nervosité. Elle n'avait pas l'intention de lui montrer à quel point il l'affectait encore, et surtout pas après les révélations qu'il lui avait faites la veille.

Camilla avait passé une grande partie de la soirée à essayer de voir les choses de son point de vue. En avait-elle fait trop, à l'époque ? Elle s'était efforcée de lui remonter le moral sans lui laisser voir sa propre peine. Face au drame de Danny, elle avait eu peur de s'effondrer, alors qu'il avait eu tant besoin qu'elle soit forte. Mais avec le recul, elle reconnaissait que son tempérament positif jusqu'à l'exubérance avait pu être étouffant.

— Pourquoi n'es-tu pas entré ? demanda-t-elle.

— Parce que je n'avais pas de clé, répondit-il d'une voix où se mêlaient la résignation et la fatigue.

— Ah, c'est vrai…

Elle avait été si distraite, la veille, que la question des clés ne lui avait même pas traversé l'esprit. Entre leur discussion et sa hâte de se rendre au cours qu'elle donnait tous les mercredis soir, elle avait complètement oublié que Danny aurait besoin d'un trousseau.

Une chaleur bienfaisante les accueillit quand ils s'engouffrèrent à l'intérieur pour échapper au vent glacial. L'hiver était rude à Greenbriar. Même si la neige ne tombait jamais en abondance, le froid et les bourrasques balayaient la ville.

Camilla déroula son écharpe en laine et la suspendit au portemanteau.

— Les clés de ton père sont sans doute au chalet. Tu ne les as pas trouvées ?

Danny ébaucha une grimace.

— On ne m'a pas donné non plus celles du chalet.

Camilla le regarda plus attentivement. Ses joues étaient ombrées d'une légère barbe, lui qui était toujours rasé de près. Il portait le même costume que la veille, sans la cravate cependant. L'étoffe en était froissée, ce qui suscita de nouvelles interrogations dans son esprit. Avait-il dormi tout habillé ? Ou avait-il jeté ses vêtements au pied du lit d'une femme ?

Camilla eut un pincement au cœur à cette pensée. Mais la question était trop tentante pour qu'elle s'interdise de la poser.

— Où as-tu dormi ?

— Pourquoi ? Tu te demandes si j'ai trouvé une épaule féminine pour me consoler ? répondit-il sur la défensive.

Tiens, tiens... Il était vexé qu'elle pense qu'il avait passé la nuit dans les bras d'une femme ? Même si elle brûlait d'en apprendre davantage, Camilla se ravisa. Elle devait garder ses distances avec Danny Owens. Et, après tout, sa vie privée ne la regardait pas. Il pouvait bien coucher avec qui il voulait ! N'empêche que cette pointe de jalousie qui l'avait traversée, l'espace d'une seconde, était dérangeante.

Cherchant à déguiser son intérêt, elle déclara d'un ton détaché :

— Si tu veux savoir, j'avais peur que tu n'aies dormi dans ta voiture.

Au lieu de la renseigner là-dessus, Danny changea de sujet.

— Hier, avant que la conversation ne nous échappe, j'avais parlé de te vendre ma part du cabinet médical.

Assis sur un coin du bureau, Danny réussissait à être à la fois parfaitement à l'aise et peu à sa place ici. Réconcilier l'homme qui lui faisait face avec celui qu'elle avait aimé risquait de prendre du temps. Son attitude était différente et son regard empli d'ombres dissimulait des secrets. Elle ne devait pas s'acharner à les découvrir, même si elle brûlait de lisser les plis soucieux autour de ses yeux.

Arrête, Camilla. Danny Owens est hors de portée maintenant !

— Tu parlais sérieusement ?

S'il lui vendait sa part, le cabinet lui appartiendrait exclusivement. Elle pourrait mettre son nom sur la plaque de la façade et elle prendrait seule toutes les décisions. L'un de ses grands rêves se réaliserait. Être propriétaire d'un cabinet médical !

— Oui, je suis tout à fait sérieux. J'avoue qu'hier je doutais un peu. J'avais l'impression de trahir la mémoire de mon père, de le désavouer. Mais tu avais raison : c'est *ton* cabinet. En dehors de mon nom de famille sur la plaque, je n'ai rien à revendiquer ici. Tu t'es investie personnellement pour le faire fonctionner, et mon père aurait dû le reconnaître. Nous demanderons au notaire de faire les papiers pour que tu me rachètes ma part d'héritage le moment venu, si c'est ce que tu souhaites.

— Juste comme ça ?

Elle le dévisagea, cherchant à comprendre ses motivations. Après les accusations qu'il lui avait lancées devant le notaire, sa proposition était surprenante.

Haussant les épaules, il acquiesça.

— Oui, comme ça. Je pensais qu'on pourrait prendre le temps de rafraîchir les locaux. Ça permettra de vendre plus facilement si tu décides de ne pas racheter ma part. On peut alterner nos jours de travail, ou alors tu peux t'occuper des patients et je fais la rénovation. Le but est de passer le moins de temps possible ensemble. J'aimerais en finir avec cette situation et retourner à Boston au plus vite et sans histoire.

Voilà, il lui fournissait la réponse aux questions qu'elle se posait. Danny n'avait qu'une hâte : fuir Greenbriar et la fuir, *elle*. Il ne voulait pas être retenu dans cette petite communauté ennuyeuse à mourir. Ses intentions n'auraient pas été plus claires s'il les avait peintes en rose vif sur le château d'eau de la ville, comme le message d'amour qu'il y avait inscrit quand ils étaient lycéens.

Son père qui était alors membre du conseil municipal avait été furieux en découvrant les lettres peintes, hautes d'un mètre, qui révélaient à toute la ville que Danny aimait Camilla. À dix-sept ans, elle avait trouvé, à l'inverse, que c'était la déclaration la plus romantique qu'on lui ait faite.

Encore maintenant...

Elle avait cru à son amour, naïvement. Ce même soir, elle lui avait montré avec passion tout ce que son action téméraire représentait pour elle. La peinture s'était avérée plus durable que leur relation. Les mots délavés ornaient encore la façade de la tour, mais ils n'étaient plus que le rappel douloureux d'un cœur brisé et d'un amour perdu.

Les mots ne sont que cela, des mots. Et ils ne signifient rien si celui qui les écrit n'est pas sincère. Peut-être Danny l'avait-il aimée un peu à l'époque, mais ses sentiments s'étaient émoussés. Elle n'avait pas été capable de lui donner ce qu'il attendait.

C'était comme ça depuis le début. Quoi qu'elle fasse, cela ne suffisait jamais. Ses parents aussi l'avaient laissé tomber, pour se complaire dans les paradis artificiels. Elle n'avait pas réussi à garder une seule famille d'accueil... Chaque fois, elle avait pleuré pour des personnes qui lui avaient tourné le dos sans l'ombre d'un remords.

Elle détourna les yeux et ramassa le pot de fougère fanée qui se trouvait sur un classeur de l'accueil. Elle avait oublié d'arroser la pauvre chose à force de soigner les malades et d'aider Robert à vivre ses derniers moments.

Camilla soupira. Même les plantes ne supportaient pas sa présence et préféraient mourir...

— Est-ce que tu m'écoutes ?

Danny s'était levé et contournait le bureau, envahissant son espace.

Camilla revint brusquement au présent. Elle aurait suffisamment le temps de s'apitoyer sur son sort quand elle serait seule chez elle avec sa chienne. Fidget au moins l'aimait d'un amour inconditionnel.

— Ça va ? demanda Danny, l'air inquiet.

Reculant d'un pas pour mettre quelque distance entre eux, Camilla cilla. Bon sang ! Elle était plus forte que ça… Elle n'avait pas l'habitude de pleurer sur des souvenirs vieux de huit ans ou des plantes desséchées.

Il posa une main sur son épaule. Le geste était aussi troublant que réconfortant.

— Je peux aller te chercher quelque chose ? Veux-tu un verre d'eau ?

Ce qu'elle voulait ? L'accabler de reproches ! Parce qu'il avait l'intention de fuir de nouveau, parce qu'il l'avait fait horriblement souffrir. Elle avait aussi envie de l'embrasser pour qu'il se souvienne qu'ils avaient été si bien ensemble et qu'il retombe amoureux d'elle. Car ce qu'elle ressentait en sa présence indiquait clairement qu'elle ne s'était pas totalement remise de leur histoire.

Mais dans la vraie vie, ça ne marche pas comme ça, n'est-ce pas ? Elle n'allait pas lui avouer ses sentiments au risque d'être rejetée une deuxième fois. S'il y avait une leçon qu'elle devait retenir, c'était de ne plus offrir son cœur à Danny Owens.

— Cette plante est fichue, dit-elle en montrant le pot. Je vais la jeter avant que le premier patient arrive.

Camilla espérait que ce prétexte détournerait son attention. Il parut intrigué par sa réponse, mais n'insista pas.

— Saurais-tu par hasard si mon père gardait une clé du chalet ici ? J'aimerais vraiment prendre une douche et me changer avant la cérémonie.

Sans lâcher la plante, elle détacha la clé de son trousseau et la lui tendit.

— Merci, fit-il. Je te reverrai aux obsèques ?

Camilla hocha la tête en silence. Son émotion était à son comble. Si elle pouvait la contrôler en restant muette, elle n'était pas sûre d'en être capable en prenant la parole.

Danny sortit du cabinet. La petite cloche tintinnabula gaiement pour marquer son départ.

Restée seule, Camilla s'accroupit, le dos au mur, tenant contre elle la misérable fougère.

— Les six prochains mois vont être terriblement longs, dit-elle à haute voix.

Puis levant les yeux vers le portrait de son patron décédé et de sa femme, elle secoua la tête.

— Je ne sais pas pourquoi vous pensiez que c'était une bonne idée, Robert. La décision de Danny est très claire, et il est inutile d'espérer qu'il change de ligne de conduite.

En se réveillant le matin même, elle avait su qu'elle allait le revoir aux funérailles. Mais il l'avait prise au dépourvu en l'attendant devant le cabinet de consultation. Cela avait flanqué par terre le plan qu'elle avait préparé pour traiter avec lui. Elle avait compté sur la foule présente pour tempérer leurs échanges.

Cette fois, elle ne le laisserait pas approcher et il ne l'anéantirait pas jusqu'à l'âme. Le choc de leur rupture l'avait fait chanceler, parce qu'elle n'avait rien vu venir. D'habitude, dans une relation finissante, il y a des signes avant-coureurs, des appels qu'on laisse sans réponse, des cachotteries. Or il n'y avait rien eu de tel entre eux. Du moins, c'est ce qui lui avait semblé. Aussi avait-elle été totalement dévastée quand il lui avait annoncé la fin de leur histoire, et de façon si brutale en plus ! Avec le recul, elle reconnaissait certaines failles dans leur relation. Danny s'était renfermé en lui-même et elle avait dû se comporter différemment. Il n'en restait pas moins qu'il l'avait rejetée sans même lui laisser une chance de discuter. Elle qui avait été si fière de lire facilement en lui… Cela avait rudement ébranlé sa confiance en elle.

Que disait le vieux proverbe déjà ? « L'orgueil précède la chute. »

Oui, Camilla était certainement tombée. Mais elle ne laisserait pas Danny la piétiner encore une fois. Ils allaient assister aux obsèques tout à l'heure, puis ils se retrouveraient pour établir des emplois du temps séparés afin de gérer le cabinet en se croisant le moins possible. Et c'était mieux ainsi, elle garderait son cœur et ses émotions intacts.

La sonnette de l'entrée retentit, annonçant l'arrivée de son premier patient. Camilla se releva vivement pour l'accueillir, jetant au passage la plante dans la corbeille à papier.

Si seulement on pouvait se débarrasser aussi facilement des souvenirs d'un amour perdu…

La chambre funéraire était pleine de monde. Tous les habitants de Greenbriar avaient tenu à rendre un dernier hommage à son père, personnalité très estimée de cette petite communauté.

Danny avait peine à respirer au milieu de cette foule et il sentit poindre une crise de panique avant la fin du service funèbre. La seule chose qui le préserva du malaise, ce fut la main douce que Camilla glissa dans la sienne quand le pasteur prit la parole. Ce geste était-il destiné à le réconforter ou cherchait-elle, elle aussi, du réconfort ? Il n'aurait su le dire, mais il avait désespérément besoin de cette connexion pour se raccrocher à la réalité.

Puis on porta le cercueil de son père jusqu'au corbillard. Dehors, Danny prit une profonde inspiration. L'air froid qui envahit ses poumons l'empêcha de s'effondrer émotionnellement. Il monta dans la voiture fournie pour la famille, et le cortège parcourut le trajet jusqu'au cimetière, à l'extérieur de la ville.

Danny était seul à bord de la limousine. Il n'avait aucune autre famille, et Camilla avait refusé de monter avec lui, insistant pour conduire sa propre voiture. La route de campagne était déserte, et il se demanda si le bourdonnement de la foule compacte tout à l'heure n'était pas préférable au silence qui régnait dans l'habitacle. Parce qu'il avait trop de temps pour réfléchir avant que la longue voiture noire ne s'arrête dans l'allée, non loin de la tombe où sa mère et son frère étaient enterrés et où on allait déposer son père.

Un vent glacial sifflait entre les cyprès. Pourtant, une multitude de gens vêtus de noir entoura bientôt la fosse. En dépit du froid, le soleil brillait, caressant les stèles autour d'eux. Il aurait préféré un temps humide et gris, plus approprié aux circonstances.

Son père avait organisé à l'avance tous les détails de la cérémonie. Depuis la musique douce à la chambre funéraire jusqu'au cantique que tous venaient de fredonner au bord de la tombe. Lui, Danny, se contentait d'être là. Il aurait dû avoir quelque chose à faire. Cela faisait partie du deuil de prendre des décisions en mémoire d'un être cher.

— Le Dr Robert Owens était l'un des meilleurs hommes que j'ai rencontrés, déclara le pasteur.

Danny le reconnut. C'était lui qui avait célébré les obsèques de sa mère et de son frère, mais aussi les mariages de la plupart de ses amis d'enfance.

— Mari aimant et père dévoué, Robert était un véritable exemple pour la jeune génération de notre petite ville. Si nous détestons lui dire adieu, nous savons qu'il a rejoint au Ciel sa chère épouse Linda et leur fils cadet adoré, Robby. Inclinons-nous pour lui rendre un dernier hommage.

Les têtes se baissèrent et le silence se fit tandis que la communauté de Greenbriar se recueillait. Puis Danny vit les gens s'approcher lentement de lui pour présenter leurs condoléances.

Tous louèrent la grande compétence de son père et son inoubliable gentillesse, parce qu'il les avait réconfortés ou aidés financièrement dans une période difficile.

Danny savait que son père avait été une personnalité respectée, mais il était surpris d'apprendre qu'il avait marqué à ce point l'existence de chacun. Les visages étaient empreints d'un chagrin sincère.

Jetant un regard vers Camilla, il constata qu'elle recevait aussi des témoignages de sympathie, mais on lui parlait avec chaleur et on la serrait dans les bras. Lui avait droit à des poignées de mains respectueuses et à des paroles solennelles.

Elle avait su se faire une place dans la société locale, chose que lui-même, bien qu'ayant grandi à Greenbriar, n'avait jamais réussie. À l'instar de son père, Camilla était aimée de tous. Si elle quittait la ville, on la regretterait profondément.

Et toi, Danny Owens, qui te regrettera ?

Cette pensée le frappa plus durement que le vent glacial qui balayait les tombes. Comme les dernières personnes regagnaient frileusement leur voiture, Danny ne put s'empêcher de se demander combien de collègues et de connaissances viendraient à son propre enterrement. Une poignée, tout au plus. Il avait des amis militaires, bien sûr, mais ils étaient dispersés à travers le pays. Et des collègues qu'il fréquentait assez peu en dehors de l'hôpital. Mais personne qui le pleurerait.

Il regarda le cercueil qu'on mettait en terre à côté de celui de sa mère. Tous les siens étaient décédés. Sa mère si aimante qui avait veillé sur son enfance, son frère qu'il avait défendu… Et maintenant, son père qui lui avait appris à toujours faire face et à tenir parole, et auquel il n'avait pas eu le temps de dire au revoir…

Ces pensées tournaient inlassablement dans son esprit, comme la culpabilité qui l'avait poussé à quitter Camilla et Greenbriar huit ans plus tôt. L'armée, en lui servant d'exutoire, l'avait sauvé. Mais il se retrouvait seul aujourd'hui et ne se sentait chez lui nulle part, n'appartenait à aucune communauté. Non sans amertume, il réalisa qu'il ne manquerait à personne.

Mais il avait choisi d'être seul, n'est-ce pas ? Parce qu'il était quelqu'un de néfaste qui finissait toujours par faire du mal à ceux qui lui étaient chers. Cette certitude lui interdisait d'inviter une femme dans sa vie. Il avait des aventures, certes, mais chaque fois que les choses commençaient à devenir un peu sérieuses, il se hâtait de rompre.

Et voilà où tu en es. Seul devant la tombe de ton père, et aucune épaule secourable sur laquelle pleurer. Pas d'être cher à t'attendre à la maison ou vers qui te tourner au beau milieu de la nuit, lorsque le chagrin devient trop insupportable.

L'émotion lui noua la gorge quand les pelles entrèrent en action pour ensevelir le cercueil verni. À chaque pelletée de terre, sa douleur allait crescendo tandis qu'il prenait conscience de l'irrévocabilité de la situation. La dernière personne qui l'aimait se trouvait six pieds sous terre. Il ne s'était jamais senti plus seul qu'en cet instant.

— Veux-tu que je renvoie la voiture ? Je peux t'attendre et te ramener.

Camilla se tenait près de lui et regardait la terre qu'on continuait de verser sur le cercueil.

— C'est normal de pleurer, tu sais, ajouta-t-elle doucement.

Danny avait seulement reniflé. *Pleurer ici ? Non.* Il donnerait libre cours à ses larmes quand il n'y aurait plus de témoins.

— Y avait-il une seule personne de Greenbriar qui n'était pas au cimetière aujourd'hui ?

Elle laissa échapper un soupir.

— Je ne crois pas. Même le restaurant est fermé pour la journée.

— T'es-tu jamais demandé qui te regretterait si tu mourais ? demanda Danny en lui jetant un regard de biais.

Puis il secoua la tête. Tout le monde en ville aimait Camilla. Alors, forcément, elle ne se posait pas ce genre de question.

— Aucune importance, reprit-il. J'ai vu comme les gens t'entouraient. Ici, tu es devenue celle que tu voulais être. Ils seraient perdus sans toi.

Elle ébaucha un sourire triste.

— Peut-être, mais avant que tu n'entres dans ma vie, je savais que personne ne me regretterait. C'était une réalité, pas juste une pensée stupide. Prends mon avis pour ce qu'il vaut, Danny, mais moi je te regretterais.

Il se répéta cette dernière parole, essayant de découvrir ce qu'elle recélait. Car Camilla le détestait, n'est-ce pas ? Après tout le mal qu'il lui avait fait, comment pourrait-il en être autrement ?

— Je suis arrivé hier et tu as déjà passé la moitié du temps à me crier dessus, répondit-il.

— Peut-être que j'apprécie d'avoir quelqu'un avec qui me disputer.

Danny lui prit la main. En dépit du froid, sa peau était tiède. Le plus naturellement du monde, leurs doigts s'enlacèrent, comme par le passé. Mais la tension nouvelle qui vibrait entre eux les empêchait de retrouver la familiarité d'avant.

— Tu as toujours été la personne avec qui je me disputais le mieux, dit-il.

D'une légère pression de la main, il l'attira plus près, refusant de voir disparaître la connexion entre eux.

Elle s'humecta les lèvres et, subjugué, Danny pencha la tête vers elle jusqu'à ce que leurs bouches ne soient plus qu'à un souffle l'une de l'autre. Embrasser Camilla serait une erreur fondamentale, mais il n'était pas sûr d'avoir la force de s'en empêcher.

— Aucune réconciliation n'était plus belle ni plus amusante que lorsque je me rabibochais avec toi, ajouta-t-il.

Camilla se raidit à ces mots.

— C'est une mauvaise idée. Ce qui s'est passé entre nous, c'était bien plus qu'une dispute. Une guerre émotionnelle plutôt. Je ne pense pas…

Sans finir sa phrase, elle se détourna pour marcher vers sa voiture. La tension de ses épaules fines témoignait de sa colère.

Peut-être avait-il poussé trop loin le flirt, d'autant plus qu'il n'avait pas l'intention de commencer une relation avec elle. Ce ne serait pas loyal envers Camilla. Après tout, il voulait laisser Greenbriar derrière lui sitôt les clauses du testament remplies.

Mais en cet instant, tout ce qu'il désirait, c'était bannir ce sentiment aigu d'être désormais seul au monde. Et il ne savait pas comment s'y prendre.

4.

— Viens, Fidget, dit Camilla en essayant de détourner sa chienne des frites que quelqu'un avait laissé tomber sur le trottoir. On ne mange pas ça. C'est dégoûtant !

Mais la petite shih tzu croisée qu'elle avait adoptée l'été précédent ne partageait pas cet avis. Elle attrapa une frite sale avant que sa maîtresse pût la tirer en arrière.

— Oh ! ma chère Camilla…

Elle ferma brièvement les yeux avant de plaquer un sourire aimable sur ses lèvres. Il faisait un froid de canard ce matin, pourtant c'était la troisième personne qui l'arrêtait pour bavarder. Profiter d'une promenade tranquille avec son chien, était-ce trop demander ?

— Bonjour, madame Sutherland. Comment allez-vous ?

Discrètement, elle mesura du regard la distance qui lui restait à parcourir pour rentrer chez elle. La maison était si proche et, en même temps, semblait à des kilomètres.

Resserrant frileusement sa robe de chambre rose vif autour d'elle, Conny Sutherland ébaucha une grimace.

— Une nouvelle crise de goutte. Mais ce n'est pas pour ça que je voulais vous voir.

Camilla n'avait pas cru une seconde que la vieille dame l'abordait pour une raison médicale. Mme Sutherland était une commère de premier ordre à Greenbriar.

Un rapide coup d'œil à sa montre lui apprit qu'il lui restait une demi-heure pour ramener sa chienne, la nourrir et se rendre à son travail.

— Ah…, fit-elle en feignant l'indifférence, bien qu'elle sût de quoi sa voisine voulait lui parler.

— Voyez-vous, je me demandais si Danny Owens allait rester à Greenbriar. Si quelqu'un ici le sait, c'est forcément vous, Camilla. Vous croyez que je ne vous voyais pas quand vous vous faufiliez tous les deux dans mon abri de jardin pour faire Dieu sait quoi ? Vous étiez inséparables à l'époque ! Mais bien sûr, ça a changé après... Il a été horrible de vous broyer le cœur comme ça, avant de quitter la ville comme un voleur. Il vous a fallu du courage pour remonter la pente, ma pauvre petite. Vous ai-je dit combien je suis fière de vous pour ça ?

Et comme Camilla secouait la tête, elle reprit :

— Eh bien, c'est la vérité. Nous le sommes tous. Vous étiez un roc pour Robert dans les épreuves qu'il a traversées. Il n'aurait pas tenu si longtemps sans vous. Alors, quelles sont les intentions de Danny ?

— Tout ce que je sais, c'est qu'il est censé être ici pour les six prochains mois.

Camilla refusait d'en dire davantage. Depuis les obsèques de Robert, tout le monde lui ressortait des souvenirs de Danny. Elle aurait préféré que ces choses-là restent enfouies, comme son propre passé.

Mme Sutherland prit un air de conspiratrice.

— Certaines rumeurs circulent. Et vous savez à quelle vitesse elles se répandent.

Oui, les rumeurs allaient bon train. Camilla essayait de ne pas y prêter attention, mais elle ne pouvait s'empêcher d'être curieuse. Après tout, Danny était maintenant son associé au cabinet médical et elle avait le droit de savoir ce qu'on racontait à son sujet, d'autant plus que leur collaboration de six mois commençait justement aujourd'hui.

Était-il rentré ? Elle ne l'avait pas revu depuis l'enterrement. Il lui avait laissé un message, disant qu'il retournait à Boston et qu'ils discuteraient du cabinet à son retour. Mais aucune nouvelle depuis. Et s'il la laissait tomber et qu'elle perdait tout ce pourquoi elle avait travaillé ?

Elle se rendit compte qu'elle n'écoutait plus le babillage de Conny Sutherland et qu'elle passait peut-être pour une impolie.

— Je suis sincèrement désolée, mais je dois ramener Fidget à la maison avant d'aller travailler.

À quatre maisons de là, Camilla s'engagea dans l'allée de la grande demeure carrée dont elle était maintenant propriétaire. Elle n'en revenait toujours pas ! La façade vert pâle et la large galerie lui conféraient une élégance un peu austère. Les jardinières aux fenêtres étaient vides en cette saison, mais dès le printemps elle y planterait des fleurs éclatantes. En déverrouillant la porte d'entrée, elle toucha du doigt les numéros en cuivre et envoya un remerciement silencieux à l'homme qui lui avait laissé la seule vraie maison qu'elle ait jamais connue. Ici, elle avait enfin ses racines.

Dommage qu'elle n'eût personne dans sa vie pour la partager, à part sa chienne qui avait la fâcheuse manie de tout déchiqueter. Camilla l'avait adoptée pour briser sa solitude. Bien sûr, elle appréciait la compagnie de Fidget, mais rien ne valait une famille humaine pour combler ce genre de vide. Un jour, se promit-elle, ces pièces seraient de nouveau remplies d'amour et des rires d'une famille - la sienne.

Soulevant Fidget dans ses bras, elle lui fit un câlin, plus pour son propre réconfort que pour celui de l'animal.

La petite chienne se débattit.

— Cesse de bouder. Tu sais que ça ne marchera pas. La buanderie, c'est pour ta sécurité.

Elle déposa Fidget dans son panier. La buanderie était chauffée et, là au moins, sa petite protégée ne risquait pas d'avaler n'importe quoi. C'était arrivé une fois déjà, et Camilla avait failli la perdre. Elle ne tenait pas à revivre pareille mésaventure.

— Au revoir, Fidget. Je reviens ce midi, d'accord ?

Elle vérifia la météo sur son téléphone. « Temps clair et froid », disait l'application. Elle sortit et prit la direction du cabinet médical qui se trouvait à trois pâtés de maisons de là.

Les mains dans les poches de son manteau, elle marcha d'un bon pas. Qu'allait-elle faire si Danny ne revenait pas ? Quitter Greenbriar n'était pas une option pour elle, et les clauses du testament ne lui permettaient pas d'acheter directement l'immeuble, ni même le cabinet, si Danny lui faisait faux bond.

Arrivée au bout de Baker Street, elle s'arrêta devant une ancienne quincaillerie. Le magasin avait été fermé l'année précédente suite au départ en retraite du propriétaire. C'était, à sa connaissance, le seul local commercial à vendre à Greenbriar. Il faudrait énormément de travaux pour le convertir en cabinet médical, mais ce pourrait être sa seule option.

Laissant échapper un soupir, Camilla continua son chemin. Inutile de s'inquiéter pour des choses qui n'étaient pas encore arrivées. Cependant elle était médecin généraliste et il lui faudrait un endroit pour ses patients.

Lors de sa formation, elle avait brièvement pensé à faire un internat en chirurgie. Elle avait assuré un service aux urgences, mais les cadences effrénées l'avaient en partie convaincue que cette spécialité ne lui convenait pas. À l'inverse, la médecine générale lui offrait l'occasion d'avoir de bonnes relations avec les patients qu'elle soulageait. Elle voyait grandir les enfants, rendait la vie des personnes âgées plus confortable : elle aimait prendre son temps avec eux, étudier à fond leur pathologie.

— Tu t'intéresses à la vieille quincaillerie ?

Elle sursauta en découvrant Danny, qui sortait du matériel de l'arrière d'un 4x4 immatriculé dans le Massachusetts.

— Oh ! j'envisageais différentes options…

— Tu ne pensais pas que je reviendrais, n'est-ce pas ?

Il haussa un sourcil, et cette simple mimique la fit chavirer.

Oh ! pourquoi son corps la trahissait-il en réagissant au moindre geste de Danny ? Même si c'était complètement irrationnel, elle se rappelait la sensation inouïe de ses mains sur sa peau. Blottie dans ses bras, elle s'était sentie si aimée…

Souviens-toi aussi de ce que tu as ressenti quand il a repris sa bague à ton doigt…

Cette pensée la ramena dans la bonne disposition d'esprit et tua net le trouble que ce haussement de sourcil avait suscité en elle. Bon sang ! Ce n'était que ça, un simple jeu de physionomie. Comment réagirait-elle s'il ôtait sa chemise ?

— Oh ! répondit-elle d'un ton glacial. Ce ne serait pas la première fois que tu quitterais la ville sans te retourner.

En m'abandonnant.

Un silence chargé d'accusations vibra entre eux. Les yeux de Danny étincelèrent, mais Camilla refusait de se laisser intimider. Même si elle n'avait pas eu l'intention d'être si cinglante, elle avait été sincère, et sa fierté lui interdisait d'éviter cette confrontation.

Elle se considérait comme une jeune femme bien dans sa peau, et même plutôt jolie, et elle ne permettrait pas à cet homme de la rabaisser une seconde fois. Elle avait passé trop d'années à douter d'elle-même, avant et après Danny Owens, pour le laisser détruire la confiance et l'assurance qu'elle avait fini par retrouver.

— Très bien, un point pour toi, répondit-il, maussade.

Satisfaite de cet aveu, Camilla alla ouvrir le cabinet et ôta le panneau d'information en cas d'urgence. Ses mains tremblaient quand elle le rangea dans le tiroir de la crédence du vestibule. Elle espérait que Danny ne remarquerait pas ce qui lui en coûtait de s'opposer à lui.

Faire front et se défendre, c'était de l'autoprotection, une attitude qu'elle avait dû adopter très tôt dans la vie, au gré de ses multiples placements en famille d'accueil. Mais ça n'était pas plus facile aujourd'hui et cela lui mettait chaque fois les nerfs à vif.

— Les gens d'ici seront certainement plus à l'aise avec toi, déclara Danny à cet instant. Je pensais te laisser les consultations pendant que je m'attaquerais aux travaux de rénovation. À commencer par ce papier peint.

Il tapota le mur avant de poursuivre :

— Je débuterai par l'entrée, en faisant un côté à la fois pour que les patients n'aient pas l'impression de mettre les pieds dans un chantier.

— Et évidemment, tu as décidé ça tout seul !

Camilla croisa les bras, exaspérée. Comment osait-il ? Il pensait avoir le droit de débarquer comme ça et de faire des transformations dans son cabinet ? Bon, elle n'en possédait que la moitié, mais il n'avait pas l'intention de s'attarder à Greenbriar et de le diriger avec elle, il l'avait dit clairement. Alors, pourquoi cela s'était-il traduit dans sa tête par « Change ce que tu veux ici » ?

— Je suppose que m'en parler ne t'a même pas effleuré ? Je suis pourtant ton associée dans cette affaire.

Danny pinça les lèvres, reconnaissant implicitement qu'elle avait raison.

— J'allais te laisser choisir la peinture ou quelque autre matériau pour la suite. Mais il faut enlever ça, fit-il en désignant le vieux papier peint.

Camilla hocha la tête. Dès la première fois qu'elle était entrée ici, elle avait détesté cette tapisserie à fleurs sur fond vert. Elle n'avait jamais réussi à s'y habituer.

— Tu ne peux pas prendre ce genre de décision sans me consulter, même si tu es sûr que je serai d'accord, répliqua-t-elle, laissant libre cours à sa frustration. C'est moi qui ai l'intention de continuer à exercer ici, Danny. Si l'un de nous doit décider de changer la décoration, c'est moi.

Il acquiesça gravement, puis ses traits s'adoucirent et il esquissa un sourire.

— D'accord. Pour la peinture, je verrais bien du turquoise. C'est toujours ta couleur préférée ?

Il se rappelait sa couleur préférée après toutes ces années ? Camilla sentit sa gorge se nouer. D'une part, parce que cela la touchait énormément qu'à une certaine époque il se soit suffisamment intéressé à elle pour retenir ce genre de détail. D'autre part, elle n'était pas préparée à évoquer le temps où tout allait bien entre eux.

— Je pense qu'un ton neutre conviendrait mieux, répondit-elle d'une voix sourde avant de filer vers son bureau.

Claquant la porte derrière elle, elle s'appuya contre le battant et lutta désespérément pour recouvrer une contenance.

Restait cent quatre-vingts jours à supporter. Cent quatre-vingts jours à essayer de calmer son cœur affolé chaque fois que

Danny lui sourirait de cette façon, à s'efforcer d'oublier que cet homme l'avait jetée comme un vieux journal qu'on foule du pied. Parviendrait-elle à ne pas céder à son charme ?

— Qu'est-ce que j'ai dit ?

Danny regarda Camilla s'éloigner dans le couloir, conscient de l'avoir contrariée. Mais comment ? Il repassa leur conversation dans son esprit, analysant ses paroles et les réactions de la jeune femme. Était-ce parce qu'il lui avait rappelé sa couleur favorite ? Mais quel mal y avait-il à ça ?

Il secoua la tête. Les femmes… Jamais il ne les comprendrait. Franchement, est-ce que cela n'aurait pas été pire s'il avait oublié qu'elle aimait cette teinte particulière de bleu ?

La Camilla d'autrefois aurait apprécié qu'il se souvienne de ce détail. Mais la jeune femme qu'elle était devenue n'avait rien de commun avec celle qu'il avait aimée. En même temps, il n'avait pas eu beaucoup de temps pour penser à tous les changements survenus chez elle pendant qu'il réglait ses affaires à Boston avant de reprendre la route de Greenbriar.

Ou as-tu peur de ce que tu risques de découvrir quand tu y penseras ?

Cette nouvelle Camilla dégageait une douceur qu'elle n'avait pas dans le passé. Elle avait un nouveau style aussi. Ses tenues étaient maintenant classiques mais féminines. Quant à ses cheveux, elle les laissait flotter librement en vagues douces dans son dos ou juste retenus par une barrette quand elle était avec un patient, au lieu de les remonter en chignon serré ou en queue-de-cheval. Le garçon manqué, affublé de vêtements d'occasion, dont il était tombé amoureux autrefois n'existait plus. À sa place, il y avait une belle jeune femme avec des bleus à l'âme et une détermination qu'il lui enviait. Elle avait repris sa vie en main, et sur ce point elle avait beaucoup mieux réussi que lui.

Même dans sa façon d'être, il y avait une différence, une nouveauté qui l'intriguait. Après l'accident, elle avait à peine quitté son chevet le temps de son hospitalisation. L'idée qu'elle n'aurait pas été assez forte pour supporter ses problèmes était peut-être une construction mentale qui ne reposait sur rien. C'était là-dessus pourtant qu'il avait fondé sa décision de rompre. Mais dans ce cas, sur quoi d'autre s'était-il menti ?

Ce n'était pas le moment de s'attarder sur ces pensées compliquées. Il n'avait pas besoin du chaos émotionnel qu'elles lui causeraient.

Reportant son attention sur le vestibule vieillot, il décida de se mettre au travail. Et déplaça les chaises qui figuraient la salle d'attente pour dégager l'un des murs. En commençant par ce côté, il n'aurait pas à bouger l'ordinateur et les dossiers de l'accueil.

Il jeta un coup d'œil à ces vieux classeurs métalliques. Une couche de peinture ne dissimulerait pas les bosses et l'usure. Camilla serait-elle prête à numériser tous les documents pour qu'ils se débarrassent de ces vieilleries ? Son père n'aurait voulu pour rien au monde se séparer de ses papiers, mais Camilla avait sûrement travaillé sur des dossiers informatisés pendant ses études. Il se promit d'aborder la question avec elle, un jour où elle ne donnerait pas l'impression de vouloir lui arracher la tête.

Après avoir rempli la décolleuse d'eau dans la petite cuisine, il revint dans le vestibule et brancha l'appareil. Mais l'idée qu'il avait fait du tort à Camilla le taraudait et, avant de se mettre au travail, il décida de s'excuser auprès d'elle.

Il allait devoir faire attention à ses paroles et garder certaines choses pour lui, s'il voulait endurer les six prochains mois sans trop d'histoires. Camilla méritait bien cette considération après ce qu'il lui avait fait subir par le passé et, même s'il ne savait pas vraiment ce qu'il lui avait fait à l'instant, il était bien obligé de reconnaître que les choses avaient dérapé et que c'était clairement sa faute.

Il frappa des coups légers à la porte de son bureau et attendit sa permission avant d'entrer.

— Hé ! Je vais commencer à décoller le papier peint mais, avant, je voulais m'excuser. Je me rends compte que je t'ai contrariée et j'en suis désolé.

Les bras croisés, Camilla lui jeta un regard empli de colère. À l'évidence, elle ne croyait pas un mot de ce qu'il disait.

Prenant une profonde inspiration, Danny reprit :

— Je le pense vraiment, Camilla. La dernière chose que je souhaite, c'est te blesser. Même si ça risque d'arriver encore, étant donné que nous serons côte à côte jusqu'au 1er août.

— Je passe une commande de fournitures aujourd'hui. La liste est là sur mon bureau, si tu veux y jeter un coup d'œil et ajouter quelque chose.

Danny reconnaissait cette tactique. Camilla changeait toujours de sujet quand la conversation prenait une tournure trop personnelle. Cela voulait-il dire que ses excuses lui étaient allées droit au cœur ? Il l'espérait.

D'un geste machinal, il racla le tapis du bout du pied et regarda le léger changement de couleur. Il lui suggérerait de remplacer aussi ce vieux tapis.

— Alors, il n'y a plus de malentendus ? demanda-t-il.

— Ça ira, du moins jusqu'à la prochaine fois où tu choisiras de prendre des décisions sans me consulter, répondit-elle, acerbe. Tu as une fâcheuse tendance à croire que je suis incapable de faire des choix rationnels. Que ce soit en matière de décoration ou de mariage !

Danny s'appuya contre le chambranle. Il n'avait que ce qu'il méritait. Avant de quitter Greenbriar, il faudrait qu'ils parlent du passé, mais pas aujourd'hui. Il ne trouverait pas le courage nécessaire pour avoir cette discussion.

— Tu te trompes, répliqua-t-il toutefois. Je sais parfaitement que le problème vient de moi. Tu n'es pour rien dans l'échec de notre couple.

— Ah oui ? As-tu oublié notre dernière discussion autrefois ? Alors laisse-moi te rafraîchir la mémoire ! Tu as dit mot pour mot que je n'étais *pas à la hauteur*, que je ne le serais *jamais*. Il m'a fallu des années pour surmonter le traumatisme que tu m'as infligé. Je m'en suis voulu pendant si longtemps, en me demandant ce que j'avais fait de mal, ce que j'aurais pu faire différemment qui t'aurait fait changer d'avis sur nous.

J'ai imaginé qu'il y avait une autre femme dans ta vie, cru que tu avais honte de mes origines. Je me suis retrouvée si seule… Savoir que tu étais passé à autre chose, tandis que je n'y parvenais pas…

Sa voix se brisa dans ce qui ressemblait à un sanglot. Les yeux clos, elle tâcha de se ressaisir et, quand elle les rouvrit, la fureur qui se lisait dans son regard bleu était si froide que Danny sentit un frisson lui parcourir le dos. Une brusque colère l'envahit, dirigée contre lui-même. Camilla était une jeune femme intelligente et un médecin brillant, et personne n'avait le droit de la convaincre qu'elle valait moins que ça. Et certainement pas un homme brisé comme lui.

— Notre histoire a eu au moins le mérite de m'ouvrir les yeux : on ne peut jamais faire confiance aux hommes, conclut-elle.

— Je suis un imbécile, Camilla. C'est la seule explication que j'ai à te donner en ce moment.

Danny se redressa. Les blessures qu'il lui avait infligées étaient bien plus profondes qu'il ne le pensait, mais la vérité risquait de la blesser davantage et il n'était pas prêt à passer aux aveux.

— Peut-être devrions-nous laisser le passé là où il est, tu ne crois pas ?

— Très bien.

— Je vais m'occuper du papier peint.

— Nous devons réfléchir à ce que nous comptons faire, une fois que tu l'auras enlevé. Tu ne peux pas débarquer comme ça et transformer mon cabinet médical en chantier.

— D'accord. Je vais remballer la décolleuse et rentrer au chalet. Tu peux travailler dans *notre* cabinet pendant que je me la coulerai douce sur la chaise longue du ponton.

Comme il revenait vers le vestibule, Danny crut entendre Camilla le traiter de lâche. Elle avait raison. Il était lâche, au moins quand il s'agissait d'elle et des erreurs qu'il avait commises à son encontre.

À l'époque où il avait rompu leurs fiançailles, il avait été convaincu qu'elle serait mieux sans lui et qu'elle tournerait rapidement la page, comme lorsqu'elle était adolescente et qu'elle passait d'une famille d'accueil à une autre sans jamais s'attacher. L'amour qu'elle éprouvait pour lui s'émousserait avec le temps, elle rencontrerait quelqu'un d'autre, un homme plus digne d'elle.

Mais la douleur qui avait empli son regard à l'instant lui fit entrevoir une réalité bien différente, et il se rendait compte que tous ses raisonnements étaient fondés sur des mensonges. Tous, et pas seulement l'idée qu'elle n'était pas assez forte pour supporter son côté sombre.

La gorge nouée, il ramassa la décolleuse. Combien d'autres illusions s'était-il faites à son sujet ?

5.

Dieu merci, on était vendredi !

Camilla soupira. Le mot « embarrassant » était loin de décrire la réalité de son premier mois de collaboration avec Danny. Les jours avaient passé avec une lenteur désespérante. Ils se contournaient sur la pointe des pieds, évitant les disputes et les vexations, mais la tension accumulée du fait de leur proximité laissait des traces.

Elle se laissa tomber dans le fauteuil de la réception et jeta un regard circulaire aux murs d'un blanc sale. Son patient prévu à 15 heures avait appelé pour décaler le rendez-vous et elle avait donc un peu de temps libre. Elle était seule, car Danny était allé jusqu'à la ville voisine pour acheter la peinture. Il avait l'intention de peindre le vestibule et le couloir ce week-end, quand il n'y aurait pas de patients. C'était l'une des rares choses sur lesquelles ils étaient tombés d'accord, même s'il leur avait fallu plus d'une semaine pour ça.

Elle ferma les yeux, essayant de repousser ses pensées conflictuelles. L'adolescente dont elle s'occupait le week-end arriverait dans moins d'une heure, et elle voulait être en forme et parfaitement détendue.

Elle avait déjà assuré des accueils temporaires d'adolescents, mais avait dû suspendre cette activité quand Robert était tombé malade. À cause de son propre parcours, elle désirait faire plus en ce sens, seulement son métier ne lui permettait pas d'accueillir des jeunes à plein temps ni d'adopter. Maintenant que Danny était là, il pouvait être de permanence au cabinet puisqu'il y serait pour peindre, de toute façon. Elle avait donc toute latitude de prendre le relais d'une famille d'accueil afin que les parents puissent souffler le temps d'un week-end. C'était aussi l'occasion de montrer à une adolescente que grandir dans ce système ne vous réservait pas forcément de sombres perspectives d'avenir. Elle en était la preuve vivante.

Une fois par semaine, elle assurait des cours de soutien au foyer d'hébergement où elle avait séjourné, et c'était justement l'une de ses élèves qui allait passer le week-end chez elle.

Le carillon de la porte d'entrée retentit et Camilla se redressa, un sourire aux lèvres.

— Docteur Dev ! Devinez qui a eu un B+ à son contrôle de biologie ?

— La même fille qui parle d'elle à la troisième personne, je présume ? répondit Camilla en souriant franchement à Maddie.

Le visage de l'ado de quatorze ans s'illumina, et elle se mit à rire comme si cette réponse était d'une incroyable drôlerie.

— Oui, c'est moi, Maddie, qui ai eu un B+ en biolo. Merci de m'avoir fait réviser, docteur Dev !

— Je suis fière de toi. Je savais que tu y arriverais. Tope là !

Maddie s'avança et lui tapa dans la paume avant de se hisser sur le bureau et de s'y asseoir en tailleur.

— Mme Stone va passer dans quelques minutes pour vous faire signer les papiers de ma prise en charge ce week-end. Elle fait des courses de dernière minute. Ils vont à un mariage, je crois.

— Aucun problème. J'ai encore un patient à voir, puis nous irons chez moi. Qu'est-ce qui te plairait, soirée film ou soirée jeux ? J'ai du pop-corn et des glaces dans tous les cas.

— Si on faisait les deux ?

Leurs rires emplirent la réception et couvrirent le tintement du carillon.

— Waouh ! Docteur Dev, c'est qui ? s'exclama Maddie en prenant un prospectus pour s'éventer comme si elle était sur le point de s'évanouir. Votre amoureux ?

Camilla tourna la tête et vit Danny, ses bras musclés chargés de matériel de peinture.

— Lui ? C'est le Dr Owens.

— Oh ! j'y suis. L'associé dont vous m'avez parlé.

Maddie contempla Danny avec une expression aguichante qui n'était pas de son âge. Camilla se promit d'avoir une conversation avec elle sur les hommes et la sexualité.

Danny avait l'air mal à l'aise sous le regard insistant de la jeune fille.

— Désolé de vous interrompre, fit-il en déposant son fardeau dans un coin.

Maddie descendit du bureau et s'avança vers lui d'une démarche chaloupée de mannequin.

— Moi, c'est Maddie, susurra-t-elle en lui tendant la main.

— Dr Owens.

Il lui serra brièvement la main avant de contourner le bureau pour mettre de la distance entre l'adolescente et lui.

— Je pense commencer la peinture ce soir, dit-il à Camilla. J'allais te demander si tu voulais me donner un coup de main, mais je vois que tu es déjà prise.

— Mais moi, je peux vous aider, déclara Maddie sur le ton de la séduction. En quoi que ce soit.

Elle semblait inconsciente de l'inconvenance de ses paroles. Camilla se hâta d'intervenir.

— Nous avons prévu une soirée entre filles, rappelle-toi.

Si elle faisait confiance à Danny pour ne pas franchir la limite avec une jeune fille mineure, il en allait autrement pour Maddie. Camilla avait eu quatorze ans elle aussi et elle savait l'effet qu'un homme plus âgé pouvait exercer sur une adolescente, surtout si cet homme avait le physique de Danny.

— Désolée, je suis en retard ! lança Alma Stone en entrant à cet instant, tenant son fils de trois ans par la main. Je n'ai pas vu le temps passer aujourd'hui. Nous partons au mariage de la sœur de Dave dans moins d'une heure et je dois encore faire le plein, déposer Bennie à la maison avec la baby-sitter. Quelle idée d'avoir organisé un mariage où on ne peut pas emmener les enfants ! Mais c'est ma belle-sœur, je ne peux pas ne pas y aller…

Elle s'interrompit brusquement.

— Danny Owens ? C'est vraiment toi ?

— C'est… Alma ?

Danny sembla hésiter sur le prénom de leur ancienne camarade de classe. Mais par chance, il ne commit pas d'erreur. Alma se montrait susceptible quand on la confondait avec sa sœur jumelle, Amy.

— J'ai été vraiment désolée d'apprendre le décès de ton père. Un homme si gentil et parti trop tôt… J'ai regretté de ne pas assister à la cérémonie, Bennie avait de la température. Juste un petit rhume heureusement, mais je ne voulais pas le sortir par ce froid et qu'il contamine tout le monde si cela avait été plus grave…

— Je comprends très bien, Alma.

— Oh ! merci de dire ça. Tu as toujours été adorable. Nous étions toutes jalouses quand tu es sorti avec Camilla. Oh ! mince ! Je ne voulais pas remuer les mauvais souvenirs, ajouta-t-elle en ébauchant une grimace.

Au lycée déjà, Alma était bavarde comme une pie. Ça n'avait pas changé.

— Nous avons connu des problèmes par le passé, mais nous sommes en bons termes à présent, n'est-ce pas, Danny ? répondit Camilla d'un ton léger.

— Oui, notre entente est meilleure qu'elle ne l'a été depuis des années, dit-il avec une indéniable sincérité.

Camilla se leva. Il était temps de faire sortir Alma avant que celle-ci n'évoque d'autres souvenirs que Maddie n'avait pas à entendre. Elle tenait à être un bon exemple pour la jeune fille et ne souhaitait pas qu'on dévoile devant cette dernière certaines périodes mouvementées de sa vie.

— As-tu des papiers pour moi, Alma ? J'ai un patient qui va arriver dans une minute et tu disais que tu étais pressée.

Alma se hâta de sortir des formulaires de son sac.

— Pour déposer Maddie à l'école lundi matin, ça ira ? Nous rentrerons tard dimanche soir et je ne voudrais pas vous réveiller toutes les deux.

— Pas de problème. Je la déposerai à l'entrée et j'attendrai qu'elle soit à l'intérieur pour partir, assura Camilla.

Alma avait ses défauts, mais elle était une mère d'accueil dévouée qui désirait avant tout que Maddie et les autres enfants confiés à sa garde se sentent aimés et vraiment chez eux.

Elle reprit les papiers que Camilla venait de signer.

— C'est parfait. Maddie, sois gentille pendant notre absence et écoute le Dr Devereaux. Je t'enverrai un texto pour prendre des nouvelles, mais tu peux m'appeler n'importe quand. D'accord, ma chérie ?

— Oui, madame, répondit poliment l'adolescente.

Alma la serra brièvement contre elle, ce qui semblait plus que Maddie n'était prête à accepter en matière de contact physique. Camilla la comprenait. Elle aussi s'était sentie à l'écart, mal-aimée, et avait fui les embrassades. Ce point commun la rendit plus déterminée à aider Maddie et à lui montrer que des personnes la soutenaient.

— Ouf, elle est partie ! fit la jeune fille dès que la porte se referma sur Alma.

Et de pousser un soupir en se laissant tomber sur une chaise de façon théâtrale.

— Elle veut bien faire, dit Camilla. D'accord, c'est un moulin à paroles, mais tu dois garder en tête qu'elle se soucie de toi. Il y a bien pire qu'Alma et Dave comme famille d'accueil.

— Peu importe, répondit Maddie en prenant une mine boudeuse.

Sentant la main de Danny sur son épaule, Camilla se tourna vers lui.

— Elle est comme toi à cet âge, murmura-t-il. Quand nous nous sommes rencontrés, tu étais exactement comme ça.

Maddie faisait semblant de ne pas leur prêter attention, mais Camilla la vit redresser la tête à cette comparaison. L'adolescente refusait d'entendre ce que Camillait s'évertuait à lui faire comprendre, à savoir qu'elle était capable de faire quelque chose de sa vie en dépit de ses origines. Mais si ça venait de Danny, alors peut-être y avait-il une chance pour qu'elle commence à y croire, songea Camilla.

— Que veux-tu dire ? demanda-t-elle à Danny en feignant de ne pas savoir de quoi il parlait.

En même temps, elle regardait Maddie du coin de l'œil pour surveiller ses réactions.

— C'est dans sa manière d'être, répondit-il. Sa façon de flirter avec moi et son attitude détachée vis-à-vis d'Alma. Et à l'instant, son repli quand elle a perçu ta légère critique. Tu étais pareille, Camilla. Tu te cachais si tu le pouvais, et sinon tu te battais. Tu préférais te lier avec des hommes plutôt qu'avec des femmes. Et tout le temps, tu dissimulais ton manque de confiance en toi derrière un masque d'indifférence.

— Je ne flirtais pas avec vous, s'exclama Maddie, les joues très rouges. Vous êtes vieux.

Danny se mit à rire.

— Et impertinente avec ça.

— Vous êtes sûre que ce n'est pas votre mec, docteur Dev ? Parce qu'il a l'air très proche de vous pour un homme avec qui vous ne sortez pas.

Camilla sentit le rouge lui monter aux joues, d'autant que la main de Danny s'attardait sur son épaule, tiède, apaisante, mais infiniment troublante aussi. Il accentua la pression de ses doigts avant de la relâcher, au moment où le dernier patient de la journée franchissait le seuil du cabinet.

— Ah, monsieur Jenkins, dit Danny en s'avançant vers lui. Vous serez plus à l'aise de parler de vos soucis de santé avec un homme, non ?

— Justement, je suis venu pour te voir, Danny.

Le vieil homme se tourna vers elle et lui adressa un clin d'œil. Qu'avait-il derrière la tête ? se demanda-t-elle. M. Jenkins faisait pour ainsi dire partie des meubles à Greenbriar. Elle l'avait toujours connu.

— Voleur de patient, murmura-t-elle à Danny en lui tendant le dossier médical du vieux monsieur.

En réalité, elle ne lui en voulait pas. M. Jenkins et Robert avaient été de grands amis et elle n'était pas surprise qu'il veuille avoir affaire à Danny plutôt qu'à elle. Ce serait même bénéfique pour Danny qu'il reprenne contact avec une connaissance de son père. Cela l'aiderait peut-être d'entendre parler du genre d'homme que Robert avait été.

— Commencez votre week-end dès maintenant, les filles, déclara Danny en acceptant le dossier avec un large sourire. Je suis sûr que vous avez de grands projets. Nous allons en salle 1, monsieur Jenkins.

Camilla les regarda s'éloigner. Sur le seuil de la salle de consultation, Danny tourna la tête et surprit son regard posé sur lui.

— Je te revois lundi ? reprit-il avec ce haussement de sourcils si séduisant.

Incapable de prononcer un mot, Camilla se contenta de hocher la tête tandis que le rouge lui montait de nouveau aux joues. *Bon sang !* Elle se contrôlait mieux que ça d'habitude. Pourquoi rougissait-elle comme une collégienne tombant amoureuse pour la première fois ?

— Avouez que vous craquez pour lui…, commenta Maddie d'un ton malicieux.

Camilla pinça les lèvres.

— Certainement pas. Et je refuse d'avoir cette conversation avec toi.

— Comme vous voudrez, répondit la jeune fille en levant les yeux au ciel. N'empêche que vous vous mentez à vous-même, doc. Prenez ça pour ce que ça vaut, mais je pense qu'il ressent la même chose pour vous.

— Qu'est-ce qui vous amène, monsieur Jenkins ? demanda Danny en parcourant le dossier du vieil homme.

Pour son âge, il semblait en bonne santé. Pas de maladie chronique, juste une douleur qui revenait chaque hiver à cause d'une blessure ancienne.

— Voulez-vous relever votre manche pour que je vérifie vos constantes ?

Depuis un mois qu'il était à Greenbriar, Camilla le laissait rarement s'occuper des patients. Il lui fallait user de son charme auprès des femmes et demander aux hommes s'ils ne préféraient pas avoir affaire à un praticien homme pour avoir une chance de travailler un peu. Il y avait des semaines qu'il n'avait pas touché un bistouri et il commençait à regretter l'effervescence qui régnait aux urgences de l'hôpital de Boston.

En fait, ce qui lui manquait, c'était de ne plus avoir de gens à qui parler. Les patients et ses collègues représentaient toute sa vie sociale. C'était le triste constat qu'il faisait depuis son retour à Greenbriar.

Assis à l'extrémité de la table de soins, Bill Jenkins lui tapota le mollet du bout de sa canne.

— Je ne suis pas malade. J'ai dit que j'étais venu ici pour te voir.

Ce n'était pas la réponse que Danny attendait et il dut renoncer aux questions médicales qu'il s'apprêtait à lui poser.

— Je vous demande pardon ?

— Ton père était un de mes plus proches amis.

— Je ne l'ai pas oublié, dit Danny.

Il se souvenait des parties de pêche au lac le dimanche, où il était assis entre son père et Bill sur le ponton. Ils attrapaient suffisamment de poissons pour le dîner, puis ils restaient à bavarder autour d'une bière.

— Tu veux briser le cœur de cette jeune fille encore une fois ? déclara Bill tout de go.

Danny aimait qu'on aille droit au but, mais pas quand cela concernait sa vie personnelle. Ce qui s'était passé entre lui et Camilla ne regardait personne d'autre qu'eux.

Serrant avec force son stéthoscope, il répondit d'un air maussade :

— Avec tout le respect que je vous dois…

— Je ne te demande pas le respect, mon garçon. Je sais ce que tu vas dire. Que ce ne sont pas mes affaires, n'est-ce pas ? Tu as raison, mais je te dirai quand même ce que je pense.

Ton père, que Dieu ait son âme, n'est plus là pour avoir cette conversation avec toi. Alors, je parlerai pour lui.

Danny croisa les bras, exaspéré. *Bon sang !* Il n'était plus le gamin qu'on disputait, parce qu'il avait bu une gorgée de bière dans le verre de son père ! C'était *son* cabinet médical et, patient ou non, Bill Jenkins n'avait pas le droit d'entrer ici pour lui dire ses quatre vérités. Danny avait déjà eu affaire à des obstinés, mais des indiscrets, ça c'était nouveau !

— Si vous n'êtes pas souffrant, alors il vaut mieux en rester là, déclara-t-il d'un ton abrupt.

Bill se força à tousser.

— Je suis un patient qui paye ses consultations. Veux-tu que je dise au Conseil médical que tu refuses de me soigner ? Ou mieux, que j'en fasse part à la charmante jeune femme qui est à la réception ?

Danny comprit à son regard qu'il ne céderait pas. Il pensa brièvement à quitter la pièce, mais se ravisa. Il s'assit sur un tabouret et, d'un geste de la main, invita le vieil homme à parler. Mieux valait en finir tout de suite avec cette conversation.

— Tu as brisé cette jeune femme quand tu l'as rejetée. Tu ne t'en es pas rendu compte car tu as aussitôt quitté la ville comme si tu avais le feu aux trousses. Mais nous, nous étions là. Nous avons tout fait pour qu'elle se reconstruise et nous avons vu comment elle a fait tourner ce cabinet toute seule, ces deux dernières années, quand ton pauvre père était trop malade pour exercer. Elle a tout porté sur ses frêles épaules, à croire qu'elle a en elle une force et une volonté qui lui viennent de la débâcle de son cœur brisé.

Fermant les yeux, Danny étouffa un juron. Que répondre à ça ? Il ne pouvait nier ni contester quoi que ce soit. Il y avait des années qu'il n'était pas rentré à la maison, parce que c'était plus simple que de risquer de rencontrer Camilla. En même temps, il avait manqué les derniers moments de son père. Il n'avait même pas su qu'il était malade, ne l'avait découvert qu'après sa mort. Alors, apprendre par Camilla d'abord, puis par Bill Jenkins, qu'il avait souffert pendant deux ans, c'était plus qu'il n'en pouvait supporter.

— Je suis là pour te dire que notre petite communauté de Greenbriar ne te laissera pas briser cette jeune femme une deuxième fois, reprit Bill en pointant sa canne vers lui. Tu m'entends, mon garçon ?

Danny acquiesça en s'adjurant au calme. D'une main, il abaissa la canne accusatrice. Il avait compris l'essentiel : toute la ville était du côté de Camilla, et il avait intérêt à ne plus la faire souffrir.

— J'ai vu la façon dont vous vous regardiez tous les deux. Je ne suis pas aveugle, même si j'ai bientôt quatre-vingts ans. Si tu veux lui faire la cour convenablement et que Camilla daigne t'accorder une seconde chance, tout froussard que tu es, c'est son problème. Mais sache que nous te surveillons.

— Froussard ? répéta Danny en secouant la tête.

Qu'est-ce qu'il en savait, le vieux Bill ? Il n'avait pas le droit de juger les choix qu'il avait faits. Si seulement il pouvait faire comprendre à quelqu'un pour quelles raisons il avait dû mettre un terme à son histoire avec Camilla et pourquoi il avait dû quitter la ville ! Si une seule personne était de son côté, peut-être que sa culpabilité serait plus supportable…

— Vous ne savez rien de moi ni des raisons qui m'ont poussé à prendre ces décisions, ajouta-t-il sèchement.

— Tu crois ça ? Penses-tu aussi que je porte cette canne parce que c'est la mode ? riposta Bill en faisant tournoyer celle-ci dans l'air. Fiston, j'ai été à ta place. J'étais au volant quand un accident m'a bousillé la jambe et, pire, a tué mon petit garçon.

Interloqué par cet aveu, Danny regarda le vieil homme. Il portait une canne depuis qu'il le connaissait, et jamais il ne lui avait demandé pourquoi. Il n'avait jamais entendu parler de cet accident.

— Tu penses que j'avais envie de revenir vers ma douce Mary Ellen, alors que je n'avais pas été capable de protéger notre fils ? poursuivit Bill.

Une ombre traversa son regard. Il secoua la tête, puis se frappa la tempe du doigt.

— Les dégâts à ma jambe n'étaient rien, comparés au gouffre qui s'est creusé ici. Les cauchemars, les images obsédantes. Je ne voulais pas faire supporter ce gâchis à ma chère femme et à notre fille qui était bébé.

Danny ravala son souffle, sidéré par l'histoire du vieux Bill et par ses sentiments si semblables aux siens. Ses paroles résonnaient profondément en lui. L'accident qui avait tué deux êtres si chers à sa vie lui avait causé relativement peu de blessures physiques, en dehors de quelques débris de ferraille dans une jambe. Mais mentalement, c'était une autre histoire. Privé de sa mère et de son frère, il s'était senti amputé d'une partie de lui-même. S'il était resté auprès de Camilla, il aurait agi comme un poison sur elle.

En dépit de son enfance chaotique, Camilla avait en elle une bonté et une lumière qui rendaient immédiatement heureux ceux qu'elle croisait. Il était convaincu qu'elle se serait dévouée inlassablement pour essayer de le guérir, même si elle avait dû tout perdre pour cela. Il avait voulu lui épargner ce sacrifice d'elle-même, ne pas lui faire supporter ce *gâchis*, comme disait Bill.

— Mais vous êtes revenu auprès de votre femme, dit Danny avec gravité.

— Oui, que Dieu me pardonne.

La douleur, intacte et crue, se lisait encore sur le visage du vieil homme, des décennies après le drame.

Danny ressentait la même chose. Huit ans après l'accident, sa souffrance demeurait aussi vive qu'autrefois. La ressentirait-il toujours aussi fortement quand il aurait atteint l'âge de Bill Jenkins ? Son cœur se serra à cette perspective.

— Mais cela a fonctionné pour vous, n'est-ce pas ? demanda-t-il en s'efforçant de rester positif.

Car M. et Mme Jenkins avaient toujours paru heureux et amoureux.

— Ma femme avait une patience d'ange, je te le dis. Elle

me réveillait lorsque les cauchemars étaient trop pénibles. Elle emmenait notre fille chez sa mère et revenait prendre soin de moi quand je noyais mon mal-être dans le whisky. Même si j'avais pu la quitter en me disant qu'elle ne s'en porterait que mieux, je n'aurais pas fait ça à notre fille. J'ai honte d'avouer que Mary Ellen a dû faire seule son deuil de notre fils, parce que j'étais incapable d'être l'épaule sur laquelle elle aurait aimé pleurer. J'étais trop perdu dans la culpabilité !

Danny s'enfouit le visage dans les mains. Combien de fois s'était-il félicité qu'il n'y ait pas eu d'enfants dans sa propre histoire ? Si Camilla et lui avaient été parents, il n'aurait pas pu fuir.

— Mary Ellen était forte, je ne pensais pas que les femmes étaient capables de l'être autant. Elle m'a soutenu dans mes moments les plus sombres, sans jamais m'abandonner. Tu t'es trompé en pensant que Camilla n'aurait pas fait la même chose pour toi. Et tu as eu tort de croire que tu lui rendais service en la repoussant.

Il se leva et, posant une main ridée sur son épaule, la serra fortement à la manière des vieilles gens.

— Et tu as encore tort aujourd'hui, si tu ne peux pas accepter qu'il y ait des choses dans la vie qu'on ne peut pas changer, même si on prie de toutes ses forces pour qu'il en soit autrement.

Il marqua une pause et esquissa un sourire.

— Il est aussi nécessaire de flatter une femme, mon garçon.

Après l'avoir mis en garde, le vieux Jenkins l'encourageait à tenter de nouveau sa chance avec Camilla ? À quoi bon, puisqu'elle ne lui accorderait pas de deuxième chance ? Il lui avait fait trop de mal.

— Elle ne me pardonnera jamais de l'avoir quittée comme je l'ai fait.

Bill Jenkins haussa les épaules et marcha vers la porte. Il s'arrêta sur le seuil.

— Tu devrais commencer par te pardonner, fiston. Ne lui demande pas de le faire, si toi-même tu en es incapable.

Danny prit conscience que les rôles s'étaient inversés. Face à

Bill Jenkins, il était devenu le patient. Les pas du vieil homme et le martèlement de sa canne s'estompèrent, puis le carillon de la porte d'entrée se fit entendre.

Danny se retrouva seul avec ses pensées. Brusquement, ses erreurs lui apparurent dans toute leur ampleur. Le pire était que Bill avait raison. Il n'était qu'un lâche. Toutes ces émotions qu'il refoulait depuis si longtemps remontaient à la surface, cherchant à éclater au grand jour, et les murs de la salle semblaient se refermer sur lui.

Haletant, il passa un doigt dans le col de sa chemise. Des vagues de panique encerclaient son cœur, lui comprimant douloureusement la poitrine. Il essaya d'insuffler de l'air dans ses poumons et tomba à genoux sur le carrelage froid.

Fermant les yeux, il s'efforça de respirer lentement jusqu'à ce qu'il soit capable de se relever. Il agrippa la table de soins, froissa le papier qui la couvrait et se concentra sur le bruit familier. Peu à peu, il recouvra son calme.

Il nettoya rapidement la pièce, éteignit les lumières et sortit. Tant pis pour la peinture, ça attendrait. Il monta dans son 4x4. Une chanson familière passait à la radio, lui rappelant le bal de promo du lycée et Camilla dansant dans ses bras.

Non, je ne dois pas songer à cela… Surtout pas en conduisant.

Éteignant l'autoradio, il prit la direction du chalet. Une fois sur place, et malgré la température glaciale, il se rendit au bout du ponton, s'assit sur les planches vermoulues et regarda l'eau sombre. Il n'y avait pas de vent. Une odeur de fumée traînait dans l'air, provenant d'une maison voisine. Un autre rappel de ce qu'il avait laissé ici, à Greenbriar…

Il était censé rester quelques mois. Pas de liens, pas d'émotions. Au lieu de ça, les gens lui jetaient son passé au visage, comme pour souligner tous ses manquements. Mais le pire, c'était la tentation que représentait Camilla avec ses sourires doux, sa façon de se pencher subtilement vers lui quand ils se parlaient. Cela lui faisait entrevoir des choses qu'il n'avait pas à désirer.

— Tu voulais me détruire émotionnellement, papa ?

demanda-t-il, la tête levée vers le ciel parcouru de stries roses et orange. C'est pour cela que tu m'as forcé à revenir à Greenbriar et dans la vie de Camilla ?

Brusquement, des sanglots le secouèrent et, pour la première fois depuis des années, il laissa libre cours à son chagrin. Des larmes ininterrompues qui s'accompagnaient d'une douleur déchirante et un immense sentiment de perte. Sa mère, Robby, son père… Sans parler de lui-même, du jeune homme qu'il avait été avant qu'un conducteur ivre ne lui coupe la route et brise à jamais l'avenir qu'il avait imaginé. Pendant huit ans, il s'était refusé le droit d'avoir ce genre de regret, mais, aujourd'hui, il prenait conscience qu'il n'aimait pas l'homme qu'il voyait dans le miroir chaque matin. Il voulait redevenir le garçon heureux et plein d'assurance qui avait conquis Camilla.

Le vent se leva, ridant la surface du lac. Danny s'essuya les yeux d'un revers de manche. Deux feuilles atterrirent sur ses genoux, entortillées par leurs tiges. La bise les avait balayées ensemble.

À l'image de ces deux feuilles unies, le mariage solide de ses parents avait résisté à tous les coups durs. Fausses couches, adoptions refusées… jusqu'à ce que la mort les sépare.

Il désirait vivre un amour comme celui-là. Mais aimer quelqu'un revenait à prendre un pari. Parier sur sa capacité à protéger ceux qu'il aimait, alors qu'il avait lamentablement échoué dans cette tâche jusque-là ? Comment pourrait-il prendre un tel risque ?

6.

Comme Camilla faisait marche arrière pour sortir de l'allée, elle entendit Maddie soupirer sur le siège passager.

— Pourquoi les week-ends ne durent pas plus longtemps ?

— Plus les années passent, plus je me pose la question, répondit-elle.

La manœuvre achevée, elle s'engagea sur la route principale en direction du lycée.

Maddie soupira de nouveau, tout en se mordillant les ongles. Même si elles avaient eu des conversations productives pendant ces deux jours, Camilla avait le sentiment que la jeune fille avait encore quelque chose en tête dont elle souhaitait discuter. Seulement, le temps qu'elles avaient à passer ensemble touchait à sa fin et Camilla ne pouvait plus prendre les précautions habituelles pour l'amener à se confier.

— Tu veux en parler ? demanda-t-elle tout de go.

— Il s'agit d'un garçon…, commença Maddie.

À cet âge-là, il s'agissait toujours d'un garçon. Camilla ébaucha un léger sourire. Les conseils dans ce domaine n'étaient pas son truc, mais Maddie franchissait une étape importante en s'ouvrant à elle.

— Tu l'aimes bien ?

— Oui… Il est en terminale et il est trop craquant ! Il paraît qu'il est bagarreur et qu'il s'attire des ennuis, mais quand il est avec moi, il n'est pas comme ça.

Camilla secoua la tête. Même si un lycéen de terminale était un flirt beaucoup plus approprié qu'un adulte comme Danny, ce n'était pas pour autant un bon choix pour Maddie.

L'adolescente n'avait pas besoin d'un amoureux qui l'entraînerait sur la mauvaise pente.

— Je ne pense pas que ce soit une bonne idée, tu sais. Tu es beaucoup trop jeune pour sortir avec un garçon de dix-huit ans. C'est rare qu'ils veuillent vraiment fréquenter des filles de troisième.

— Qu'est-ce que vous en savez ? protesta Maddie. Vous n'avez pas d'homme dans votre vie.

— Mais je me rappelle qu'en troisième j'étais amoureuse d'un garçon de terminale. Un beau parleur !

Camilla se gara sur une place de parking devant l'agence d'assurances. Elle voulait regarder Maddie en face pour aborder ce sujet. Elle avait aussi conscience qu'elle devait mener cette conversation avec prudence, au risque d'anéantir la confiance qui s'instaurait entre elles depuis quelques mois.

— J'étais dans ta situation, reprit-elle. C'était le garçon le plus beau, pour moi. Et par miracle, il m'aimait bien.

Camilla déglutit péniblement au souvenir de l'humiliation cuisante qu'elle avait subie lors de cette expérience.

— Ça a été génial pendant un moment, poursuivit-elle. Mais une fois qu'il a obtenu ce qu'il voulait, il m'a quittée. Ensuite, il s'en est vanté dans toute l'école. On a rapporté des horreurs sur moi. J'en suis arrivée à me battre quotidiennement contre mes détracteurs et j'ai été renvoyée de ma famille d'accueil. C'est comme ça que j'ai atterri au foyer de Greenbriar. Je n'avais pas la force morale que j'ai maintenant et j'utilisais mes poings pour me défendre. Je voulais tellement que quelqu'un m'aime, même si c'était seulement pour peu de temps.

Maddie se mordit la lèvre et détourna les yeux.

— Mais comment savoir si un garçon vous aime vraiment ou si c'est juste… pour ça ?

Camilla balaya une mèche qui masquait le visage de Maddie.

— Il faut se faire désirer. S'il veut vraiment être avec toi, il attendra que tu sois un peu plus grande.

Maddie ébaucha un sourire espiègle.

— Combien de temps vous avez fait attendre Dr Sexy ?

— Hé ! Qu'est-ce qui te fait penser que… ?

— Oh ! voyons ! répondit Maddie en levant les yeux au ciel. Je suis peut-être jeune, mais je sens les ondes entre vous. En plus, tout le monde parle de vous en ville, comment vous vous tourniez autour…

— Danny a été mon premier amour, avoua finalement Camilla, le regard perdu au loin. Il a été le premier à se donner du mal pour me connaître vraiment. Nous avons été amis d'abord avant que je lui permette d'aller plus loin. Et nous n'avons pas couché ensemble tout de suite. En fait, j'avais quelques années de plus que toi quand c'est arrivé.

Maddie plissait le front tout en écoutant ses paroles, et Camilla pouvait presque suivre le fil de ses pensées.

— Est-ce que cela répond à ta question ? lui demanda-t-elle doucement.

La jeune fille acquiesça, puis une expression espiègle apparut sur ses traits.

— Combien de temps allez-vous le faire attendre cette fois, docteur Dev ?

— Hé ! Arrête… Tu dois te concentrer sur tes études, pas sur ma vie amoureuse.

Camilla redémarra la voiture et reprit la route.

— Je vous connais depuis un bout de temps, docteur Dev. Et avant qu'il ne débarque, je ne vous avais jamais vue rougir. Mais ça vous arrive chaque fois que vous parlez de lui. S'il vous fait cet effet, c'est qu'il doit compter encore pour vous.

Camilla s'arrêta devant le lycée et se tourna vers Maddie.

— Je prends note. Maintenant, va vite en classe. On se revoit mercredi soir pour le cours de soutien.

— Je prends note ! répéta Maddie d'un ton moqueur tout en refermant la portière.

Camilla attendit qu'elle entre dans le bâtiment en briques avant de repartir. Elle exhala un soupir exaspéré. Elle n'avait pas besoin qu'une fille de quatorze ans lui dise qu'elle ne s'était peut-être pas remise de sa rupture avec Danny !

Peu de temps après, elle se garait dans la rue principale. Sa trousse à la main, elle se hâta, en longeant les devantures pour se protéger des bourrasques. Arrivée devant le cabinet médical, elle leva les yeux vers la plaque où le nom du Dr Owens s'inscrivait en grosses lettres. Le sien figurait en dessous, en plus petit. Il faudrait qu'elle pense à changer ce panneau.

Déverrouillant la porte, elle pénétra dans le vestibule où une légère odeur de peinture flottait dans l'air. Une jolie teinte de gris couvrait les murs. Elle resta bouche bée en tournant sur elle-même. La couleur neutre apportait une touche résolument moderne au cabinet.

Tout avait été remis en place. Les chaises alignées contre le mur étaient correctement espacées, et Danny avait même eu le temps d'étaler les magazines sur les tables basses. C'était parfait.

— Alors, qu'en penses-tu ?

Camilla sursauta violemment et porta une main à son cœur. Elle n'avait pas remarqué que Danny se trouvait déjà là.

— Tu m'as fichu une de ces frousses !

— Désolé, ce n'était pas mon intention.

Il se tenait dans le couloir, une main appuyée contre le mur dans une attitude nonchalante. Son jean délavé et son T-shirt maculé de peinture détonnaient dans le décor tout neuf. Mais cette tenue lui allait divinement bien ! Le pantalon moulait ses hanches minces et le haut modelait ses larges épaules de façon séduisante.

— Alors ?

Elle pivota lentement en espérant que Danny n'avait pas surpris le regard admiratif qu'elle avait posé sur lui.

— C'est... épatant, répondit-elle, la gorge sèche. Cette couleur rend encore mieux que je ne le pensais. C'est la nuance parfaite.

Quand elle eut fini de tourner sur elle-même, elle constata que Danny se trouvait tout près d'elle.

— Donc, tu aimes ?

Elle acquiesça. Elle avait une conscience aiguë de sa proximité, et tout son corps était en alerte.

Du calme ! s'intima-t-elle tandis que Danny se rapprochait davantage.

Il caressa son écharpe du doigt.

— Je n'arrive pas à croire que tu l'as encore. Je pensais que tu l'avais jetée au feu.

— J'y ai pensé. Mais ce n'était pas la faute de l'écharpe si tu l'avais achetée pour moi. En plus, je l'ai toujours aimée.

Chaque fois qu'elle avait essayé de se débarrasser de la jolie pièce de cachemire, elle s'était ravisée. Elle en avait d'autres, mais aucune qui l'eût décidée à se séparer de celle-ci.

— Même quand tu me détestais ? murmura-t-il.

Dans ses yeux, elle lisait une supplique.

— Je ne t'ai jamais détesté, répondit-elle dans un souffle. Même quand mon cœur se brisait.

S'emparant des deux extrémités de l'écharpe, Danny l'attira vers lui. Il la dévisagea avec ardeur avant de glisser les bras sous son manteau et de l'enlacer étroitement.

Camilla suffoqua de surprise et sentit son cœur s'accélérer lorsque Danny baissa la tête vers elle. Timidement, elle promena les mains sur son torse, se délectant du modelé de sa belle musculature sous ses doigts.

Le téléphone sonna au fond de sa poche, mais ils ne se séparèrent pas immédiatement. Puis Danny se redressa, et chacun put reprendre son souffle. Le regard de Danny était empreint de passion et d'émerveillement. En proie à un flot d'émotions qui submergeait ses sens, elle fut incapable d'arrêter les mots qui montaient de tout son être :

— Embrasse-moi.

Son téléphone sonna de nouveau.

— Tu devrais prendre cet appel, dit-il tout en la gardant contre lui.

Camilla ôta les mains de son torse ferme pour prendre l'appareil et grimaça en voyant le nom d'Alma sur l'écran. Elle avait oublié d'informer son amie qu'elle avait bien déposé Maddie au lycée. Alma devait être complètement paniquée.

— Bonjour, Alma. Oui, elle est à l'école. Je l'ai déposée à l'heure. Désolée, j'ai oublié de te prévenir.

Camilla avait conscience du tremblement de sa voix tandis

qu'elle tâchait de rassurer la mère d'accueil et que les bras de son ex-fiancé l'étreignaient.

Alma répondit par quelques récriminations et finit par raccrocher.

— Hum…

Camilla se mordit la lèvre, ne sachant comment se comporter à présent. Les bras de Danny l'enlaçaient toujours, mais le charme était rompu et le malaise entre eux devenait palpable. Devait-elle s'écarter ou attendre qu'il le fasse en premier ? Ils restèrent ainsi pendant un moment, chacun attendant que l'autre prenne la décision.

Camilla plaqua de nouveau les paumes sur son torse, mais pour éviter de se presser contre lui cette fois. En même temps, c'était si tentant de le toucher. À la familiarité de cette étreinte se mêlait quelque chose de vibrant, de profond et d'excitant – des sensations nouvelles qui rendaient hypersensibles toutes les zones de son corps en contact avec Danny.

Pendant des années, elle avait rêvé du jour où il réaliserait l'erreur qu'il avait commise en l'abandonnant et où il reviendrait vers elle, prêt à tout recommencer. Et maintenant que ce moment était peut-être arrivé, elle découvrait que cela lui causait plus de soucis qu'elle ne l'avait imaginé.

Pour rendre la situation encore plus déroutante, Danny se montrait tendre et serviable. Les changements qu'il avait effectués dans le cabinet étaient parfaits, et la façon dont il la tenait contre lui emplissait de joie cette partie de son âme qui était restée vide pendant plus de huit ans. Mais elle ne pouvait s'empêcher de redouter ce que l'avenir lui réservait si elle baissait la garde. Allait-il la repousser une fois de plus ? Pourrait-elle supporter de le perdre une seconde fois ?

— Je ne pense pas que nous devrions faire ça, balbutia-t-elle.

— Tu as probablement raison. Je vais m'en aller. Depuis hier, je suis ici à remettre cet endroit en état pour qu'il puisse fonctionner dès ce matin. Là, j'ai besoin d'une sieste.

Il s'écarta, et Camilla vit dans son regard qu'il se détachait d'elle émotionnellement.

— Au revoir, dit-elle doucement.

Il sortit sans même attraper son blouson, et elle ne put s'empêcher de penser qu'il fuyait, loin d'elle et de ce baiser qu'ils avaient failli échanger. Peut-être que cette perspective avait bousculé son équilibre aussi violemment qu'elle avait bousculé le sien.

Restée seule, Camilla s'assit au bord du bureau et porta une main à ses lèvres. Danny Owens était encore capable de la faire chavirer. Si elle n'y prenait pas garde, elle risquait de retomber follement amoureuse de lui, lui offrant ainsi la possibilité de la détruire une fois de plus.

Le problème était qu'elle n'était pas sûre de pouvoir l'empêcher. Surtout quand un simple contact la touchait jusqu'à l'âme et que son étreinte lui avait donné l'impression d'être enfin à la place qui lui revenait.

En regagnant son Land Rover, Danny comprit qu'il fuyait une fois de plus. Il s'appuya contre la carrosserie, gagné par une profonde lassitude. Les paroles de Bill Jenkins se bousculaient dans son esprit. Il devait d'abord se pardonner. Au cours de toutes ces années, il n'avait fait que fuir. Fuir Camilla, son père… C'était toujours ce qu'il faisait dès qu'on tentait de se rapprocher de lui pour établir une connexion.

Or il n'avait pas l'intention de continuer ainsi. Pas question d'amasser davantage de culpabilité.

Se redressant, il revint vers le cabinet. Sa démarche pouvait échouer de multiples façons, et des scénarios catastrophiques bombardaient son esprit. Mais il les rejetait un à un, ne laissant la place qu'aux pensées positives. S'il n'était pas capable de surmonter ses remords passés, au moins pouvait-il éviter d'en avoir d'autres.

Camilla se leva vivement quand il entra.

— Nous devons parler de ce qui vient d'arriver, déclara-t-il d'emblée.

Il n'en avait certainement pas envie, mais il était nécessaire de tout mettre au clair avec Camilla, même si c'était affreusement pénible. Il ne la fuirait pas cette fois. Ni physiquement ni mentalement.

Elle acquiesça, l'air surpris.

— C'était… inattendu, balbutia-t-elle.

— Pour moi aussi.

— Alors, pourquoi est-ce arrivé ?

Elle s'empourpra et le rose sur ses joues la rendait si charmante qu'il eut encore plus envie de l'embrasser.

Il fourra les mains dans ses poches pour s'empêcher de la toucher.

— Je pourrais dire que c'était par nostalgie ou une impulsion du moment, mais je ne veux pas te mentir, répondit-il. C'est arrivé comme ça, et les sentiments qui montaient en moi me font penser qu'il y a peut-être encore quelque chose entre nous.

— Ça vaudrait peut-être la peine d'explorer ça. Et si nous étions toxiques l'un pour l'autre et que ça finit dans la douleur pour nous deux ?

Il leva une main et elle se tut.

— Je sais que nous avons beaucoup de choses à régler, toi et moi, et que je ne mérite pas que tu m'accordes une seconde chance. Mais nous pourrions essayer de passer du temps ensemble, pour voir s'il y a là plus que l'étincelle d'une passion délaissée ?

— L'étincelle d'une passion délaissée…, répéta Camilla d'une voix soudain tendue. Le mot-clé de cette phrase est certainement « délaissée ».

— Pourquoi me repousses-tu ?

C'était comme s'ils marchaient au bord d'un gouffre. Un faux pas les précipiterait dans un abîme de colère et d'évitement.

— Je ne me sens pas prête à te faire confiance.

— Que veux-tu dire par là ? demanda Danny sur la défensive. Crois-tu que je te blesserais intentionnellement ?

— Tu as mis fin à notre relation sans même prendre le temps d'en discuter. Je n'ai jamais su ce qui n'allait pas, si ça pouvait s'arranger ou non. Rien ! Je n'ai eu droit qu'à un « rends-moi ma bague et sors de ma vie ». Je pensais que tout allait bien entre nous. Bien sûr, je savais que ton accident changerait certaines choses, mais pas que nous étions au bord d'une rupture finale. Je te faisais confiance, plus qu'à quiconque jusque-là, et quand tu m'as balayée comme un déchet, cette confiance s'est brisée.

Un sanglot s'échappa de ses lèvres, mais elle poursuivit :

— Je me suis mise à douter de moi-même pour tout, surtout en mon propre jugement, parce que je croyais que tu étais fiable et que tu avais des sentiments pour moi.

Danny lui prit la main et la garda entre les siennes. Il voulait serrer Camilla dans ses bras et apaiser ses tourments, mais il n'osait pas. Il avait perdu sa confiance en une seconde et il faudrait beaucoup plus de temps pour la restaurer. Il allait devoir s'armer de patience.

— Si ça peut t'aider, je suis sincèrement désolé.

— Danny, je…

Sa voix se brisa et, pour une fois, il voyait des émotions contradictoires affleurer sur son visage.

Avant que Camilla ne pût se ressaisir, la porte s'ouvrit brutalement. Un homme en bleu de travail et casquette entra en chancelant, le bras ensanglanté.

Camilla se précipita vers lui.

— Monsieur Hughes, que s'est-il passé ?

— Doc, je vais avoir besoin de quelques points de suture, dit-il en titubant vers la crédence pour s'y appuyer. Oh ! tout se met à tourner…

Danny réagit aussitôt. Soutenant le blessé, il le conduisit vers la salle de soins.

— Camilla, un set de suture et des compresses, cria-t-il tout en enfilant des gants. Comment est-ce arrivé, monsieur ?

— J'ai voulu tondre ma pelouse. J'ai éternué et la maudite tondeuse est partie dans la clôture. Le fil barbelé s'est rompu et m'a déchiré le bras.

Il grimaça de douleur pendant que Danny palpait du doigt le bord de la plaie.

Camilla apporta le matériel. Danny posa une compresse sur la blessure.

— Tenez ça en place. Je reviens tout de suite avec le Dr Devereaux. D'accord ?

Il invita du regard Camilla à le précéder, puis ferma la porte derrière eux.

— Appelle une ambulance. Cette plaie nécessite plus que de simples points de suture. Je dois m'assurer qu'il n'y a pas de nerf endommagé et nous n'avons pas l'équipement nécessaire.

Sur quoi, Danny se hâta de retrouver son patient.

Quelques minutes plus tard, Camilla revenait dans la pièce. La vue de cet homme perdant son sang ne semblait nullement l'impressionner. Pourtant, cela devait la changer des cas d'angine et de sinusite qu'elle soignait habituellement. Elle était vraiment compétente comme médecin.

Il avait nettoyé la plaie et bandé le bras de façon à ralentir l'hémorragie.

— J'expliquais à M. Hugues que nous allions l'envoyer à l'hôpital du comté, où on pourra vérifier que ses nerfs ne sont pas endommagés avant de le recoudre.

— Très bien, acquiesça-t-elle. Je ne peux pas le faire moi-même, monsieur Hugues. Désolée. Je n'ai jamais posé que des pansements adhésifs et quelques agrafes. Or, là, il vous faut une intervention minutieuse.

— Moi, je pourrais le faire, déclara Danny. Mais je tiens à ce qu'un neurologue vous examine d'abord.

— Merci à vous deux, dit le patient en vacillant. Je me sens assez sonné.

L'ambulance tardait à arriver, et Danny devenait nerveux. M. Hugues avait besoin de soins spécifiques que ni lui ni Camilla ne pouvaient prodiguer au cabinet. Ils ne disposaient ni d'une salle de chirurgie ni d'un appareil de radiographie. Si le patient faisait un arrêt cardiaque…

— Allongez-vous et détendez-vous, déclara Camilla à l'intention du blessé en inclinant la table d'examen avant de surélever son bras.

— Vous êtes bien plus jolie que le vieux Dr Owens, dit le patient d'un ton léger.

— Merci, fit-elle en souriant.

Les paroles de Camilla avaient un effet calmant sur le patient, et Danny ne voulait pas interrompre ce dialogue. En revanche, il avait besoin de relever les constantes de l'accidenté.

Se plaçant de l'autre côté de la table, il l'ausculta. Les résultats n'étaient pas bons.

— Monsieur Hugues, j'ai une question très importante. Quand avez-vous eu votre dernier rappel du vaccin antitétanique ?

Voyant qu'il ne s'en souvenait pas, Danny quitta la pièce et alla prendre le vaccin et une seringue dans l'armoire à pharmacie. Une dose de rappel est souhaitable quand la blessure est causée par du métal rouillé. Il prit également un kit d'intraveineuse et une poche de sérum, la meilleure alternative aux produits sanguins.

Il revint dans la salle et injecta sans attendre le vaccin dans le bras valide du blessé. Puis il entreprit d'installer une perfusion.

— Danny…

Du regard, Camilla lui désigna le bras bandé qui continuait de saigner à travers les compresses.

Il alla chercher un supplément de compresses et un nouveau kit de suture. Il avait beau ne pas vouloir refermer cette plaie sans l'avis d'un neurologue, il devait absolument stopper l'hémorragie.

— Monsieur Hugues, il y a un léger changement de programme, déclara-t-il à son retour. Je vais vous recoudre. Juste quelques points, pour au moins ralentir le saignement.

Il se plaça près de Camilla, qui tenait le bras du patient en position haute. Avec précaution, il déroula le bandage et exhala un soupir de soulagement en constatant que le sang ne giclait plus. Il fit signe à Camilla d'abaisser le membre, puis désinfecta la plaie. En examinant la coupure, il découvrit enfin l'origine de l'hémorragie.

— Ça y est, je tiens le responsable.

Lentement, il recousit le vaisseau. Les points de suture n'étaient pas forcément la meilleure option, mais c'était une urgence et il n'avait pas le choix. Il chercha d'autres lésions, mais n'en vit pas et referma la plaie par une suture.

De nouveau, il vérifia les constantes de M. Hugues. Celles-ci étaient stables, même si elles restaient un peu faibles. Les points tenaient et l'hémorragie était stoppée.

Le carillon de l'entrée retentit et Danny en fut contrarié. C'était seulement maintenant que les secouristes arrivaient, quand il avait fait le plus gros pour stabiliser le patient !

Il alla les accueillir et les mena auprès du blessé, leur rapportant ses observations. Rapidement, ils installèrent l'homme sur la civière et le chargèrent dans l'ambulance. Le patient tiendrait bon jusqu'à son arrivée à l'hôpital.

Quand il eut verrouillé la porte du cabinet et regagné l'intérieur, Danny sentit ses jambes faiblir. Après cette brusque montée d'adrénaline, quoi de plus normal ?

Le tapis de l'accueil était maculé de sang et, dans la salle de soins, le sol était dans le même état. Déjà, Camilla s'activait à nettoyer. Il lui donna un coup de main. Côte à côte, ils désinfectèrent les surfaces sans échanger un mot.

Leur tâche achevée, ils quittèrent la pièce, et Camilla découvrit alors la longue trace de sang sur le tapis de l'accueil. Elle ferma brièvement les yeux, comme pour rassembler toute cette force de caractère qu'il admirait tant chez elle.

— Je ne suis pas sûre qu'une shampouineuse fera l'affaire, mais ils en louent à l'épicerie.

Il haussa un sourcil dubitatif. Parlait-elle sérieusement ? Ces petits appareils de location ne nettoieraient jamais des dégâts de cette ampleur.

— Mieux vaudrait faire appel à des professionnels.

Elle pinça les lèvres.

— Oui, tu as probablement raison. Je vais téléphoner à un spécialiste et demander un nettoyage en urgence. Nous ne pouvons pas recevoir les patients tant que ce sera dans cet état.

— J'ai déjà fermé le cabinet.

— Bonne idée. Veux-tu aller chercher l'agenda et déplacer les rendez-vous ? Nous pouvons organiser des visites à domicile pour les urgences. Au moins jusqu'à ce que le cabinet soit de nouveau utilisable.

— Je m'en occupe.

Danny rejoignit la réception en évitant les taches de sang humide. S'asseyant au bureau, il parcourut les rendez-vous de la journée et passa les appels. Il repoussa les consultations d'une semaine pour la plupart des patients et proposa une visite à domicile pour une dame âgée qui semblait essoufflée.

— On va nous envoyer une équipe de nettoyage dans une heure, annonça Camilla en venant s'asseoir sur un coin du bureau. Comment ça se passe pour le report des consultations ?

— J'ai terminé. Il n'y a qu'une seule visite nécessaire. Une vieille dame, qui sera sans doute plus à l'aise avec toi.

Danny lui donna son nom.

— Ses poumons sont en mauvais état, répondit Camilla. Mais elle refuse de quitter sa maison. Je passe la voir chaque vendredi en rentrant du travail de toute façon. Peux-tu rester ici et accueillir l'équipe de nettoyage ? Inutile de rester ensuite. On peut les laisser travailler seuls et ils fermeront derrière eux.

Danny hocha la tête.

— Allons-nous parler de ce qui est arrivé un peu plus tôt ?

— Tu as été formidable avec M. Hugues. Je te suis vraiment reconnaissante d'avoir été là, parce que je dois avouer que la vue du sang me tétanise. Mes stages dans les services d'urgences remontent à des années et, ici, je n'ai pas eu l'occasion, heureusement, de mettre en œuvre ces compétences. M. Hugues a eu de la chance de tomber sur un médecin urgentiste. Tu lui as sauvé la vie. Tu te rends compte qu'il a dû conduire jusqu'ici dans son état ? Quel inconscient !

— Camilla, ce n'est pas ce dont je voulais parler et tu le sais.

Il n'empêche qu'il était fier des félicitations qu'elle lui adressait. En fait, il avait désespérément besoin de ce genre de commentaires valorisants. Entendre Camilla reconnaître ses compétences était comme un baume apaisant et inespéré.

— Oh ! ça…

La confusion emplit ses prunelles tandis qu'une touche de rose colorait ses joues.

— Je ne suis pas sûre de ce que je ressens, Danny. J'ai besoin de temps. Il m'a fallu longtemps pour me remettre de notre rupture, et je ne peux pas l'oublier si facilement.

— Je ne te le demande pas, répondit-il, maussade.

— Je vais voir ma patiente maintenant. On se verra demain, dit-elle en lui pressant le bras.

— J'attends ça avec impatience.

Il était sincère. Il avait fait un pas en avant avec Camilla et avait contribué à sauver la vie d'un homme, tout en prouvant à sa consœur qu'il était un chirurgien compétent.

Oui, c'était vraiment une bonne journée.

7.

— Rappelle-moi encore comment on se retrouve à faire un truc pareil ? lança Danny tout en plaçant un autre ballon de baudruche sur l'embouchure de la bonbonne d'hélium.

— Dave a dû se rendre à son travail aujourd'hui, alors que ce n'était pas prévu. Et Alma a besoin d'aide pour préparer la fête d'anniversaire de Bennie. Mais tu sais déjà tout ça, répondit Camilla en levant les yeux au ciel.

— Je reformule ma question : comment *je* me retrouve embarqué là-dedans ?

— Dave était un de tes meilleurs amis et tu essaies de renouer des liens avec lui ? proposa-t-elle en haussant les épaules. Je ne connais pas tes raisons, Danny. Pour ma part, je suis ici parce que Alma me l'a demandé.

Il laissa échapper une exclamation ironique.

— Et depuis quand êtes-vous amies, Alma et toi ? Je sais que je suis resté longtemps absent, mais ça me surprend.

— Une fois adulte, j'ai compris qu'Alma était simplement nerveuse, raison pour laquelle elle parle sans arrêt. Mais cette fille a un cœur en or et ne ferait jamais de mal à personne. Elle est simplement incapable de garder un secret et elle ne sait pas quand elle doit s'arrêter de parler.

— Hum…

Danny se contenta de cette réponse. Il jeta un regard circulaire au jardin décoré. Des guirlandes de papier représentant des pirates de dessins animés étaient accrochées en travers de la clôture et se balançaient sous la brise. Il avait déjà installé des tables pliantes, déplié dessus des nappes de papier coloré et il avait suspendu une piñata en forme de navire de pirates à la branche d'un arbre.

— Je me demande tout de même pourquoi je me suis laissé entraîner à donner un coup de main pour préparer un anniversaire d'enfant par un samedi d'avril si ensoleillé. Dire que je pourrais être sur le lac à pêcher tranquillement dans une barque…

— C'est parce que tu voulais passer la journée avec moi, c'est clair, répliqua Camilla en lui posant une main sur le bras. Alors ça vaut la peine de supporter tout ça, pas vrai ?

Danny ravala son souffle quand elle fit courir les doigts sur son avant-bras.

— Oui, répondit-il en réprimant un frisson.

Cela faisait deux semaines que Camilla flirtait avec lui, et il lui était de plus en plus difficile de lui résister.

— Hé ! J'ai des ballons à gonfler. N'essaie pas de me distraire, reprit-il en la repoussant gentiment. On dirait qu'Alma a besoin d'un coup de main là-bas. Va donc plutôt l'embêter.

— Tout de suite. Mais d'abord, une question : ça te dérangerait de m'aider pour la fête de Memorial Day ? Du plus loin que je me souvienne, le cabinet médical a toujours proposé un stand de premiers secours.

— Tu as besoin qu'on t'aide à distribuer des pansements et de la crème solaire ? Oui, pourquoi pas ? dit Danny en haussant les épaules.

— Super !

Camilla lui offrit un sourire rayonnant, et il se sentit heureux d'avoir accepté.

Pendant l'heure qui suivit, il termina le gonflage des ballons, porta dehors une montagne de cadeaux et goûta plusieurs desserts à la demande des femmes qui les préparaient. Il était persuadé qu'elles savaient toutes que leurs plats étaient réussis et, à la façon dont elles le regardaient, il était presque certain que ce n'était qu'un prétexte pour lui parler. Il n'appréciait pas ces attentions particulières. La fête n'avait pas commencé qu'il avait déjà envie de fuir. Mais il restait, parce que Camilla était là…

Il trouva un endroit à l'ombre et s'assit sur l'herbe pour se détendre et échapper aux voisines un peu trop amicales. Jusqu'à présent, il était le seul mâle au-dessus de cinq ans à prêter main-forte. Son regard se porta sur la terrasse où Camilla, Alma et les autres bavardaient. Bennie et une demi-douzaine de gamins jouaient aux pirates en se battant avec des épées en carton.

Amy, la sœur jumelle d'Alma, s'approcha de lui, tenant une bouteille d'eau.

— Alma n'aurait jamais pu organiser tout ça sans toi, déclara-t-elle. Tiens, on dirait que tu meurs de soif.

— Merci, dit-il en levant une main pour prendre la bouteille.

Mais Amy ne la lâcha pas.

— Écoute, si tu restes un peu en ville…

Elle laissa sa phrase en suspens, mais ses intentions étaient claires comme du cristal.

— Je ne sais pas combien de temps je resterai. Et même si j'apprécie ton… invitation, je vais devoir la décliner, fit-il.

Son regard se porta vers Camilla, qui les observait depuis la terrasse. Même à cette distance, Danny remarqua qu'elle s'était raidie.

— Oh oh ! s'écria Amy. Je pensais que vous deux, c'était fini depuis des années.

— Il n'y a rien entre Camilla et moi, assura-t-il. Je suis à Greenbriar seulement jusqu'au début du mois d'août. Ce ne serait pas loyal de ma part d'entamer une relation avec toi.

— Mais ça pourrait être amusant, dit Amy d'une voix sensuelle en posant une main sur son bras.

— Désolé, c'est toujours non. Mais je suis vraiment flatté.

Amy était sur le point de sortir ses griffes, et il jugea plus prudent de s'éloigner. Gagnant la terrasse, il prit un biscuit sur un plateau : un gâteau en forme de crâne avec un bandana en sucre rouge. Danny en cassa un bout qu'il goûta.

— Ce n'est pas encore le moment de manger les cookies, lui fit remarquer Camilla en le rejoignant.

— Tu veux m'en empêcher ?

Il sourit avant de prendre une autre bouchée.

— Je te laisse faire si on partage, dit-elle avec une pointe de défi.

Elle choisit un biscuit sur le plateau et le mordit à belles dents, se barbouillant les lèvres de glaçage rouge.

— Délicieux, n'est-ce pas ?

— Oui, excellent, répondit-elle avant de lui effleurer du doigt la lèvre inférieure. Tu as un peu de sucre, juste là.

Danny était incapable de prononcer un mot. Seigneur ! Elle allait le tuer… Il sentait sa lèvre palpiter à l'endroit où Camilla l'avait touchée. Il avait désespérément envie de l'embrasser.

— Oh ! c'est chaud, entre vous deux ! déclara Alma. Ne faites pas fondre le gâteau d'anniversaire, d'accord ?

— Désolée.

Camilla s'empourpra et recula d'un pas.

— Non, ne t'excuse pas, lui lança Amy avec un petit rire ironique. Si on avait une chance avec lui, on ne s'en priverait pas.

Danny fit de son mieux pour garder une expression neutre.

— Ce n'est pas le moment du gâteau et des cadeaux ? Je suis sûr que Bennie s'impatiente.

Alma secoua la tête en retenant un sourire.

— Tu crois t'en sortir en changeant de sujet, Danny Owens ? Comme c'est le grand jour pour Bennie, je ne vais pas insister.

— Hum… Si on passait au gâteau ? dit Dave en apparaissant derrière sa femme. Danny, merci beaucoup pour l'aide que tu as apportée.

— C'était un plaisir.

Alma embrassa son mari, puis se tourna vers les enfants.

— Qui pense que c'est l'heure du gâteau ?

Camilla passa son bras sous celui de Danny et l'entraîna un peu à l'écart. La fête de Bennie battait son plein et leur rôle était terminé.

Elle avait été vraiment surprise quand, en arrivant pour aider Alma, elle avait trouvé Danny dans le jardin des Stone, occupé à déplier des tables. Elle n'aurait pas cru qu'il se porterait volontaire pour préparer un anniversaire d'enfant. Mais il l'avait étonnée plus d'une fois depuis leur baiser manqué.

— Une part de gâteau ? s'enquit-il.

— Non, merci. Mais va en prendre pour toi.

Il secoua la tête.

— Ce cookie m'a suffi. À moins que tu ne veuilles partager avec moi ?

— Je ne préfère pas.

Elle sentit ses joues s'empourprer au rappel de leur flirt de tout à l'heure. Qu'est-ce qui lui avait pris ? Une chose était sûre : elle n'avait pas du tout apprécié de voir Amy se rapprocher de Danny.

— Dommage, fit-il, les yeux brillant d'une lueur malicieuse.

Camilla prit conscience qu'elle pourrait facilement retomber amoureuse de Danny. Plus ils passaient de temps ensemble, plus il lui était difficile de garder ses distances avec lui.

— C'est le moment des cadeaux ! lança Alma.

L'appel brisa la tension qui s'installait de nouveau entre eux. Se détournant, Camilla vit Maddie et son amie s'avancer vers la terrasse tout en gloussant. Elles entourèrent Bennie, qui ouvrait ses cadeaux.

Le petit garçon poussait des cris de joie à la vue des petites voitures, des cubes, des peluches… Bientôt, ce fut le tour du dernier paquet. Celui-ci était plus grand que lui et enveloppé dans du simple papier kraft avec un ruban noué autour. L'emballage déchiré, il découvrit un tas de boîtes en carton de tailles diverses, un sac de marqueurs et des rubans adhésifs multicolores.

— Waouh ! Je vais pouvoir construire une fusée !

— Dis merci au Dr Owens, dit sa mère d'une voix tendue.

Alma était-elle contrariée que le cadeau tout simple de Danny soit préféré aux autres présents ?

Bennie se jeta dans les genoux de Danny.

— Merci, docteur Owens !

L'espace d'une seconde, Danny parut mal à l'aise avant de serrer le petit garçon dans ses bras.

— De rien, bonhomme.

— Viens, tu vas m'aider à la construire ! reprit Bennie en l'entraînant par la main.

Tel un petit général, le bambin donnait des ordres à Danny et à son père. Le vaisseau spatial fut vite monté et décoré de dessins et d'adhésifs bariolés. Peu à peu, Danny parut se détendre. Et bientôt il se mit à rire avec Dave et les enfants.

Concentrée sur cette scène, Camilla sursauta quand Alma arriva à sa hauteur. Elle ne l'avait pas vue approcher.

— Ce n'est pas mon rôle de te dire ça, mais sois prudente, murmura son amie en lui passant un bras autour des épaules. Tu as les yeux pleins d'étoiles, comme autrefois, au lycée. Je ne veux pas te voir blessée une fois de plus.

Camilla appuya la tête contre l'épaule de son amie.

— Je sais, mais une force irrésistible me pousse vers lui. Un truc comme la gravité, tu vois ?

— Camilla, il t'a brisée. Je…

Elle marqua une hésitation, et Camilla se demanda si Alma, d'habitude si directe, avait décidé pour une fois de ne pas parler.

— Il t'a fallu une éternité pour sortir de ta dépression, reprit son amie. Tu crois que c'est la meilleure route à suivre ?

Camilla laissa échapper un soupir.

— J'apprécie que tu t'inquiètes pour moi…

— Mais tu as déjà décidé de retenter l'expérience. Alors, je ne dirai plus rien, répliqua Alma en resserrant son étreinte. J'espère simplement qu'il ne te fera pas de mal. Il a l'air différent maintenant, c'est vrai. Tu penses qu'il a changé ?

Oui, Danny avait changé. Seulement, Camilla n'avait pas l'intention d'expliquer ça à Alma, et certainement pas quand il y avait tant de monde autour. Danny méritait plus de discrétion.

— Hum…, répondit-elle d'un ton vague.

Puis elle sourit en voyant Danny allongé dans l'herbe, tandis que Bennie et ses petits invités s'entassaient sur lui. Un jour, il ferait un père formidable. Il était génial avec les enfants quand il réussissait à se détendre.

La fête se prolongeait, et on commençait à prendre congé. Après avoir dit au revoir à Alma, Camilla sortit discrètement du jardin.

— Camilla, attends !

Elle s'arrêta pour laisser le temps à Danny de la rattraper.

— Puis-je vous raccompagner, docteur Devereaux ?

— Avec plaisir, docteur Owens.

Ils marchèrent côte à côte le long du trottoir.

— Finalement, c'était beaucoup plus amusant que ce que j'imaginais, dit-il. Ça ne m'emballait pas du tout de passer l'après-midi à une fête d'anniversaire pour enfants.

— Tu semblais bien t'amuser…

Brusquement, Camilla ravala son souffle en sentant qu'il lui enlaçait les doigts. À chaque fois que leurs corps entraient en contact, les souvenirs la submergeaient, ainsi le désir grandissant d'en créer de nouveaux.

— Je ne t'ai pas vu sourire ou rire comme ça depuis que tu es de retour, reprit-elle.

— Greenbriar s'avère plus relaxant que je ne m'y attendais.

Elle fit semblant de recevoir un choc et regarda autour d'eux.

— Chut ! Si quelqu'un t'entend, on pensera que tu aimes vraiment notre ville.

Il se mit à rire.

— J'ai vraiment pris du plaisir à jouer avec ces mômes. Et je n'aurais jamais pensé que mes boîtes en carton auraient autant de succès. Quand j'étais petit, mes parents gardaient toutes les boîtes qu'ils recevaient au cabinet. Robby et moi, nous construisions des châteaux forts et des fusées qui portaient des étiquettes de médicaments : nous disions que c'était le nom de notre vaisseau ou de notre forteresse.

Camilla se cuirassa contre la vague de regrets qui montait en elle. Son enfance avait été bien différente. Ses quelques souvenirs de ses parents biologiques étaient flous et imprégnés de cris et de souffrance. Le pire de tous, c'était la terreur ressentie en se réveillant un matin et en constatant que ses parents étaient partis. Jamais elle n'oublierait l'expression de leur voisine quand elle était allée frapper chez elle pour demander à manger et quand ses parents allaient revenir. Cette vision resterait gravée à jamais dans son esprit.

— En tout cas, Bennie les a adorées, déclara-t-elle d'un ton enjoué pour revenir à des pensées plus positives.

Quand ils arrivèrent devant la maison des Owens, Danny l'accompagna jusqu'au perron.

— Tu devrais y aller, murmura-t-elle d'une voix légèrement rauque.

Cette remarque résonnait plutôt comme un appel à rester. Alors, Danny s'approcha jusqu'à ce qu'elle se trouve plaquée contre la porte.

— T'ai-je dit combien tu es jolie dans cet ensemble rose ?

— Non…

Elle réprima un petit rire. Avec Danny, elle avait l'impression d'être une adolescente, toujours prompte à rougir et à ricaner. Allait-elle aussi se mettre à gribouiller son prénom avec des cœurs sur les dossiers des patients ?

— Eh bien, tu es ravissante, voilà.

Il posa les lèvres sur les siennes en une caresse aérienne. Au début, c'était plus une taquinerie destinée à la tester qu'un vrai baiser. Puis voyant qu'elle ne le repoussait pas, il l'embrassa franchement en glissant les mains dans ses cheveux. Sa bouche était douce, comme s'il lui donnait le temps de s'écarter si elle le désirait.

Camilla passa les bras autour de son cou et répondit à son baiser. Ses jambes tremblaient et elle lui agrippa fermement les épaules pour se soutenir.

Sans autre avertissement, Danny mit fin à leur étreinte et recula d'un pas. Camilla dut s'appuyer au chambranle pour ne pas perdre l'équilibre.

— Bon… Merci de m'avoir poussé à reprendre contact avec Dave. Je crois que j'en avais besoin.

Elle prit une profonde inspiration. Se rendait-il compte qu'il avait fait chavirer son univers tout entier en l'embrassant ?

— À bientôt, ajouta-t-il.

L'instant d'après, Danny s'éloignait en sifflotant.

Restée seule, Camilla déverrouilla la porte d'entrée et dut lutter contre l'envie de courir après lui pour réclamer un autre baiser.

Mais s'il part de nouveau ?

Jetant un dernier regard à sa silhouette qui disparaissait au bout de la rue, elle soupira et entra dans la maison. Tôt ou tard, il lui faudrait se poser la question : s'il partait, serait-elle capable de s'en remettre cette fois ?

Mais pour l'heure, elle voulait seulement repenser à la magie de leur baiser et aux caresses tendres de Danny.

8.

Camilla regardait Danny s'affairer dans son jardin, comme s'il envisageait d'être là pour toujours. Il s'était proposé de faire ces travaux de jardinage et, étant donné qu'elle avait failli se trancher un pied en utilisant la tondeuse l'été précédent, elle n'avait pas pu refuser son aide. Être propriétaire requérait certaines compétences qu'elle n'avait pas encore acquises.

Grâce au travail de Danny, la pelouse de devant était impeccable et digne de figurer dans les magazines de jardinage. À présent, il s'attaquait au terrain à l'arrière de la maison, avec l'idée de le transformer en une sorte d'oasis luxuriante. Elle avait aimé les croquis qu'il lui avait présentés. Aussi le laissait-elle suivre son idée. Qui aurait pensé que Danny Owens avait une âme de paysagiste ?

Camilla soupira et renonça à feindre de consulter son téléphone depuis la terrasse pour le contempler vraiment. Le T-shirt bleu qu'il portait moulait ses larges épaules et les muscles fermes de son torse. Son short cargo était suffisamment ajusté pour que le regarder de dos soit un plaisir. Et quand il se penchait pour arracher des mauvaises herbes, elle devait se mordre la lèvre pour ne pas gémir.

À cet instant, il la surprit en flagrant délit.

— Tu aimes ce que tu vois ?

Il avait un sourire insolent, et Camilla s'efforça de ne pas rougir comme une collégienne.

— Et si ma réponse est oui ?

— Ça me va très bien, parce que j'aime te regarder aussi.

Elle avait un penchant pour les hommes qui devancent le moindre de vos désirs. De ce point de vue, Danny savait combler ses attentes. Chaque jour, il dévoilait un peu plus celui qu'il était devenu en lui donnant un aperçu de sa vie pendant les années où ils avaient été séparés. Mais elle voulait davantage. Ils avaient partagé un baiser le jour de l'anniversaire de Bennie, le mois dernier, mais rien depuis.

— Oh ! comme vous êtes mignons tous les deux ! lança soudain Mme Sutherland depuis le portail. J'en ai des frissons rien qu'à vous regarder.

— Fermez le portail ! lui cria Camilla en se levant d'un bond.

Trop tard. Voyant la voie libre, Fidget fonça et sortit du jardin, rapide comme l'éclair.

— Fidget !

Mais la chienne ne s'arrêta pas. Danny se précipita, dépassa Mme Sutherland et courut dans la rue. Camilla traversa le jardin, au bord de la panique. Mais arrivée au portail, elle fut arrêtée par sa voisine.

— Camilla, ma chère, je passais vous dire…

— Je n'ai pas le temps de vous parler !

Elle se sentait incapable de faire preuve de patience à cet instant. Quel genre de personne osait ouvrir un portail et vous bloquer le passage ?

— C'est au sujet de cette jeune fille que vous prenez chez vous de temps en temps, celle qui est placée chez Alma Stone. Je pense qu'elle traîne avec des jeunes peu recommandables. J'observe ce qui se passe dans cette ville, vous savez.

— Je serais ravie de parler de Maddie avec vous une autre fois, mais, là, je dois absolument retrouver mon chien.

— Pff ! fit la vieille dame en ébauchant un geste désinvolte de la main. Il reviendra quand il aura faim. Ce n'est qu'un chien, après tout.

— Pardon ? s'exclama Camilla en lançant un regard furieux à sa voisine. Au cas où vous l'auriez oublié, madame, je n'ai pas de famille. Cet animal est tout ce que j'ai au monde, et je l'aime beaucoup.

D'habitude, elle témoignait beaucoup de respect aux vieilles personnes, mais cette fois c'était au-dessus de ses forces.

— Vous avez raison, dit Mme Sutherland, toute pâle tout à coup. Veuillez m'excuser. Je n'avais pas l'intention de le laisser partir.

Camilla se radoucit.

— Je sais. Mais j'ai besoin de retrouver ma chienne. Pouvons-nous parler plus tard ?

— Je vais m'asseoir sous votre porche pour voir si elle rentre. Allez retrouver votre chère boule de poils.

Camilla sortit sur le trottoir.

Par où Fidget et Danny étaient-ils allés ? La panique l'envahit de nouveau. Elle ne pouvait pas perdre sa chienne. Ce n'était pas possible !

Heureusement, Fidget n'était pas dotée d'une énergie débordante, en dépit de ce sprint. Une promenade de dix minutes dans le quartier deux fois par jour lui suffisait amplement. Donc, elle ne pouvait pas être très loin.

— Fidget ! appela-t-elle en suivant l'itinéraire qu'elles empruntaient d'habitude.

Peut-être sa chienne attendait-elle qu'elle la rejoigne à l'entrée du parc ?

Camilla descendit la rue tout en appelant et en inspectant du regard chaque jardin qu'elle longeait. Elle se rapprochait peu à peu du centre-ville, et toujours pas de Fidget en vue. L'angoisse l'étreignit. La petite allée derrière le cabinet médical était déserte elle aussi.

S'avançant jusqu'au bout du bâtiment, elle scruta la place. Quelque chose de blanc et noir entre les roues d'un pick-up capta son attention, et son cœur se mit à battre plus vite. Mais ce n'était qu'une peluche abandonnée.

— Fidget, où es-tu ?

Un sanglot monta dans sa gorge. Cette petite shi tzu qu'elle avait ramenée du refuge était tellement plus qu'un animal de compagnie pour elle, et elle s'en voulait terriblement de ne pas avoir pris toutes les précautions pour la protéger. Le portail ne devrait pas s'ouvrir si facilement de l'extérieur. Elle aurait dû poser une sécurité pour que personne ne puisse entrer directement dans le jardin.

Le soleil déclinait et son cœur devenait lourd comme du plomb. L'ombre envahissait les alentours, rendant ses recherches plus difficiles, et elle avait la voix rauque à force de crier.

Une voiture ralentit à sa hauteur. C'était Alma. Elle abaissa sa vitre.

— J'ai rencontré Danny. Il m'a raconté que ton chien s'était sauvé. Monte, je vais conduire doucement dans le quartier. Nous la trouverons peut-être.

Sa sollicitude lui mit les larmes aux yeux.

— Merci, Alma, c'est vraiment très gentil de ta part, murmura Camilla en s'installant aussitôt sur le siège passager.

Son amie se mit à sillonner les rues à petite vitesse. En silence d'abord, mais Alma était incapable de se taire très longtemps. Bientôt, elle laissa échapper un flot de paroles.

— C'est bien le moins que je puisse faire, vu le nombre de cours de soutien que tu as donnés à Maddie…

— Ça me fait plaisir de l'aider. À ce propos… Mme Sutherland était venue me parler d'elle tout à l'heure. Mais j'ai écourté la conversation pour chercher ma chienne. Maddie n'a pas des amis convenables ?

— Je dois t'avouer que je m'inquiète aussi à ce sujet. Dave et moi, nous essayons de lui donner un cadre. Je pense que les enfants ont besoin de structures, pas toi ? Mais j'ai peur qu'en la canalisant trop elle ne nous déteste encore plus. Elle est tellement en colère. Si nous étions sûrs que ça lui convienne, nous aimerions l'adopter. Bennie l'adore et elle s'entend à merveille avec lui.

— L'adopter ? murmura Camilla.

— Oui. Tu crois que c'est une mauvaise idée ? répondit Alma comme elles étaient de retour devant sa maison.

Alma la regarda d'un air désolé.

— Ne m'en veux pas, mais je dois rentrer et mettre Bennie au lit.

— Merci d'avoir essayé. Ça représente beaucoup pour moi que tu aies sacrifié une partie de ta soirée pour m'aider.

Camilla prit la main de son amie et la serra doucement.

— Et si tu es sûre de vouloir adopter, je trouve que ce serait fabuleux pour Maddie. Demande-lui ce qu'elle en pense, mais sois certaine de ta décision avant de lui en parler. Rien n'est plus dur pour un enfant placé que de voir l'espoir d'un foyer permanent s'envoler, parce que les parents ont changé d'avis.

Plus d'une fois, Camilla avait perçu la déception et la colère chez d'autres enfants en placement temporaire. L'adoption n'avait pas été une option pour elle : ses parents avaient poussé la cruauté jusqu'à garder des droits sur elle, comme celui de revenir la chercher. Elle n'avait donc pas été adoptable.

Alma la rassura : ils ne changeraient pas d'avis, mais ils seraient prudents en abordant la question avec Maddie. Camilla espérait que la jeune fille comprendrait quelle chance ce serait pour elle d'avoir une famille stable et permanente.

Oh ! j'aurais tout donné à son âge pour avoir ça...

Elle descendit de voiture et regarda Alma partir.

Mme Sutherland était assise dans le rocking-chair devant la maison.

— Ah, ma chère Camilla, vous voilà. Je n'ai pas vu la moindre trace de votre chien. Encore toutes mes excuses pour l'avoir laissé s'échapper. Je vais rentrer maintenant. Passez donc me voir cette semaine et je vous parlerai de mes inquiétudes au sujet de la petite Maddie.

— Bonne nuit, madame Sutherland, lança Camilla tout en fouillant les massifs.

Mais Fidget ne s'y trouvait pas. Danny n'avait pas reparu non plus.

Entrant dans la maison, elle alla se servir un verre d'eau pour apaiser sa gorge douloureuse. Où avait-elle laissé son téléphone ?

Camilla le retrouva sur la terrasse et vit huit appels manqués de Danny.

Elle pressa la touche pour lui répondre.

— Hé, ma belle ! entendit-elle.

Puis il y eut un vacarme.

— Attends, j'ai lâché mon téléphone, reprit la voix lointaine de Danny.

Camilla attendit. Elle but son verre d'eau, puis chercha une torche dans le placard. Il ferait bientôt nuit et elle aurait besoin de lumière pour partir à la recherche de Fidget.

— Désolé, dit-il enfin. Je ne pouvais pas tenir l'appareil et une chienne remuante en même temps. Tu aurais pu me prévenir qu'elle n'aimait pas être portée.

— Quoi ?

— Fidget. Tu savais qu'elle ne supportait pas qu'on la prenne dans les bras ?

Une larme de joie glissa sur sa joue.

— Oui. Tu… Tu l'as vraiment ?

— Je l'ai retrouvée il y a vingt minutes. Elle mendiait des pepperoni à des gosses qui faisaient une soirée pizza au skatepark.

Heureusement, Fidget avait couru vers lui dès qu'il l'avait appelée. Elle se mit à gigoter et il faillit de nouveau la lâcher.

— Reste tranquille, Fidget. Camilla, elle est déterminée à m'échapper, je te jure.

— Elle aime courir.

Le timbre de Camilla était rauque. Danny n'avait pas l'habitude d'entendre des larmes dans sa voix. La colère, l'incertitude, oui. Et le chagrin trop souvent, malheureusement. Mais pas de larmes…

— Tu pleures ?

— Non, fit-elle dans un sanglot étouffé. Pourquoi je pleurerais ?

— Chérie…

Le mot tendre lui échappa avant qu'il pût le retenir.

— Où es-tu ? demanda-t-elle.

— Au bout de Maple Street. Fidget et moi, nous te verrons dans une minute ou deux.

Danny mit fin à l'appel et glissa le téléphone dans une poche de son short, tout en maintenant fermement la fugitive dans ses bras.

Avant qu'ils aient remonté la moitié de la rue, Camilla accourut vers eux. Elle lui prit Fidget des bras et la serra contre elle jusqu'à ce que la chienne se mette à couiner. Debout au milieu de la chaussée, Camilla sanglotait. Cette démonstration d'émotion était inédite, surtout en pleine rue. Mais quelle jolie scène aussi !

— Tu devrais la laisser respirer. Je n'ai pas passé deux heures à la chercher pour que tu l'étouffes maintenant.

Passant un bras autour des épaules de la jeune femme, il la fit pivoter pour prendre la direction de la maison.

— Viens, rentrons.

La crise de larmes de Camilla était si violente qu'il doutait qu'elle puisse rentrer sans son aide. Le visage enfoui dans le pelage de la chienne, elle se laissa guider.

La confiance qu'elle plaçait en lui en cet instant le touchait. Elle s'en remettait à lui pour la protéger sur la voie publique, lui éviter un faux pas ou un accident. Danny espérait qu'un jour elle lui accorderait une telle confiance dans tous les aspects de sa vie personnelle.

Une fois à l'intérieur, Camilla se dirigea vers le canapé pendant qu'il verrouillait la porte. Elle s'installa sans relâcher son chien. Des larmes continuaient de la submerger, et Danny en avait le cœur déchiré. Elle n'avait jamais pleuré comme ça avant. Au contraire, elle était celle sur qui les autres pouvaient compter. C'était poignant de la voir s'effondrer.

Il s'assit auprès d'elle et, l'entourant de ses bras, fit de son mieux pour la réconforter.

— Dire que j'aurais pu la perdre, murmura-t-elle entre deux sanglots tout en berçant Fidget.

— Mais ça n'est pas arrivé, dit-il doucement en écartant une longue mèche qui s'égarait sur sa joue mouillée. Elle est là, saine et sauve.

— Je voudrais que tu poses un verrou sur le portail dès

que possible. Personne ne devrait l'ouvrir si facilement. Je t'en prie, Danny.

Il lisait le désespoir dans ses yeux. Fermer ce portail devenait la première de ses priorités.

— Demain, à la première heure, fit-il. Non… Demain, c'est Memorial Day. Mais je te promets qu'à la première occasion je m'en occupe.

Il irait à la quincaillerie ce week-end, au moins pour acheter une chaîne et un cadenas en attendant de trouver une solution définitive.

Camilla acquiesça.

— Je ne peux pas la perdre encore une fois.

— Ça n'arrivera pas, lui assura-t-il, même s'il n'était pas certain de pouvoir tenir cette promesse. S'est-elle déjà enfuie ?

Camilla essuya ses larmes.

— Non. D'habitude, elle court autour de moi en restant suffisamment à distance pour que je ne puisse pas l'attraper. Jusqu'à ce qu'elle se fatigue.

Danny lâcha un rire bref et gratta l'oreille de la chienne.

— Elle m'a aussi fait ce coup-là. Je la tenais, mais elle se débattait tellement que j'ai dû la poser pour avoir une meilleure prise. Elle m'a glissé entre les doigts et s'est mise à courir en cercle jusqu'à ce que je la capture enfin.

Camilla sourit et pressa Fidget contre elle.

— Une vraie punk !

— Depuis combien de temps l'as-tu ?

— Depuis presque un an. Je voulais un chat, mais regarde cette frimousse. Impossible de résister !

Elle se détendait peu à peu contre lui, relâchant presque totalement sa tension.

— Tu es très attachée à elle. Ton premier animal de compagnie ?

— N'est-ce pas évident ?

Elle leva les yeux vers lui. Un sourire timide éclairait ses traits.

— Si, un peu, reconnut-il.

— Elle est tout ce que j'ai.

Cela expliquait mieux qu'elle ait été si bouleversée par la disparition de Fidget. Sans famille ni relation sérieuse, Camilla avait concentré tout l'amour qu'elle avait à donner sur cette bête espiègle.

Mais lui, Danny, était là aussi. Un homme qui avait besoin de sa tendresse. Dorénavant, il ferait en sorte qu'elle sache qu'il y avait quelqu'un à son côté. Certains diraient que, leur histoire s'étant mal terminée, ils feraient mieux de rester chacun de leur côté. Toutefois leur relation avait été très solide jusqu'à ce qu'il laisse le traumatisme de l'accident les séparer. Leur chance de revenir l'un vers l'autre et de reprendre leur histoire était peut-être à saisir maintenant.

Il glissa les doigts dans ses longs cheveux tandis qu'ils restaient blottis sur le canapé. Juste eux deux et le chien.

Ce soir, le calme régnait dans sa tête. Aucun déferlement d'émotions tourbillonnantes. C'était en partie grâce à sa longue marche, mais surtout parce qu'il tenait Camilla entre ses bras. Quoi qu'il en soit, une sérénité exquise envahissait son esprit. Il ne se souvenait pas de la dernière fois où il avait connu une telle paix.

— Je me moquais toujours des gens qui considéraient leur chien ou leur chat comme leur enfant. Et maintenant, regarde-moi ! dit Camilla. J'ai complètement paniqué quand Fidget s'est sauvée. J'ai été impolie avec Mme Sutherland, alors que ça ne me ressemble pas. Alma m'a aidée à la chercher sans même me casser les oreilles. C'est la preuve que j'étais vraiment mal. Cette soirée a été si déroutante… Et tout ça à cause d'une porte ouverte.

Danny haussa les épaules.

— Pour ce qui est de Mme Sutherland, elle s'en remettra. Elle n'attendait qu'une occasion de blablater.

Camilla changea de position pour le regarder. Puis elle secoua la tête, un large sourire aux lèvres.

— Qu'y a-t-il ? demanda-t-il. J'ai dit quelque chose de drôle ?

— C'est la façon dont tu as dit ça. Avec l'accent péquenaud du Sud profond !

— Oh ! misère. Qu'est-ce que vous m'avez fait, toi et cette ville ? Avant la fin de l'été, je vais parler comme un barbare.

Après toutes ces années passées loin de Greenbriar, il avait peu à peu abandonné certaines expressions familières en usage ici. Mais il avait suffi d'un séjour de quelques mois et de la présence de Camilla pour que les mots typiques teintés d'accent lui viennent naturellement aux lèvres, comme s'il n'était jamais parti.

— Je trouve ça adorable, déclara Camilla d'une voix traînante qui exagérait son accent.

Danny ébaucha un demi-sourire.

— Ça ne m'étonne pas.

Fidget choisit ce moment pour sauter à terre. Camilla se raidit et, l'espace d'une seconde, il crut qu'elle allait la suivre. Mais elle reposa la tête sur son torse et soupira.

— Merci encore de l'avoir retrouvée. Elle compte tellement pour moi. Elle est… toute ma famille et je serais perdue sans elle. Savoir que tu as passé ta soirée à la chercher partout, ça me montre à quel point tu t'efforces de regagner ma confiance. Si tu ne m'avais pas aidée ce soir, tu aurais gâché toutes tes chances de ce côté-là.

— Tu avais besoin de moi.

Il était légèrement vexé par ces paroles qui laissaient entendre qu'il aurait été capable de ne pas l'aider. Mais il n'avait que ce qu'il méritait. Il n'avait pas toujours placé les besoins de Camilla avant les siens par le passé. S'il voulait qu'elle revienne dans sa vie, il lui faudrait changer ça.

Le travail et rien que le travail remplissait son existence depuis si longtemps. Sa vie était devenue terriblement monotone sans qu'il le remarque. Jour après jour, il avait laissé son activité de médecin militaire puis d'urgentiste le distraire de tout ce qui était trop personnel. Mais maintenant, avec Camilla, il voulait tout le reste. Les rires, les chamailleries, et même les larmes.

Camilla lui tapota le nez.

— Oui ? dit-il en écarquillant les yeux.

— Tu me fausses compagnie ?

Danny secoua la tête.

— Je vais être honnête avec toi, ma chérie. Je pensais à quel point ma vie est différente ici, à Greenbriar, avec toi.

— Et ces différences sont pour le mieux, j'espère ?

— Mais oui, dit-il en la serrant si fort qu'elle protesta et lui donna une tape par jeu.

Enhardi, Danny se mit à la chatouiller.

— Arrête ça tout de suite ! s'exclama Camilla avec une lueur d'avertissement dans son regard bleu.

— D'accord.

Il jeta un coup d'œil à sa montre et soupira.

— Je ferais mieux de rentrer au chalet. Il est tard et je dois être au cabinet à la première heure demain pour emballer les fournitures en vue de la fête de Memorial Day. La mairie veut que nous ayons installé notre stand à 9 heures pour accueillir les patients potentiels.

Dans le regard de Camilla, l'étincelle s'éteignit.

— Très bien, dit-elle tout bas.

La résignation dans sa voix lui fit mal. Il avait terriblement envie de rester, mais il ne voulait rien précipiter entre eux.

Du pouce, il lui caressa la joue et souligna doucement la courbe de sa lèvre inférieure. Elle avait une bouche qui invitait aux baisers.

— Nous n'avons pas besoin de précipiter les choses.

— Je sais, répondit-elle en fermant les yeux pour s'abandonner à sa caresse.

— Et je ne suis pas à une minute près, murmura-t-il en approchant les lèvres des siennes. J'ai au moins le temps de te dire au revoir comme il faut.

9.

En ce troisième lundi de mai, tout Greenbriar s'apprêtait à célébrer Memorial Day.

Camilla sortit sur la terrasse pour profiter du calme du petit matin. Comme toujours, elle s'était levée tôt, une habitude qui lui venait de son parcours d'enfant placée, même si Danny et elle avaient parlé jusque tard dans la nuit.

Ils ne ressemblaient plus au couple de fiancés qui avait rompu dans une chambre d'hôpital. Les années qui s'étaient écoulées depuis leur séparation les avaient changés, l'un et l'autre. Camilla l'admettait volontiers tout en découvrant le nouvel homme que Danny était devenu. Celui qu'elle avait voulu épouser avait été rieur et insouciant. Rien à voir avec le Danny d'aujourd'hui, dont le tempérament sombre l'intriguait.

Mais par certains côtés, il était aussi comme autrefois. Il savait comment la faire rire et quand il allait trop loin avec elle. Et chaque contact physique était à la fois délicieusement familier et d'une nouveauté exquise.

Elle avait conscience d'être chaque jour un peu plus amoureuse, et cela la terrorisait, car il ne lui avait pas encore parlé de ce qu'il comptait faire au 1er août. Resterait-il ? S'en irait-il ? D'un côté, ce serait pour elle la possibilité d'avoir tout ce qu'elle désirait depuis longtemps : son propre cabinet médical et un homme qui partagerait sa vie. De l'autre…

Camilla coupa court aux hypothèses qui se profilaient dans son esprit. Elle refusait de penser à ce qu'elle ferait si Danny disparaissait de sa vie.

Elle but son reste de café et appela Fidget pour la faire

rentrer. Elle devait se rendre en ville et aider Danny à monter le stand de secours avant le début des festivités.

En arrivant au parc municipal une demi-heure plus tard, elle constata que tous les vendeurs étaient déjà installés et que le public commençait à arriver. Non loin de là, on mettait en place la batterie du feu d'artifice qu'on tirerait le soir. Tous les ans, la ville organisait un magnifique spectacle pyrotechnique. C'était l'un des moments qu'elle préférait.

Une odeur délicieuse de beignets flottait dans l'air, et Camilla se sentit transportée dans le passé, à l'époque de ses premiers rendez-vous avec Danny. Lors de cette même fête, ils avaient partagé un de ces gâteaux. Se laissant porter par la nostalgie, elle retrouva le fol espoir qu'elle avait ressenti quand le beau Danny Owens, meilleur quater-back du lycée et rêve de toutes les filles de Greenbriar, lui avait pris la main. Ce jour-là, elle était tombée amoureuse du garçon séduisant qui lui avait montré que la vie pouvait être belle.

Il lui avait ouvert les yeux sur tous les possibles de l'existence, qu'elle avait toujours crus hors de sa portée. C'était aussi grâce à lui et à sa famille qu'elle avait trouvé sa vocation de médecin. Sans eux, jamais elle n'aurait rêvé d'une telle carrière. Ses ambitions avaient été beaucoup plus modestes. Mais les Owens lui avaient montré que sa condition d'enfant abandonnée ne devait pas compromettre son avenir et, surtout, ils lui avaient prouvé combien l'amour d'une famille donnait des ailes. Jusqu'à ce que Danny en décide autrement et que cette famille se réduise à Robert et elle.

Camilla s'efforça de chasser ces pensées négatives. Ce n'était pas le jour de s'appesantir sur le passé.

En approchant de la tente des secours, elle vit que Danny s'y trouvait déjà. Elle s'arrêta pour le regarder travailler. Il portait un T-shirt bleu, avec le logo « Greenbriar Medical » barrant son large torse, et un short cargo kaki.

Il avait déjà installé les boîtes de compresses, d'antiseptiques, la glacière pour les poches de glace sous le comptoir. Comme il ouvrait un nouveau carton, il leva les yeux et leurs regards se croisèrent. Camilla sentit comme une décharge électrique fuser en elle.

Reprends-toi. Tu n'as plus seize ans.

Elle s'avança et Danny la prit dans ses bras.

— Bonjour. On dirait que c'est une journée idéale pour la fête. J'ai apporté beaucoup plus de fournitures que nous n'en aurons besoin. Mais veux-tu vérifier quand même ? S'il manque quelque chose, j'aurai le temps de retourner au cabinet. J'aime que tout soit prêt.

Camilla laissa échapper un gémissement de plaisir en se blottissant contre lui. Ses bras solides la rassuraient et lui donnaient un merveilleux sentiment de sécurité, même si une petite part d'elle-même l'avertissait que s'abandonner à ses étreintes ne pouvait conduire qu'à la souffrance.

— Si on prenait le temps de se dire bonjour pour commencer ? balbutia-t-elle.

Danny se pencha vers elle en souriant.

— Et qu'est-ce que tu entends par là ? dit-il d'une voix langoureuse en lui effleurant les lèvres.

Glissant les bras autour de son cou, Camilla l'embrassa avec ardeur. Elle se pressa contre son torse ferme et exhala un soupir sensuel quand il approfondit leur baiser. Ses doigts tièdes qui caressaient le bas de son dos lui décochaient des frissons exquis. Elle se lova davantage contre lui, oubliant l'équipement sanitaire qu'elle devait vérifier. Que risquait-il d'arriver de toute façon ? Quelques genoux écorchés, un coup de soleil, c'était tout ce à quoi il fallait s'attendre à Greenbriar.

Un sifflement moqueur résonna juste derrière elle, rompant la magie du moment.

Oh non ! Camilla en aurait pleuré de frustration quand Danny s'arracha à elle. Avec réticence, elle pivota vers Maddie et Alma, qui arboraient des sourires narquois. Alma secouait la tête, amusée. Le regard de Maddie en disait long aussi.

Camilla sentit le feu lui monter aux joues. Elle toussota pour se donner une contenance et se retint de justesse de s'excuser. Mais pourquoi aurait-elle honte ? Ce geste affectueux en public ne faisait pas partie des scènes torrides interdites aux moins de douze ans. Même en privé, ils ne dépassaient pas cette limite.

— Bonjour, mesdames, dit Danny avec un naturel qu'elle lui envia. L'une de vous a besoin de soins d'urgence ?

— Non, répondit Alma. En fait, je me demandais si Camilla accepterait d'être le référent de Maddie aujourd'hui. Elle veut passer du temps avec ses amis ici, seulement Bennie est trop petit pour rester à la fête toute la journée. Je ne veux pas la traiter comme une gamine, bien sûr, mais je serais rassurée si elle pouvait se signaler à quelqu'un à intervalles réguliers pour confirmer que tout va bien.

Camilla allait répliquer que ce ne serait pas possible parce qu'elle serait occupée au stand de secours, mais le regard suppliant de Maddie l'empêcha de refuser.

Bon sang ! Cette adolescente aux grands yeux tristes la menait par le bout du nez.

— D'accord. Maddie se présentera ici. Si elle ne vient pas, je te le ferai savoir, Alma, et tu prendras le relais. C'est le mieux que je puisse faire.

— Merci, docteur Dev ! s'exclama la jeune fille en se précipitant pour la serrer dans ses bras. Promis, je passerai vous voir toutes les heures et je ne serai pas en retard. Vous êtes la meilleure !

Puis s'écartant, elle ajouta à voix basse :

— Alma et Dave m'ont dit qu'ils voulaient m'adopter. Je ne vais pas laisser passer cette chance.

— Je sais, répondit Camilla avec un sourire encourageant.

Puis regardant sa montre, elle déclara :

— Il est 9 h 45. Donc, je t'attends à 11 heures. Si tu es en retard d'une minute, je préviens Alma.

Maddie lui adressa un clin d'œil avant de rejoindre un groupe de jeunes rassemblés devant un stand de jeux vidéo.

Camilla les observa d'un œil bienveillant en espérant qu'il n'arriverait rien de fâcheux. Mais dans une petite ville comme Greenbriar, il y aurait toujours quelqu'un pour les empêcher de faire des bêtises, n'est-ce pas ?

Alma posa une main sur son bras.

— Merci, sincèrement. J'essaie de lui donner un peu de liberté, mais pas trop. Comme tu le sais, avec Maddie, c'est un numéro d'équilibriste.

— Aucun problème, répondit Camilla, même si elle se serait bien passée de cette responsabilité.

— Tu aurais pu dire non, commenta Danny comme Alma s'éloignait.

— Tu crois que c'était possible pour moi ?

— Non, sans doute. Moi, je l'aurais fait.

Il haussa les épaules, mais le sourire qu'il esquissa n'avait rien de désinvolte.

— En même temps, on n'attend pas de moi que je sois serviable tout le temps, expliqua-t-il. Et heureusement, car les gens se mettraient à croire que je les aime. Quelle horreur ! ajouta-t-il en feignant de prendre une expression terrifiée.

Levant les yeux au ciel, Camilla se mit à faire l'inventaire des fournitures qu'il avait apportées. Il y en avait beaucoup trop. En plus du kit de base, elle compta des doses d'épinéphrine, des bandages compressifs, des attelles, le défibrillateur portable et divers médicaments. L'an dernier, pour cette fête, elle n'avait utilisé que de l'antiseptique, une poignée de pansements adhésifs et des compresses froides. Elle avait surtout distribué des bouteilles d'eau et fait asseoir les gens incommodés par la chaleur.

— J'ai l'impression que tu as dévalisé notre stock. Tu te rappelles quand même que nous sommes à Greenbriar ? dit-elle en lui donnant un coup de coude pour le taquiner.

— Je préfère en avoir trop que pas assez. On ne sait jamais…

Une ombre traversa son regard. Visiblement, il se réfugiait dans des souvenirs pénibles.

Camilla sentit une vague d'inquiétude la gagner.

— Ça va ? demanda-t-elle en lui caressant la joue.

— Désolé, j'étais perdu dans mes pensées.

Camilla aurait voulu l'interroger. Un jour peut-être, Danny lui ferait suffisamment confiance pour lui parler des jours sombres qu'il avait connus. Jusque-là, leurs conversations restaient légères. Même les plus profondes n'abordaient jamais la période où il avait été sur des zones de guerre. Il n'avait pas reparlé non plus de l'accident qui avait tué sa mère et son frère.

— Comment se présente cette fête comparée à celles d'avant ? demanda-t-il.

Il s'appuya contre la table et contempla la foule qui grossissait. Camilla vint se poster près de lui.

— Le stand de jeux vidéo est nouveau cette année. Juste à côté, Mme Sutherland et ses amies vendent leurs courtepointes en patchwork…

Au même moment, Connie Sutherland regarda dans leur direction. La vieille dame leva une main et tapota son alliance en ébauchant un sourire entendu.

Quelle chipie ! Avec Danny, ils avanceraient s'ils se sentaient prêts, et pas sous la pression et les taquineries d'une vieille commère qui ne se souvenait probablement pas d'avoir été amoureuse !

— Tu sais ce que je ne vois pas ? dit-elle à Danny. La marchande de glaces.

Danny passa en revue les baraques et les remorques qui longeaient la rue et les allées du parc.

— Quel dommage ! J'espérais justement la revoir. Ce serait un agréable voyage dans le temps pour nous deux. Tu te rappelles ? Notre premier baiser avait un goût de myrtille, le parfum de glace que nous avions choisi. Je t'ai embrassée là-bas près du grand chêne, à l'entrée du parc qui donne sur Maple Street.

— Tu t'en souviens ? s'exclama Camilla.

Elle se sentait en proie à une sentimentalité mêlée d'exubérance, parce que Danny avait gardé en mémoire ces petits détails qui avaient tellement d'importance pour elle.

— Si je m'en souviens ! répondit-il en lui enlaçant les doigts. Il y a deux ans, en été, je m'étais offert une glace à la myrtille, et tous les souvenirs d'autrefois me sont revenus. Mon esprit me ramenait à Greenbriar et à notre premier baiser. Ce jour-là, j'ai failli t'appeler. Mais je me suis ravisé, convaincu que tu ne voudrais pas entendre parler de moi.

Appuyée contre son épaule, Camilla soupira. Combien de fois avait-elle rêvé qu'il la contactait ou qu'elle le découvrait sur le pas de la porte ?

— J'aurais aimé que tu le fasses. Je voulais t'entendre et te revoir, Danny. Mais après la façon dont notre histoire s'est terminée, je n'aurais jamais fait le premier pas. Un reste de fierté m'en empêchait.

— Camilla, je…

Elle ne sut jamais ce qu'il s'apprêtait à répondre, car, au même instant, des détonations retentirent. Avant qu'elle ait eu le temps de comprendre d'où provenait cette fusillade, Danny l'avait plaquée au sol, la couvrant de son corps solide. Le visage enfoui dans l'herbe, elle pouvait à peine respirer, et des frissons de peur la parcouraient tout entière.

— Danny… Que s'est-il passé ?

Un silence impressionnant s'abattit, puis les premiers appels au secours s'élevèrent. Cette fois, Camilla réagit instantanément.

— Il y a des blessés. Allons-y !

Ils se levèrent, et d'un même mouvement se précipitèrent à l'entrée de la tente. Dehors, là où quelques minutes plus tôt les promeneurs déambulaient en souriant, un spectacle épouvantable s'offrait à leurs yeux.

— Mon Dieu ! cria Camilla. Ce n'est pas possible…

10.

Le carnage sous ses yeux ressemblait aux scènes de guerre qu'il avait vues en opération. Il ne manquait que les fusillades et les nuages de sable soulevés par les rotors des hélicoptères. Mais, là, il n'était plus dans le désert.

Tétanisé, Danny voyait les victimes se relever péniblement, le visage barbouillé de sang.

— Danny..., murmura Camilla en lui prenant la main. Par où allons-nous commencer ?

Il se concentra sur la main moite et tremblante qui serrait la sienne. Camilla comprenait qu'une catastrophe sans précédent venait de s'abattre sur leur petite ville tranquille. Mais sans expérience du terrain, elle comptait sur lui pour prendre les initiatives au milieu de ce chaos.

Il l'attira à lui et planta un baiser dur sur ses lèvres. Puis il lui tendit des gants et en enfila une paire à son tour.

— En priorité, il faut procéder au tri des patients. Les blessés légers attendent pendant qu'on évalue les plus gravement atteints. Appelle le 911 et dis-leur que nous avons besoin de toutes les ambulances et hélicoptères disponibles.

Passant à l'action, il prit deux bâches et les étendit devant la tente. Les gens affluaient vers eux pour obtenir de l'aide.

— Ces bâches sont réservées aux blessés graves, expliqua-t-il. Si vous n'avez que des coupures, je vais vous demander de vous mettre de ce côté.

Deux hommes qui portaient un blessé couvert de sang s'approchèrent pour l'allonger sur une bâche.

— Les feux d'artifice ont éclaté, expliqua l'un d'eux. Rick a vu des jeunes qui touchaient les mortiers. Il a voulu les éloigner mais, avant qu'il n'arrive jusqu'à eux, les fusées ont explosé. Les gamins ont dû détraquer le détonateur. Il a reçu quelque chose dans la poitrine.

— Rick, ne bougez pas, ordonna Danny. Je m'occupe de vous.

À l'aide de son canif, il déchira ce qui restait du T-shirt ensanglanté et posa aussitôt une poignée de compresses sur le torse du blessé. Quand il les retira, il réprima une grimace en découvrant les plaies béantes. Il n'avait ni équipement chirurgical ni produits sanguins, et l'hôpital se trouvait à des kilomètres. Les chances de survie de Rick étaient minces.

Il fit un bandage serré, en espérant que ce serait suffisant pour ralentir le saignement jusqu'à l'arrivée des secours. Puis, rapidement, il banda les autres plaies et demanda aux hommes qui avaient amené Rick de les garder comprimées.

— Tenez bon, Rick. Je vais voir les autres blessés.

Il avait conscience de fuir lâchement, mais par expérience il savait que Rick lui demanderait s'il s'en sortirait. Danny avait encore l'esprit torturé par tous les mensonges qu'il avait racontés à des soldats blessés, à qui il avait assuré qu'ils s'en remettraient vite. Aujourd'hui, il n'était pas certain de trouver le cran nécessaire pour jouer cette sinistre comédie.

Arrachant ses gants, il retourna à la tente et les jeta dans la poubelle qu'il avait prévue pour les déchets médicaux. Ce contenant ne suffirait jamais, hélas.

Vivement, il se désinfecta les mains et prit une nouvelle paire de gants. Jugeant que Camilla n'avait pas besoin de son aide avec le patient qu'elle soignait, il se précipita vers l'adolescent que Maddie soutenait avec l'aide d'un autre jeune.

— Docteur Owens, il a besoin d'aide ! cria-t-elle, paniquée. Une fusée l'a touché. Elle n'a pas explosé, mais une autre l'a soulevé du sol. Il est retombé… C'était horrible ! Il respire mal et je ne sais pas s'il a toujours son oreille.

Danny avait déjà posé son stéthoscope sur le torse du garçon. Les bruits respiratoires étaient anormalement faibles et de l'air fuyait dans la cavité thoracique. Il plaça une compresse sur les restes de l'oreille et la maintint à l'aide de sparadrap. Des plaies à la tête saignaient abondamment. Si ce jeune survivait, il garderait des cicatrices toute sa vie.

— Je vais l'installer là-bas, dit Danny en désignant la bâche où Rick était allongé. Fais en sorte qu'il reste assis, d'accord ?

Un pneumothorax... Bon sang !

Il fouilla les cartons de fournitures. Il avait apporté ce genre d'aiguille, il en était sûr. Finalement, il trouva ce qu'il cherchait. Revenant en hâte vers le garçon, il l'ausculta une nouvelle fois, puis inséra l'aiguille entre les côtes. Le sifflement brusque et la reprise du souffle lui indiquèrent qu'il avait réussi. Il maintint l'aiguille en place avec du sparadrap.

— Maddie, tu vas rester près de ton ami. S'il cesse de respirer ou s'il émet des bruits inhabituels, appelle-nous immédiatement. Et empêche-le d'enlever l'aiguille, parce ça pourrait le tuer.

Maddie acquiesça, les yeux emplis de crainte, et s'agenouilla près du jeune homme.

Danny détestait la quitter sur ces mots, mais il n'avait pas le temps de la ménager. Comme il s'approchait d'une femme qui avait reçu des éclats dans une épaule, Camilla l'appela et il accourut auprès d'elle.

Accroupie, elle tenait les mains d'un adolescent, un autre garçon de la bande de Maddie, qui se débattait.

— Il essaie d'enlever lui-même ses échardes. Penses-tu que ce soit la meilleure idée ? demanda-t-elle.

Le garçon avait des débris de bois plantés dans un bras et dans une joue. Danny en déduisit qu'une des fusées avait pulvérisé une des cabines en bois, projetant des éclats alentour.

— Ces trois-là peuvent être retirés, ça ne posera pas de problèmes, répondit-il en désignant les échardes en question. Mais ceux-ci sont trop près d'une artère, et je ne prendrai pas le risque de les extraire ici.

Il rencontra le regard du garçon. Celui-ci ne devait pas avoir plus de seize ans.

— Écoute-moi bien. Je veux que tu te calmes. Je vais t'enlever les débris les plus inoffensifs. Pour les autres, ils vont rester en place jusqu'à ce que tu sois admis à l'hôpital. Si tu les retires, tu risques une hémorragie. Nous n'avons rien ici, et la seule chose qui nous restera à faire, c'est de te regarder mourir. Tu m'entends ?

Le garçon acquiesça gravement et cessa de se débattre. Ses yeux étaient emplis de douleur et de peur.

Danny balaya la culpabilité qui l'assaillait après avoir parlé de façon si brutale à un jeune blessé. Mais il fallait absolument l'empêcher d'aggraver ses blessures.

— Bon. Ça va faire mal. Je vais compter jusqu'à trois. Un, deux…

Il tira un coup sec. Le jeune gémit et regarda Danny d'un air furieux.

— Tu m'en veux de ne pas être allé jusqu'à trois ? Tu aurais été tendu et cela t'aurait fait plus mal.

Il arracha une nouvelle écharde.

— Tu es encore plus en colère maintenant… - nouveau coup sec - mais fais-moi confiance, c'est plus douloureux quand on est prévenu.

Un bourdonnement se fit entendre, si faible qu'il crut avoir rêvé. Le bruit s'intensifia cependant, et l'hélicoptère de secours se posa au milieu du parc.

— Enfin ! s'écria Camilla. Je n'ai jamais été aussi heureuse de voir un hélicoptère.

Danny posa une compresse sur les écorchures.

— Ça devrait aider un peu, dit-il au jeune patient. Surtout, ne touche pas les autres.

Après une nouvelle désinfection des mains, il se porta au-devant des secouristes. En quelques minutes, Rick fut transporté sur une civière et installé à bord de l'appareil, qui redécolla aussitôt.

Danny soupira, priant pour que d'autres équipes soient en route. Le renfort sanitaire ne pouvait pas se réduire à ça, n'est-ce pas ?

— Nous avons besoin d'un médecin ici ! cria quelqu'un. Un homme est coincé et il est en piteux état.

Prenant ce qu'ils pouvaient comme fournitures, Danny et

Camilla se rendirent sur place au pas de course. Un homme gisait sous une baraque effondrée. La partie inférieure de son corps était sous la structure en bois et il avait le ventre ouvert.

Danny se mit à genoux et tâcha d'évaluer la situation. Les voies respiratoires semblaient dégagées, bien que le souffle fût saccadé. En revanche, la circulation sanguine risquait d'être problématique, vu le poids qui écrasait les jambes du malheureux.

Il plaça un maximum de compresses stériles sur la plaie de l'abdomen et les maintint du mieux qu'il put. Encore une fois, ce ne serait qu'une mesure provisoire destinée à gagner du temps. Il fallait que le blessé puisse tenir jusqu'à l'hôpital.

— Préparons une intraveineuse, dit-il.

Il jeta un coup d'œil à Camilla et constata qu'elle avait déjà pris cette initiative.

Elle essuya le bras de la victime avec une lingette antiseptique, puis inséra l'aiguille. Une fois la canule scotchée, elle suspendit la poche de sérum à une poutre brisée, juste au-dessus de sa tête.

Le patient s'évanouissait par intermittence, ce qui était inquiétant. Perdait-il son sang sous l'amas de bois qui le couvrait ou était-ce la douleur qui le rendait inconscient ? Danny n'avait aucun moyen de le savoir.

— Nous devons le stabiliser en cas de blessure à la colonne vertébrale.

Il réfléchit à toute vitesse à ce qu'ils pouvaient utiliser pour ce faire. Ils n'avaient pas l'équipement sous la main. Il leur faudrait improviser.

Des couettes ! Il se releva et courut jusqu'au stand de Mme Sutherland.

— J'ai besoin de toutes les courtepointes et couvertures que vous avez. Et si vous pouvez vous procurer du ruban adhésif, cela nous aiderait beaucoup.

Connie Sutherland lui fournit une quantité d'articles, et d'autres vendeurs apportèrent des rouleaux d'adhésif.

— Aidez-moi à le caler, dit Danny en rapportant le tout auprès de la victime. Et si quelqu'un peut trouver une luge d'enfant ou quelque chose qui serve de planche dorsale, ce serait formidable.

Avec l'aide de Camilla, il roula les épaisses courtepointes et les scotcha par-dessus le blessé. Puis quelqu'un accourut avec une planche de contreplaqué.

— Les gars, le Dr Devereaux et moi allons le soulever juste assez pour que vous puissiez glisser le contreplaqué sous lui. Allez-y lentement, d'accord ? À mon signal…

L'opération se déroula comme il le souhaitait. Puis Danny ausculta de nouveau la victime. Il n'y avait aucun changement.

— Maintenant, il faut redresser cette cabine. Camilla, on examine ses jambes dès qu'on l'aura sorti de là.

Elle acquiesça tandis qu'un groupe de volontaires se préparait à soulever la structure.

— À trois ! lança Danny.

Quand la baraque bougea, ils tirèrent le brancard de fortune sur lequel reposait le blessé. Danny demanda à quelqu'un d'aller chercher les attelles gonflables et les poches de glace.

— Vérifie les fractures et les pouls périphériques, dit-il à Camilla.

Camilla palpa une jambe avec précaution pendant qu'il touchait l'autre. La cheville était horriblement déformée et il ne percevait aucun pouls. Glissant l'attelle sous la jambe, il ramena le pied le plus possible en position rectiligne. Cette fois, il perçut un pouls faible sous ses doigts. Il gonfla l'attelle et vit que Camilla en faisait autant de son côté.

— Aucune déformation évidente, déclara-t-elle. Étonnant, vu l'ampleur de l'accident.

Le bourdonnement d'un hélicoptère au-dessus d'eux fut accueilli avec soulagement.

Danny trouva la force de plaisanter.

— Les voilà ! Maintenant qu'on a fait tout le travail.

— Je parie qu'ils en retireront tout le mérite aussi, répondit Camilla.

Les heures suivantes passèrent dans une espèce de brouillard tandis qu'ils envoyaient sans discontinuer les blessés à l'hôpital, soit en ambulance, soit en hélicoptère, voire sur le siège arrière des voitures.

Comme le soir tombait, la file des patients en attente de soins s'était considérablement réduite. Lorsque, enfin, il n'y eut plus personne à se présenter, Danny jugea qu'ils pouvaient fermer la tente de premiers secours.

Se laissant tomber sur une glacière, il ouvrit une bouteille d'eau et la but d'une traite. Il espérait ne plus jamais vivre une journée pareille. Traiter des traumatismes dans un hôpital parfaitement équipé, c'était faisable. Mais dans ces circonstances… Dire qu'il pensait avoir abandonné la médecine de guerre en quittant l'armée !

Sa main qui tenait la bouteille se mit à trembler. L'adrénaline qui l'avait aidé à tenir le coup commençait à se dissiper.

Camilla vint s'asseoir près de lui. Elle restait étrangement silencieuse et l'épuisement semblait la submerger par vagues.

— Ça va ? s'enquit-il.

Elle hocha la tête, mais sa réponse vint contredire ce geste.

— Non. Je crois que je vais faire des cauchemars pendant des semaines.

— Des semaines, si tu as de la chance. Il est plus probable que cela dure des années. Voir tous ces gens qu'on connaît affreusement blessés, ce n'est pas facile à oublier.

Elle laissa échapper un sanglot et posa la tête sur son épaule. Danny sentait ses larmes mouiller son T-shirt. Il glissa un bras autour d'elle et la laissa pleurer. De temps à autre, il lui murmurait des mots rassurants, mais aucune parole ne soulagerait la douleur d'avoir vu tant d'amis souffrir de blessures traumatiques. Il le savait par expérience, et cette vérité-là était gravée dans son âme.

Aujourd'hui, il avait eu l'avantage de la distance. Il y avait eu quelques visages familiers, bien sûr, mais il n'était pas impliqué envers ces personnes au quotidien, à l'inverse de Camilla. Il était plus facile pour lui de les considérer comme des patients. Mais ces gens étaient des amis de Camilla ou des élèves à qui elle donnait des cours de biologie. Il lui était impossible de garder la bonne distance.

Il resserra son étreinte autour de ses épaules, espérant ainsi porter une partie de sa peine.

— Ça va aller.

— Excusez-moi, je suis désolé de vous déranger…

Levant les yeux, Danny vit un policier à l'entrée de la tente.

— Je peux vous aider ?

— J'ai besoin de vos déclarations pour l'enquête, déclara le policier. Auriez-vous quelques instants à m'accorder ? Je peux commencer par vous, monsieur ?

Danny jeta un coup d'œil à Camilla, qui s'essuyait les joues en tâchant de se ressaisir. Son cœur se serra. Jamais il ne l'avait vue si fragile. Avait-il le droit de la laisser retomber amoureuse de lui ? Car c'était ce qu'elle ressentait, n'est-ce pas ?

Il déglutit péniblement.

— Oui, interrogez-moi en premier.

11.

— Tout cela est forcément un horrible cauchemar, murmura Camilla pour elle-même.

Elle rassemblait les rares fournitures qui restaient et qu'elle rapporterait au cabinet. Une poignée de pansements pour enfants, des tubes de crème solaire, quelques boîtes d'antalgiques… À peine de quoi remplir un carton.

Dire qu'elle s'était moquée de Danny, parce qu'il avait prévu trop de stock ! Jamais plus elle ne lui ferait de reproches à ce sujet. En attendant, elle allait devoir passer une énorme commande aux fournisseurs pour regarnir leur local à pharmacie.

Camilla prit le chemin du cabinet médical. *Tout ira bien,* se répétait-elle inlassablement. Même si l'horreur de ces dernières heures l'empêchait presque de respirer, elle espérait que ce mantra éloignerait les cauchemars à venir.

Elle se considérait comme une femme de bon sens qui savait garder la tête froide en toutes circonstances. Mais même les plus aguerris avaient leurs limites, et les siennes avaient été anéanties aujourd'hui.

Arrivée sur place, elle se lava les mains et le visage, puis enfila la tenue de rechange qu'elle gardait toujours dans un placard de son bureau. Quant à ses vêtements souillés, elle les jeta dans un sac réservé aux déchets contaminés.

Cela fait, elle retourna au parc. La tente de secours était déserte. Aucun signe de Danny, ni de Donald Shea, le policier. Pensant qu'ils reviendraient tôt ou tard, elle s'assit et releva ses jambes douloureuses.

Quelle journée !

Sortant son téléphone de sa poche, elle appela Alma pour

prendre des nouvelles de Maddie. Son amie lui apprit qu'elle allait bien physiquement, mais qu'elle était traumatisée après avoir vu ses amis blessés et qu'elle s'était endormie en pleurant. Maddie avait eu peur aussi qu'Alma et Dave ne veuillent plus l'adopter. Alma l'avait rassurée sur ce point : ils étaient toujours décidés à ce qu'elle devienne leur fille. Bientôt, ils auraient une conversation avec elle sur ses fréquentations, mais le mieux pour le moment était de la laisser dormir.

Camilla bavarda encore quelques minutes jusqu'à ce qu'elle vît Donald Shea entrer dans la tente. Elle mit fin à sa conversation avec Alma.

— Docteur Devereaux, vous sentez-vous capable de faire votre déclaration maintenant ? s'enquit-il en sortant un calepin de la poche de son uniforme.

— Je ferai de mon mieux.

— Avez-vous vu ce qui s'est passé, docteur ?

Camilla raconta ce qu'elle savait, c'est-à-dire très peu de choses.

Shea prit quelques notes avant de refermer son carnet.

— Vous confirmez ce que j'ai entendu. Des adolescents qui ont joué avec des feux d'artifice... S'ils gardent des séquelles, ça leur servira de leçon. Par leur faute, la moitié de la ville est blessée et le reste est traumatisé.

Outrée par ces propos, Camilla le fusilla du regard.

— Je ne leur souhaite pas de souffrir, se reprit-il gauchement. Mais qu'ils n'oublient pas le mal qu'ils ont fait...

Trop épuisée pour discuter, Camilla soupira.

— Savez-vous où est le Dr Owens ?

— Non, désolé. Bonne soirée, docteur, dit Shea en se retirant.

Restée seule, Camilla reprit son téléphone et envoya un texto à Danny. La réponse arriva rapidement :

Je suis désolé, j'ai besoin de temps.

Sous le choc, elle sentit son cœur battre la chamade. Il avait besoin de temps ? À cause de la tragédie d'aujourd'hui ? À cause d'elle ?

Les nerfs à vif, elle pianota une réponse brève, puis décida de rentrer et de s'occuper de Fidget. Cela lui éviterait de trop penser.

En remontant Maple Street, elle prit conscience du calme inhabituel qui régnait. Les jardins étaient déserts. Les gens étaient réfugiés chez eux, et elle ne pouvait les blâmer. Elle aussi avait hâte d'être à la maison, même si elle redoutait d'être seule.

En remontant l'allée de la villa, elle sentit enfin sa tension diminuer. Fidget se mit à aboyer dès qu'elle introduisit la clé dans la serrure. Sa petite chienne lui fit fête, avant de courir en cercle dans la cuisine en couinant.

Camilla alla s'asseoir dans le jardin, laissant Fidget gambader à son aise. Au bout d'un moment, celle-ci, fatiguée, revint vers elle et sauta sur ses genoux.

Camilla enfouit son visage dans son pelage. Elle qui se targuait d'être toujours calme et maîtresse d'elle-même avait besoin de libérer ses émotions de temps à autre, généralement en regardant un film triste ou en lisant un roman poignant. La tragédie d'aujourd'hui avait cet effet-là. Une fois l'adrénaline envolée, il ne lui restait qu'un besoin irrépressible de pleurer.

— Oh ! Fidget. Je ne peux même pas te dire quelle journée j'ai eue, dit-elle tandis que les larmes et le désespoir la submergeaient. C'est tellement horrible que je n'arrive pas parler. Et en plus, il se pourrait que Danny ne revienne pas.

Danny se jeta sur le lit et frappa l'oreiller du poing. Partir sans parler à Camilla… De nouveau, il avait agi comme un lâche.

La réponse qu'elle lui avait faite à son message tenait en deux mots :

Au revoir.

Ils comportaient un caractère définitif qui lui faisait affreusement mal. Il n'avait pas voulu remarquer les signaux l'avertissant du danger qu'il y avait à s'engager envers Camilla. Pas avant de l'avoir embrassée et d'avoir senti sous les doigts ses courbes féminines – ce qui avait fait naître en lui un désir auquel il n'avait pas droit. Bon sang ! Qu'est-ce qui lui avait pris ?

Il avait su pourtant qu'il ne devait plus l'approcher. Une fois déjà, il était parti pour la protéger de lui-même. Alors, pour quelle raison avait-il pensé que reprendre leur relation avait du sens ? Cela lui échappait totalement.

Quelques mois plus tôt, le vieux Jenkins l'avait poussé à réfléchir à toutes les hypothèses. Et les baisers qu'il avait échangés avec Camilla n'avaient fait que renforcer sa décision de courir ce risque. Mais la crainte qu'elle ne lui fasse pas suffisamment confiance pour construire un avenir avec lui pesait lourd sur son cœur.

Et s'il la blessait encore ? C'était l'hypothèse la plus inquiétante. Et la plus probable, malheureusement.

Il soupira. Au fond, rien n'avait changé en huit ans. Il voyait dans le regard de Camilla qu'elle était chaque jour un peu plus amoureuse. Il tenait à poursuivre leur relation, mais comment s'y prendre pour ne pas entamer sa joie de vivre, lui qui était sombre et tourmenté ?

Il n'avait pas su protéger sa mère et Robby. Ils étaient morts, et aucun rapport de police indiquant que le conducteur ivre était responsable de l'accident ne viendrait absoudre sa culpabilité. Qui sait ? Il aurait peut-être suffi d'un coup de volant à la dernière seconde…

Un homme doit protéger les siens, pas les exposer à la mort. Comment oserait-il se faire confiance pour aimer Camilla ?

Il roula sur le dos, en proie à une intense frustration. Il n'en pouvait plus de cette solitude dans laquelle il se murait. En même temps, en poursuivant sa relation avec Camilla, il avait conscience que ce n'était pas seulement son cœur qu'il engageait, mais aussi le sien.

Camilla le désirait autant qu'il la désirait. C'était la seule certitude qu'il avait. S'il voulait être avec elle, cela revenait à apporter de sérieux changements dans sa vie – ce qu'il n'était pas sûr de vouloir. Comme de vivre à Greenbriar pour de bon, car Camilla ne quitterait jamais cette ville maintenant.

Était-il vraiment prêt à ça ?

Son esprit était si tourmenté qu'il renonça au sommeil. Il se rendit dans la cuisine et sortit le cahier qui lui servait de journal. Coucher ses pensées sur le papier était un moyen d'affronter ses démons. L'action d'écrire agissait comme une thérapie et lui permettait de voir la situation de manière plus objective.

Le grattement de la plume l'encourageait à déverser un flot de pensées sur la page. Il étala ainsi son inquiétude que Camilla ne lui pardonne jamais totalement. Après avoir rempli plusieurs pages, il fut de nouveau capable de penser de façon rationnelle. Puis le conseil de Bill Jenkins lui revint à la mémoire : la nécessité de *se pardonner*.

Danny soupira. Il glissa le capuchon du stylo entre les pages, comme un signet. Écrire l'aidait à prendre du recul et les bonnes décisions. Mais le pardon était encore loin.

Se levant, il sortit du chalet et alla s'asseoir au bout du ponton. Les pieds pendant au-dessus de l'eau, il contempla le coucher de soleil sur le lac. Un spectacle que sa mère avait toujours aimé…

Elle avait tout de suite apprécié Camilla, et elle avait pleuré de joie quand il avait demandé la jeune femme en mariage. Elle lui aurait certainement botté les fesses en le poursuivant dans tout Greenbriar, si elle avait su à quel point il avait fini par blesser sa charmante fiancée.

Blesser les autres, c'était une habitude chez lui. Camilla était certainement mieux sans lui, décréta-t-il.

Cette évidence aurait dû le soulager, comme un fardeau qu'on ôterait de ses épaules. Au lieu de quoi, il se sentit abattu et désespéré.

Alors que la nuit tombait, remplaçant la féerie de couleurs à l'horizon, l'obscurité se fit aussi en lui. Comme une punition qu'il méritait…

On était à la fin mai. Encore deux mois, et il serait libéré des obligations liées au testament de son père. Le 1er août, il repartirait pour Boston et ne reverrait plus jamais le beau visage de Camilla.

12.

Lorsque le matin arriva sans nouvelles de Danny, Camilla sentit l'angoisse la gagner. Il restait encore deux mois à attendre avant qu'ils n'héritent du cabinet médical.

Autant dire une éternité pour Danny, qui avait sans doute déjà quitté la ville…

Après avoir nourri Fidget, elle se rendit au travail. Chaque pas lui était pénible. Danny était parti et elle pouvait dire adieu à tous ses rêves. Après la tragédie de la veille, c'était vraiment trop.

Arrivée sur le perron du cabinet médical, elle s'apprêtait à déverrouiller la porte quand elle s'aperçut que la poignée tournait librement sous ses doigts. Un frisson de panique la parcourut. Avait-elle oublié de fermer à clé la veille ? Elle était dans un tel état que c'était bien possible, après tout.

Elle entra avec précaution et reçut un choc.

Danny était installé derrière le bureau de l'accueil et pianotait sur l'ordinateur. Il leva les yeux et pâlit en la voyant. Il lui adressa un signe de tête et reporta son attention sur l'écran.

Si c'était ainsi qu'il voulait se comporter, elle aussi pouvait faire comme si de rien n'était ! La tête haute, elle passa devant lui pour se rendre dans son bureau et se retint de justesse de claquer la porte.

Se laissant tomber dans son fauteuil, Camilla faillit fondre en larmes. La présence de Danny était une énorme surprise. Elle le croyait déjà en route pour Boston. Mais non, il était au travail, comme s'il ne venait pas de lui briser le cœur pour la deuxième fois. Et c'était tellement plus cruel maintenant, parce qu'il était resté pour être témoin de sa destruction.

Le mufle ! Je ne lui laisserai pas ce plaisir !

Ravalant un sanglot, elle se leva et se rendit dans le cagibi où étaient stockées les fournitures. Le cabinet était à court de tout à présent, et elle devait absolument procéder à l'inventaire.

— Camilla, fit Danny derrière elle. Pouvons-nous parler ?

— Il n'y a rien à dire, répliqua-t-elle sans se retourner.

— J'ai déjà fait une liste des fournitures à renouveler.

— Eh bien, je ferai la mienne.

Danny laissa échapper un soupir exaspéré.

— Pourquoi es-tu si têtue ? Tu es prête à faire du travail inutile juste pour me contrarier ? Je suis encore là, je te signale, et tu vas devoir me supporter deux mois de plus, que ça te plaise ou non.

Sentant la colère jaillir en elle, Camilla pivota pour lui faire face.

— Que ça me plaise ou non ? Alors, laisse-moi te dire une chose. J'en ai assez que tu entres dans ma vie, que tu te serves de moi pour t'amuser et que tu me jettes dès que ça devient sérieux ! Jamais je ne te traiterais de cette façon. Tu as peur, mais ce n'est pas une raison de t'en prendre à moi.

— Peur ? Qui t'a dit que j'avais peur ?

— Personne. Tous tes faits et gestes le montrent. Tu as peur de créer des liens, de t'engager dans une relation, d'aimer, tout simplement.

— C'est ridicule !

Il y avait plus que de la colère dans son regard sombre. Camilla comprit que ses paroles l'avaient blessé.

— Dans ce cas, dis-moi pourquoi tu prends de nouveau la fuite. J'attends.

Les bras croisés, elle frappa le sol du pied avec impatience. Mais au lieu de répondre, Danny sortit de la pièce. Quand elle entendit la porte d'entrée claquer derrière lui, l'inquiétude la saisit. Y était-elle allée trop fort ?

Peut-être, mais elle devait lui tenir tête. Huit ans plus tôt, elle n'avait eu aucune chance de lui dire ce qu'elle ressentait. Cette fois, elle ne comptait pas se laisser faire.

Danny retourna au chalet du lac, déterminé à quitter cette ville et Camilla le plus vite possible. Il n'avait pas l'intention de rester pour écouter ses accusations, d'autant plus qu'elle disait n'importe quoi ! Quant au cabinet, ils pouvaient aussi bien le vendre tout de suite. Il aurait préféré attendre l'échéance légale mais, puisqu'elle le rejetait, il était décidé à tout plaquer.

— M'accuser d'avoir peur ? Mais pour qui se prend-elle ? grommela-t-il tout en faisant ses bagages.

Il entassa ses affaires dans des sacs qu'il déposa sur la banquette arrière de son véhicule.

— « Peur d'aimer » ! Comment peut-elle penser une chose pareille quand j'essaie seulement de la protéger ?

Il alla décrocher un cadre près de la cheminée. Une photo de famille. Il se tenait près de ses parents et de son frère sur le ponton, avec le coucher de soleil derrière eux. Sa mère chérissait cette photo.

Ils avaient tous un sourire heureux aux lèvres en regardant celle qui tenait l'appareil. Camilla... Ses parents l'avaient adorée, et Robby avait même eu le béguin pour elle avant de la considérer comme la sœur qu'il n'avait jamais eue. Les siens seraient tellement déçus de voir qu'il la laissait tomber une fois encore. Son père l'avait longuement sermonné à l'époque. Cette fois, il imaginait aisément les reproches paternels. « On ne fuit pas devant l'amour de sa vie, mon garçon ! »

— Ai-je peur d'aimer ? dit-il à haute voix. Je ne veux plus blesser quelqu'un que j'aime. Mais ça n'a rien à voir avec la peur. Quoique...

Comme Danny fermait les yeux, le visage de Camilla s'imposa à son esprit. Elle était la première personne à qui il pensait en s'éveillant et, le soir, il s'endormait en songeant à elle.

Alors, pourquoi la fuyait-il ?

Camilla avait raison. Il avait peur. Bon sang, il était le dernier des crétins !

Il devait trouver un moyen de réparer ses erreurs. Mais comment se réconcilier avec elle ? La tâche lui semblait immense…

Alors, brusquement, il sut par où il lui fallait commencer.

13.

En entendant le portail s'ouvrir, Camilla leva les yeux, en proie à la panique. Elle ne s'attendait pas à voir Danny, et encore moins à ce qu'il entre par le jardin. Heureusement, il fit attention à ne pas laisser Fidget s'échapper.

— C'est quoi, tout cet attirail ? lança-t-elle, n'osant lui demander la raison de sa visite.

— Je suis passé au magasin acheter une longueur de chaîne et un cadenas pour sécuriser ton portail. Je t'avais promis de le faire pour que nous n'ayons plus de problèmes.

— *Nous ?* murmura-t-elle le cœur battant.

— Je t'ai aussi apporté ceci.

Gravissant les marches qui menaient à la terrasse, il lui tendit un cahier.

— Je n'imaginais pas te montrer ça un jour, mais je crois vraiment que tu devrais le lire. Évidemment, je ne m'attends pas à ce que tu t'y mettes ce soir et que tu finisses au petit matin.

Camilla prit le cahier à la reliure de cuir d'une main hésitante. La patine de la couverture indiquait qu'il avait beaucoup servi.

— Un journal intime ?

Danny acquiesça.

— Il est en plusieurs volumes, mais j'en ai choisi un seul : le tout premier, qui remonte à l'époque où j'étais à l'hôpital et qui couvre notre rupture et mon engagement dans l'armée. Le dernier, c'est celui que je tiens depuis mon retour à Greenbriar. Les autres, entre ces deux périodes, sont sans doute moins révélateurs, mais je pourrai aussi te les montrer, si ça t'intéresse.

Il s'assit auprès d'elle et prit sa main dans la sienne. L'éclairage de la terrasse soulignait l'expression solennelle de ses traits.

— Ce n'est pas une évocation de l'accident ou de mon temps dans l'armée, rien de tout ça. C'est le recueil de mes pensées et de mes sentiments.

— Tu es sûr de vouloir me confier ça ?

Elle caressa le vieux cahier presque respectueusement, sachant que Danny lui offrait là une part intime de son âme. Elle se sentait honorée par cette marque de confiance. Il ne fuyait pas. Au contraire, il s'ouvrait à elle, et ce constat faisait naître une lueur d'espoir en elle.

Il hocha de nouveau la tête comme pour confirmer sa décision.

— Oui, c'est important pour moi que tu le fasses, pour que nous allions de l'avant. Je ne vais pas te dire que je ne suis pas un peu inquiet, mais oui, je tiens à ce que tu le lises.

— Merci pour cette confiance que tu places en moi, dit Camilla, consciente de l'énorme pas qu'il franchissait.

Révéler ses pensées les plus intimes, surtout celles qui l'avaient accompagné à une période tumultueuse de sa vie, était sans doute pour lui un grand sacrifice. Elle mourait d'envie d'ouvrir ce cahier et de découvrir ces lignes tracées de son écriture familière, mais il convenait d'abord de savoir si Danny ne le regretterait pas ensuite.

— Ça représente beaucoup pour moi, Danny. Mais si tu changes d'avis, sache que je comprendrai.

Il haussa les épaules, le regard perdu au loin. Son expression impassible ne laissait entrevoir aucune de ses émotions.

— Si je veux que tu aies confiance en moi, je dois aussi te faire confiance, murmura-t-il. Tu peux le lire.

— La journée d'hier m'a amenée à reconsidérer ce que tu avais dû ressentir en faisant face au deuil de ta famille. Moi, je n'ai pas été blessée, ni même été en danger, pourtant je sais que je ferai des cauchemars pendant longtemps.

— Alors, je serai là pour t'aider à les vaincre. Tu ne seras pas seule pour supporter cette souffrance. J'ai cessé de fuir, Camilla.

La conviction qui imprégnait sa voix l'atteignit jusqu'à l'âme. Elle soupira.

— Si tu savais comme j'aimerais te croire.

— Chérie, si je dois passer le reste de ma vie à me racheter, je le ferai. Je t'aime, Camilla. Depuis toujours. Même quand j'avais trop peur d'aimer, tu étais la seule femme à qui je pensais.

Oh ! ce regard dont il l'enveloppait… Camilla sentit son cœur s'emballer. Elle aimait cet homme depuis l'époque où elle n'était encore qu'une gamine et elle l'aimerait pour le restant de sa vie.

— Tu veux un café ?

À en croire l'air grave de Camilla et la conversation qui s'annonçait, une dose de caféine était plus que nécessaire, jugea Danny.

— Oui, avec plaisir. Merci.

Elle passa devant lui, laissant traîner dans l'air une bouffée de son parfum. Il la suivit dans la cuisine et s'empara de la cafetière pendant qu'elle prenait place, le cahier à la main.

— « Ai-je envie que Camilla me pardonne ? » lut-elle, citant ses propres mots. Quand as-tu commencé ce journal ?

Danny sentit ses mains trembler en préparant le café. Il se tourna vers elle.

— Je sais, chaque entrée devrait être datée. C'était juste après notre séparation. Le psychologue que j'ai vu à quelques reprises m'a suggéré de commencer à écrire.

Il se laissa tomber sur une chaise en face d'elle, le regard obstinément fixé sur la table en bois ciré. Le contenu de ce journal était si personnel qu'il avait l'impression que Camilla rouvrait les blessures de son âme en lisant à voix haute cette première ligne. Serait-elle choquée en découvrant les pensées dont elle était l'objet ? Il essaya de se souvenir des phrases suivantes. Qu'avait-il écrit ? Il se rappelait seulement que les mots avaient jailli en un flot continu.

Les doigts de Camilla couvrirent les siens, doucement, comme si elle craignait qu'il ne repousse son geste.

— Je suis contente de savoir que tu voyais un psy. Ce travail d'écriture t'a aidé ?

Comme Danny hochait la tête, elle reprit :

— Tant mieux. J'ai lu que ça permettait aussi aux psychologues d'avoir une compréhension plus profonde de la souffrance du patient. C'est comme ça que tu l'utilises ?

— Oui.

Ses doigts enlacèrent les siens.

— Je pourrais te demander pourquoi tu te posais cette question au sujet de mon pardon, mais je crois deviner. Tu ne pensais pas le mériter, n'est-ce pas ? Peut-être que tu ne *t'*es pas encore pardonné.

Il n'eut pas le courage d'acquiescer cette fois. Camilla voyait juste et touchait au cœur de son problème, comme d'habitude. C'était même en grande partie pour ça qu'il l'avait repoussée autrefois. Parce qu'elle se serait tellement impliquée dans son chagrin qu'elle aurait fini par en payer le prix.

Voyant qu'il ne répondait pas, elle poursuivit :

— Selon moi, il n'y a rien à pardonner.

Stupéfait, Danny rencontra son regard. Comment pouvait-elle penser ça ? Il avait tant de choses à se faire pardonner au contraire.

— Disons qu'il n'y a *plus* rien à pardonner, nuança-t-elle. Et maintenant, si nous avancions à partir de là ?

Resserrant les doigts autour des siens, Danny se pencha et effleura des lèvres son poignet, sur la zone de son pouls. Toutes ses incertitudes s'envolaient et il se concentrait sur la femme qu'il aimait et qui désirait le comprendre, bien qu'il eût gâché leur relation de mille manières. Il sut qu'il était prêt à mettre son avenir en jeu pour la convaincre de lui faire de nouveau confiance.

— Ton pardon de toute la peine que je t'ai causée est encore la preuve que tu es incroyablement forte et admirable, Camilla…

— Tu sais que je dois lire ceci, l'interrompit-elle en brandissant le cahier.

— Je ne te demande pas de le faire ce soir.

Il se tut en remarquant le pli obstiné de son menton. Sachant qu'il était inutile d'essayer de l'arrêter, il retourna préparer le café pendant qu'elle s'installait au salon.

Quelques minutes plus tard, chargé de deux mugs de café odorant, il la trouva douillettement blottie sur le canapé, enveloppée d'un plaid turquoise. Elle était plongée dans la lecture de son journal.

Il posa la tasse devant elle, et elle lui sourit brièvement avant de reporter son attention sur les pages manuscrites.

Danny s'assit au bout du canapé et sentit qu'elle glissait les pieds sous sa cuisse. Tout en buvant son café noir, il pensa à l'ironie de la situation. Si quelqu'un lui avait dit un an plus tôt qu'il serait là aujourd'hui, dans la maison de son enfance, près de celle qu'il avait quittée, il ne l'aurait pas cru. Il y a encore quelque temps, l'idée de passer six mois à Greenbriar lui était insupportable, comme si on lui attachait une chaîne au cou qui l'asphyxiait. Mais, à présent, ce séjour forcé lui apparaissait comme une renaissance. Ici, avec Camilla, il pourrait retrouver celui qu'il avait été et devenir l'homme qu'il avait toujours rêvé d'être et qui ressemblait à son père. Le genre d'homme que tout le monde estime et qu'on vient trouver quand on a un problème, qu'il soit médical ou non. Oui, grâce à Camilla, et à son cœur en or toujours prêt à pardonner, tous ses projets d'avenir avaient changé.

Camilla bougea légèrement et, dans le mouvement, une bouffée de son parfum lui parvint. De temps à autre, elle ravalait son souffle, et une crainte irrationnelle le saisissait. Allait-elle prendre la fuite, terrifiée par ce qu'elle venait de lire ? Mais elle s'arrêtait pour essuyer une larme et reprenait sa lecture.

Quand elle arriva aux pages dans lesquelles il avait décrit ses pensées suicidaires, elle le serra contre elle à l'étouffer, et des sanglots douloureux la secouèrent.

— Avant que tu ne me poses la question, dit-il doucement, je ne suis plus dans cet état d'esprit, et ça fait longtemps déjà.

Il aurait dû la prévenir au sujet de cette partie. Du pouce, il balaya les larmes qui roulaient sur ses joues, en espérant que ce serait le dernier chagrin qu'il lui causerait.

— Tu sais que je t'ai plus vue pleurer en une semaine que pendant toutes les années où nous étions ensemble ? reprit-il.

— Peut-être que je finis par m'ouvrir un peu, moi aussi.

Elle l'embrassa sur la joue, puis, courageusement, se remit à lire.

Les pensées suicidaires étaient le pire passage du journal, donc Danny espérait que le reste serait plus facile pour elle. Pour s'occuper, il regarda autour de lui, cherchant les changements qu'elle avait apportés à la maison où il avait grandi. Camilla avait réussi à rendre cet intérieur encore plus chaleureux, constata-t-il avec ravissement. Il s'y sentait apaisé, et presque heureux.

Quand elle tourna la dernière page et referma le cahier, il respira mieux. Il attendit avec impatience de connaître ses impressions. Cette lecture l'aidait-elle à comprendre son attitude passée ? Lui pardonnerait-elle totalement un jour ? Mais Camilla restait silencieuse et contemplait leurs doigts enlacés. Le détestait-elle ? Essayait-elle de trouver une manière polie de lui dire de sortir de sa maison et de sa vie ? Son cœur battait à tout rompre et sa patience était à bout.

Finalement, elle releva la tête. Une foule de questions emplissait son regard.

— Donc, quand tu m'as dit que tu n'avais pas l'étoffe d'un mari…

Danny s'empressa de répondre.

— J'aurais pu t'épouser et tenir ce rôle, mais j'étais tellement mal dans ma tête que je nous aurais rendus malheureux.

Danny prit une longue inspiration avant de poursuivre.

— Je pensais que tu serais mieux sans moi. À l'époque, je ne voyais pas cette décision comme une fuite, mais comme une façon de te protéger.

— Tu croyais être dangereux pour moi ? Tu avais tort. Si j'avais vraiment pensé ça, je te l'aurais dit moi-même.

Cette réponse ne le surprit pas. Camilla était une femme forte et fière, elle savait ce qu'elle voulait. Il l'avait simplement oublié huit ans plus tôt.

— Je le sais maintenant. À l'époque, je m'étais persuadé

que tu n'aurais pas la force de me supporter dans cet état. Ces suppositions m'ont poussé à réagir comme le dernier des imbéciles.

Il leva une main et lui toucha la joue. L'irritation étincelait toujours dans les profondeurs de son regard bleu. Elle n'allait pas lui faciliter la tâche, il le sentait.

— Camilla, ce n'est pas une excuse, mais une explication. Tu as raison, je n'aurais jamais dû douter de toi car, même après que j'ai détruit tes rêves, tu es restée debout et tu as mis en œuvre les projets qui te tenaient à cœur. Tu crois que je ne sais pas que tu as fait tourner ce cabinet toute seule pendant la maladie de mon père ? Moi, je luttais contre mes démons, et ils étaient puissants. Je n'avais pas la force de me battre pour nous. Ce n'est qu'en revenant ici que j'ai commencé à réaliser tout ce qui me manquait dans la solitude que je m'imposais.

— Je sais, murmura-t-elle en montrant le journal sur ses genoux. Ça m'a appris tant de choses, même si c'était déchirant de lire tout ce que tu as affronté. Tu peux être fier d'avoir réussi à combattre tes démons.

Fidget vint vers eux et, après quelques tentatives infructueuses, parvint à sauter sur le canapé. Danny fut surpris de la voir grimper sur ses genoux. Et encore plus quand elle lui renifla la joue.

— Oh ! Fidget ! Ces postillons…

— Elle fait ça seulement avec les gens qu'elle aime, dit Camilla en caressant l'oreille de la chienne.

— Tu crois qu'elle m'acceptera pour maître ?

Danny sentit son cœur bondir dans sa poitrine, mais il était trop tard pour ravaler ces paroles. Il aurait dû prévoir quelque chose de romantique, comme une balade au clair de lune ou un dîner dans un restaurant de la ville voisine. Camilla méritait mieux qu'une demande en mariage à la va-vite par l'intermédiaire de son chien !

Elle le fixa, les yeux écarquillés.

— Danny… Qu'est-ce que tu viens de dire ?

Il se leva et sortit l'écrin de la poche de son pantalon.

— Oh…, fit-elle dans un souffle.

Son regard navigua entre lui et l'écrin de velours noir qu'il tenait. Des larmes perlèrent au bord de ses paupières, mais son sourire était si rayonnant que Danny pensa que le ciel de Greenbriar en était illuminé.

— Camilla Ann Devereaux, je t'ai fait cette demande une fois déjà et tu avais répondu oui. J'espère que tu feras la même réponse ce soir et je te promets de ne jamais te donner de raisons de le regretter.

Mettant un genou à terre, il demanda d'une voix rauque :

— Acceptes-tu de m'épouser ?

— Oui, répondit aussitôt Camilla d'un ton assuré. Rien ne me ferait plus plaisir que de devenir ta femme.

Elle lui tendit sa main et il glissa la bague en diamant à son annulaire.

— Elle est de nouveau à la place qui lui revient. Je n'aurais jamais dû te la retirer, déclara-t-il avant de capturer ses lèvres en un baiser plein d'amour et de désir.

Ils s'étreignirent passionnément jusqu'à ce que l'air vienne à leur manquer.

— Dire qu'il y a encore quelques mois je pensais que tu étais définitivement sortie de ma vie, reprit-il. Tant de choses ont changé depuis.

— Je sais.

— Qu'y a-t-il ? demanda-t-il en voyant une expression empreinte de gravité voiler ses traits.

Le cœur battant, Danny tâcha d'analyser ce changement d'humeur. Pourquoi passait-elle des larmes de joie à cette mine morose en l'espace de quelques secondes ?

Camilla soupira.

— Je suppose que nous devrons établir un programme de visites avant que tu ne rentres à Boston ?

Alors, c'était ça, le problème ? Elle croyait qu'il allait partir ? Un soulagement immense le gagna.

Ramenant une longue mèche noire derrière l'oreille de Camilla, il déclara :

— J'ai une surprise pour toi. Surtout, ne bouge pas.

Danny sortit de la maison et courut jusqu'à sa voiture. Il revint, un dossier à la main, et le tendit sans un mot à Camilla.

Elle l'ouvrit et passa en revue les documents légaux qu'il contenait.

— Quand pars-tu ? demanda-t-elle d'une voix étouffée.

— Ce n'est pas la réaction que j'attendais.

— Danny, j'apprécie ton geste. C'est merveilleux pour moi que tu me donnes ta part du cabinet.

— Mais ?

Camilla soupira de nouveau.

— Je voulais un vrai mariage où nous serions ensemble chaque nuit. Mais je finirai par m'habituer à cette relation à distance, j'imagine.

— Je n'ai jamais dit que je retournais à Boston.

— Non ?

Il vit un fol espoir naître dans son regard bleu.

— Il est temps que je me fixe ici, ajouta-t-il en souriant. J'avoue que Greenbriar a beaucoup grandi dans mon estime. Et la ville a besoin d'un médecin en traumatologie pour son centre d'évacuation sanitaire qui ouvrira à l'automne. Boston, c'est quand même un peu loin pour des allers-retours quotidiens, non ?

Camilla ferma les yeux, et une larme glissa sur sa joue. Quand Danny l'essuya, elle laissa échapper un petit rire joyeux. Puis elle prit un air malicieux.

— À quoi penses-tu ? demanda-t-il, curieux de savoir ce qui l'amusait maintenant.

— Tu crois que ton père nous regarde de là-haut et qu'il sourit en répétant : « Je vous l'avais bien dit ! » ?

— Vu les efforts qu'il a déployés pour que je revienne vers toi, ma chérie, je pense qu'on peut parier là-dessus.

Il l'attira contre lui en riant. Une fois Camilla blottie dans ses bras, il laissa échapper un soupir heureux et leva les yeux.

— Merci, papa. Pour une fois, je te suis reconnaissant de t'être mêlé de ma vie.

Épilogue

Cinq ans plus tard

— Tous ceux qui viendront à mon goûter d'anniversaire porteront une robe de princesse. Même toi, papa !

— Un goûter pour des princesses ? ! s'exclama Danny, la mine horrifiée. Tu es sûre ? On pourrait avoir des pirates ou un château gonflable.

Camilla suivait la conversation en s'efforçant de ne pas rire. Leur fille de presque quatre ans avait envoûté Danny dès l'instant où elle était née, mais le faire porter une robe de princesse dépassait peut-être le pouvoir qu'elle avait sur lui.

— Il n'y aura pas de pirates à ma fête, dit Lindy.

— Mais je ne suis pas une princesse, mon cœur, répondit Danny piteusement.

Comme Lindy penchait la tête de côté en ébauchant ce sourire enjôleur par lequel elle arrivait généralement à ses fins, Camilla décida d'intervenir.

— Si tu es une princesse, ça veut dire que papa est un roi. Et les rois ne mettent pas de robe de bal, déclara-t-elle en tapotant le nez de Lindy. Tu ne veux pas qu'un méchant dragon vienne et pense que notre royaume n'a pas de roi, n'est-ce pas ?

La petite fille réfléchit à la question, puis secoua la tête.

— Non. D'accord, papa, tu pourras mettre un pantalon et nous défendre contre les dragons.

Là-dessus, elle courut dans le jardin pour jouer avec Fidget.

Danny prit son épouse dans ses bras.

— Merci d'avoir plaidé ma cause. Je me sens en minorité

parmi les femmes de cette maison, sans parler de Fidget ! Je me voyais déjà affublé d'un frou-frou rose et devenir la risée de toute la ville.

Se lovant contre lui, Camilla posa une main sur son ventre.

— Avec un peu de chance, celui-ci sera un garçon et ça rétablira l'équilibre.

Danny releva la tête.

— Tu veux dire que… ?

Camilla hocha la tête, le rose aux joues. Le résultat de l'analyse de sang avait confirmé son test de grossesse. Leur deuxième bébé était en route.

Jamais la vie ne lui avait semblé aussi parfaite. Elle avait un mari aimant, une petite fille en pleine forme, une famille qui allait bientôt s'agrandir et un cabinet médical prospère. Tous ses rêves devenaient réalité.

— Je vais être de nouveau papa ? s'exclama Danny.

— Oui. Qu'en penses-tu ?

— Je n'ai jamais été aussi heureux !

De fait, un large sourire éclairait ses traits séduisants.

— Je vous aime, docteur Devereaux.

— Je vous aime aussi, docteur Owens.

BLANCHE

HARLEQUIN

Ne manquez pas dès le mois prochain
dans votre collection

BLANCHE

les deux premiers tomes de la nouvelle série :

NOËL ROYAL À L'HÔPITAL

Pour la fin de l'année,
une surprise de taille se prépare à Seattle…

Deux romans inédits chaque mois de novembre à décembre 2021

BLANCHE

HARLEQUIN

Retrouvez prochainement, dans votre collection

BLANCHE

Un prince aux urgences, d'Alison Roberts - N°1571

SÉRIE : NOËL ROYAL À L'HÔPITAL - 1/4

Le Seattle Hospital est en effervescence depuis que le roi d'Isola Verde a été admis aux urgences, dans le plus grand secret. Mais pour le Dr Emilia Featherstone la surprise ne s'arrête pas là. Alors qu'elle se tient prête à prodiguer ses soins orthopédiques à son illustre patient, elle découvre avec stupeur que le fils de ce dernier travaille à l'hôpital. Domenico di Rossi, son talentueux confrère, qu'elle connaît depuis la fac de médecine où ils étaient rivaux, est un prince !

Le secret du Seattle Hospital, de Traci Douglass

SÉRIE : NOËL ROYAL À L'HÔPITAL - 2/4

Neurochirurgien de renommée mondiale, le Dr Max Granger est appelé à Seattle pour sauver la vie... d'un roi ! Habitué à exercer son art, il l'est moins à devoir le faire dans la plus grande discrétion et sous le contrôle de la responsable des relations publiques de l'hôpital. Ayanna Franklin semble déterminée à suivre chacun de ses mouvements, ce qui a le don de l'agacer et de le troubler en même temps. Car cette femme est la plus belle qu'il ait jamais rencontrée !

Un baiser au goût de neige, de Tina Beckett - N°1572

Le Dr Dexter Chamblisse a *toujours* un plan. Or en cette veille de Noël il n'avait pas prévu de retrouver aux urgences de l'hôpital où il travaille Maura Findley. Maura, son amour de jeunesse qu'il n'a pas su garder autrefois. Travailler à son côté se révèle bien plus difficile que prévu. Les souvenirs affluent, les bons comme les mauvais. Mais surtout c'est le désir qui resurgit, aussi vivace qu'autrefois. Ou peut-être même davantage encore...

Une pédiatre à Amsterdam, de Becky Wicks

Amsterdam. Voilà où le Dr Freya Grey exercera son métier de cardiologue en pédiatrie durant six mois. Si elle redoute les souvenirs sombres qui pourraient l'assaillir dans cette ville qu'elle a quittée autrefois, elle est ravie de rejoindre la clinique *Happy Hearts*. Dès son premier jour, Freya est conquise par son équipe, ses petits patients et surtout par le talentueux Dr Lucas Van de Berg... Mais elle le sait, elle doit veiller à ne pas trop s'attacher, car elle n'est que de passage ici...

Leur mission : sauver des vies.
Leur destin : trouver l'amour.

BLANCHE

Le souhait de Liz, de Susan Carlisle - N°1573

Noël approche, et pourtant Liz Poole n'a pas le cœur à la fête. Jusqu'à sa rencontre avec le Dr Carter Jacobs et son adorable petit garçon. Soudain, elle a l'impression que tout est plus beau et sa vie saupoudrée de magie. Alors qu'elle se croyait fermée à l'amour, se pourrait-il que Carter lui soit destiné et qu'ils puissent fonder ensemble... une famille ?

Conquis par une patiente, d'Annie Claydon

Chef de la clinique Lakeside, le Dr Ross Summerby soigne avec passion les sportifs blessés. Il connaît son métier et, s'il y a une chose qu'il déteste par-dessus tout, ce sont les patients récalcitrants, ceux qui ne suivent pas ses conseils et traitements. Or la belle Laurie Sullivan, championne d'aviron et médecin elle-même, semble résolue à mettre en péril sa rééducation. Agacé, il la menace de l'exclure de son établissement... tout en ignorant le trouble qu'elle éveille en lui.

Amitié... ou passion ?, de Sue MacKay - N°1574

Exilée au Laos, Ellie y retrouve avec surprise Luca, son ancien colocataire, qu'elle n'a pas vu depuis quatre ans ! Luca, qui est toujours aussi pétillant qu'autrefois et plus beau que jamais. Troublée par l'attirance irrépressible qu'elle éprouve pour son ami, Ellie s'interroge : est-elle prête à vivre une nouvelle histoire d'amour ? Et, surtout, peut-elle prendre le risque de briser une si belle amitié ?

Nouveau départ pour le Dr Isabella, de Melanie Milburne

Ce remplacement temporaire dans un centre médical australien a paru à Izzy une bonne occasion de se changer les idées ; surtout après une difficile rupture amoureuse. Pourtant, dès son arrivée, elle comprend que sa nouvelle vie n'aura rien de paisible : non seulement elle commet un fâcheux impair auprès de Zach Fletcher, l'officier de police de la ville, mais en plus ce dernier fait naître en elle un trouble qui la bouleverse...

HARLEQUIN

Leur mission : sauver des vies.
Leur destin : trouver l'amour.

HARLEQUIN
www.harlequin.fr

BLANCHE

Dans les bras du Dr Glenn Bartlett, d'Abigail Gordon - N°1575

De retour à Glenminster, Emma se sent plus seule et désemparée que jamais. Heureusement, elle travaille aux côtés de Glenn Bartlett, un séduisant médecin-chef aux yeux bleus, dont la présence rassurante l'aide à renouer avec la ville de son enfance. D'ailleurs, la tendresse que Glenn lui témoigne lui fait un bien fou, et Emma doit constamment lutter contre l'envie de se blottir dans ses bras. Mais cette histoire a-t-elle un avenir ?

Pour le bonheur d'une famille, d'Emily Forbes

Lorsque le Dr Quinn Daniels fait la rencontre d'Alisha Jansson à un congrès médical, il est ébloui. Pourtant, malgré la puissante attirance qui les pousse l'un vers l'autre, Quinn garde ses distances : père célibataire de jumelles de neuf ans, il sait que ses filles ont besoin de lui. Il ignore alors que sa sage résolution va être mise à l'épreuve, car sa nouvelle collègue dans le cabinet médical où il vient d'accepter un poste n'est autre qu'Alisha !

HARLEQUIN

Leur mission : sauver des vies.
Leur destin : trouver l'amour.

HARLEQUIN
www.harlequin.fr